상우일기

KB035172

상우일기

왕따에서
세월호까지
소년의 눈에 비친
대한민국 일상사

권상우 글·그림

북인더갭
BOOKintheGAP

차례

1부 푸른 나무 상우

2부 초딩 상우

3부 좋은 친구 상우

4부 생각하는 상우

5부 행동하는 상우

6부 함께하는 상우

1부

푸른 나무 상우

영우의 끝없는 고집 -

2005. 9. 30. 화

　영우는 오늘 하루 내내 고집을 부렸다.

　영우는 미장원에 가서 머리를 깎기 싫다고 고래고래 소리를 지르고 울면서 엄마에게 매달렸다. 또 할인마트에 가서는 장난감을 사 달라고 하면 안 된다고 약속을 했는데 영우는 아마도 장난감을 사지 말라고 했으니까 카드는 사도 된다고 생각했는지 카드를 사 달라고 떼를 썼다. 늦은 밤에도 비디오를 보겠다고 고집을 부리다가 엄마에게 엉덩이를 맞았다.

　영우가 잘못을 하면 나도 덩달아 혼이 나기 때문에 나는 바짝 신경을 쓴다. 영우가 사고를 저지르려고 하면 나는 엄마가 보기 전에 영우를 말리거나 물건을 제자리에 갖다 놓아야 한다.

　지금은 초등학교 1학년인 나도 어렸을 때는 그렇게 천방지축이었을까? 아마도 그랬을 것이다. 나랑 영우가 웃을 때 똑같다고 엄마가 말씀하셨기 때문이다.

_슬픈 수료식

2007. 1. 26. 금

오늘은 라임오렌지나무 학원과 작별하는 날이다. 오늘이 바로 라임오렌지 미술학원이 철거되는 날이기 때문이다. 나는 동생 영우의 큰나무반 수료식에 가족과 함께 참석하였다.

선생님께서는 먼저 그동안 미술학원생들이 뛰노는 모습을 비디오로 보여 주셨다. 선생님이 송사를 읽으실 때 한마디 할 때마다 서럽게 흐느끼셨다. 졸업식장 안은 조용하였고, 엄마들은 손수건과 휴지를 번갈아 가며 눈물을 닦았다.

우리 엄마도 슬픔을 애써 누르는 듯한 얼굴로 답사를 간신히 읽으셨다. 그러는 동안에도 우리 영우는 뒤를 돌아다보며 나에게 손가락으로 '브이'자 신호를 보냈다. 가여운 녀석! 내가 다녔기에 정들기도 했지만 영우도 여기서 쌓아 올린 추억이 너무 많기에 더 가슴이 아팠다. 앞으로는 내가 가르쳐야지!

오늘 졸업식은 지금까지 본 졸업식 중에서 제일 쓸쓸했다. 사람들이 다 돌아간 후에도 책상과 물건이 다 치워진 텅 빈 미술학원에 남아 나는 슬픈 마음으로 인사를 하듯이 피아노를 쳤다.

박물관역 _

2007. 4. 30. 월

우리 가족은 오후 5~6시쯤에 지하철을 타고 할머니 댁으로 향하였다. 그 이유는 오늘이 외할머니 생신이기 때문이다. 할머니 사시는 동네인 우리가 도착한 역에 나는 마음이 쏙 끌렸다. 바로 경복궁 박물관역!

그 역에 박물관이 있었다는 건 그곳에 가 보기 전에는 꿈에도 몰랐었다. 거기에 가면 옛날 우리나라에 대한 설명과 물건들이 많이 있어서 꼭 우리나라의 역사를 왔다갔다 할 수 있는 타임머신 전철역처럼 보인다. 그래서 그 역에 올 때면 나는 역사를 탐험하는 기분이 자주 든다.

나는 여기에 처음 왔을 때 엄마에게 "여기 이 멋진 역은 어떻게 아셨어요?" 하고 물었는데, "엄마가 글쓰기 학원 선생님이었을 때 학원까지 이 역에서 전철을 타고 다녔단다." 하고 말씀하셨다. 나는 그 말을 듣고 내가 태어나기 전에도 사람들은 지하철을 타고 다녔으며 엄마에게는 지금과는 다른 삶이 있었구나 생각하니 기분이 묘하고 궁금해졌다.

엄마와 이런저런 이야기를 나누며 걷다 보니 어느새 할머니 집에 다다라서 나는 미래에서 온 소년처럼 벨을 누르며 힘차게 소리쳤다. "할머니, 저 왔어요!"

_달려라, 미라미스

2007. 6. 21. 목

학교에서 집으로 들어왔을 때 엄마가 해맑은 얼굴로 "상우야, 오늘 새 차가 왔단다!" 하셨다. 나는 나도 모르게 가방까지 떨어트린 채 "와아아아!" 탄성을 질렀다. 지난겨울 아빠가 차를 팔고 난 뒤 7개월 만에 다시 사는 새 차였다. 어른들에게는 7개월이라는 시간이 짧았는지 몰라도 나에게는 아주 기나긴 시간으로 느껴졌다. 특히 내가 아파서 병원에 갈 때 열이 심한데도 펄펄 끓는 햇볕을 맞으며 쩔룩쩔룩 걸어갔을 땐 정말 우리 차가 아쉽고 그리웠다.

저녁이 되자 우리 가족은 새 차를 산 기념으로 드라이브를 하였다. 우리 차는 지난 번 차보다 큰 차라서 그런지 달리는 다락방처럼 포근했다. 그리고 작은 유람선 같기도 했다. 영우도 신이 나서 폴짝폴짝 뛰었다. 나는 영우를 막 말리며 차를 더럽히지 말라고 하였다.

날은 이미 어둡고 비까지 와서 흐렸지만 차를 타고 달리는 기분은 상쾌하기만 했다. 그러다가 우리 차가 하늘을 나는 것 같다는 상상이 들었다. 순간 나는 가장 좋아하는 책 중에 하나인 『미오, 나의 미오』에 나오는 하얀 말 미라미스가 떠올랐다. 미라미스는 너무나 멋진 하얀 말로 미오를 태우고 하늘을 난다.

나는 "그래! 이 차의 이름은 미라미스야! 우리 가족의 수호천사 미라미스!" 하고 외쳤다. 엄마와 영우도 마음에 든다고 했다. 그때부터 우리의 미라미스는 더 힘차고 부드럽게 시내를 달렸다. 미라미스와 함께라면 세계 끝까지라도 갈 수 있을 것 같았다.

달에게 소원을_

2007. 9. 25. 화

우리가 제사를 지내고 점심을 먹고 대구에서 서울로 출발한 지 10시간이 지난 후에도 천안 지점을 못 벗어나고 있었다. 고속도로 위에 차들은 마치 걷기를 포기한 거북이나 달팽이처럼 움직이지 않았다.

엄마는 몸살이 나서 창가에 쓰러진 듯 기대어 있었고, 아빠는 운전하다 굳어 버린 돌 같았다. 옆을 바라보면 지쳐서 담배를 피우는 운전자 아저씨들이 보였고, 우리처럼 지친 어린이들이 창문 밖으로 얼굴을 내밀고 엎치락뒤치락 놀다가 그것도 지겨워져서 멍하니 있었다.

나는 '고속도로 위의 줄줄이사탕 같은 내 신세야, 추석이고 뭐고 다 싫다. 빨리 집에만 갔으면!' 하고 한탄하는데, 갑자기 영우가 소리쳤다.

"저것 봐! 보름달이야! 우리 모두 소원을 빌자! 1년에 한 번밖에 기회가 없다구!"

그래서 소원을 빌기 시작했는데, 처음에는 "우리 전용 컴퓨터를 사게 해 주세요, 부자 되게 해 주세요, 우리 가족 아프지 말게 해 주세요." 같은 소원을 빌다가, "아프리카의 아이들이 굶지 않게 해 주세요, 홍수를 사막으로 옮겨 주세요." 하고 거창한 소원으로 변하더니 나중에는 달님을 협박하는 소원으로 변했다.

영우와 나는 창밖으로 머리를 내밀고 고래고래 소리를 지르며

"달님, 평생 우리의 노예가 되어 우리 소원만 들어 주세요!" 했는데, 신기하게도 하얗고 땡그란 보름달은 그까짓 소원 다 들어주마 하는 것처럼 떳떳하게 둥실둥실 떠 있었다.

2시간 동안이나 소원을 빈 우리들은 잠이 들었고 깨어 보니 집이 었다.

나뭇잎 나라_

2007. 11. 4. 일

날씨도 좋고 햇빛이 아까워 우리 가족은 물과 김밥과 새우깡을 싸
가지고 서둘러 공순영릉으로 갔다. 공순영릉에 가니 많은 가족들이
가을을 느끼려고 우리처럼 나무 냄새도 맡고 돗자리를 펴고 앉아 햇
볕을 쬐고 있었다.

공순영릉 안의 산책길은 노랑, 주황, 갈색, 황금빛 나뭇잎들이 카
페트처럼 촤르르 깔려 있었는데, 어떤 곳은 발이 움푹 빠지도록 쌓
여서 혹시 수렁이 아닐까 겁이 나기도 하였다. 겁이 없는 영우는 온
공원 안을 내 세상이다 하고 벼룩이처럼 폴짝폴짝 뛰어다녔다. 두
팔을 양 옆으로 날개처럼 펼치고 "부엉 부엉!" 외치며 뛰어다니는
영우의 모습이 숲의 왕자처럼 자유로워 보였다.

그 모습이 부러워 아픈 내 신세가 처량하게만 느껴졌고, 피톤치드
라도 마음껏 들이마시자고 코로 깊게 숨을 들이마시고 입으로 길게
내뱉었다. 피톤치드에 기분이 상쾌해진 우리 가족은 나뭇잎을 밟고,
던져서 뿌리고 놀았다. 내 발밑에서는 아주 오래 구워진 과자나 빵
이 바스락 바스락거리는 소리가 났고, 두 손으로 나뭇잎을 주워 안
고 다시 하늘로 뿌릴 때는, 덩어리였다가 팍 풀어지는 새의 날개 깃
털 같았다.

한마디로 나뭇잎을 던지는 것은 행복 그 자체였다. 주위의 나무들
은 다정하고 듬직한 갈색 곰처럼 늘어서 있고, 그 아래에는 바삭바
삭한 나뭇잎들이 내 발목을 잡고 장난치듯 간질여 주었다. 나뭇잎을

던질 때는 아무런 생각도 나지 않았다. 그냥 어디선가 "쑤이익, 쑤이익" 하는 새 소리와 "꺄르륵" 숨넘어갈 듯한 영우의 웃음소리만 맑게 들려왔다. 눈에는 오로지 햇빛을 받아 반짝거리며 공중에 휘날리는 황금 잎들만 아른아른거렸다.

　우리는 시간이 멈춰 버린 나뭇잎 세상에서 나뭇잎을 던지고 또 던지고 또 던지고 영원히 끝내지 않을 것처럼 놀았다.

가출_

2008. 1. 10. 목

오늘따라 엄마는 화가 많이 나 계셨다. 내가 아침에 침대에서 누운 채로 눈을 떠 보니, 제일 먼저 들어온 건 엄마의 화난 얼굴이었다. 나는 아직 꿈인가 하고 눈을 비비며 의아해하는데, 엄마가 굵고 화난 목소리로 "지금이 몇 신데 일어나니?" 하셨다.

나는 번갯불을 맞은 듯, 번쩍 일어나 시계를 보니 10시 16분이었다. 또 늦잠을 잔 것이었다. 방학이 시작된 뒤로 나는 8시 이전에 깨어난 적이 없다. 맨날 늦잠을 자서 오늘은 반드시 일찍 일어나기로 약속했는데, 또 늦게 일어난 것이다.

엄마는 "영우는 아침 일찍 일어나 밥도 먹고 미술학원도 갔는데, 너는 어쩜 애가 방학이라고 먹고 자고 놀기만 하니?" 하고 야단치셨다. 나는 어쩔 줄 몰라 우물쭈물거리기만 하였다. 엄마는 못마땅한 얼굴로 방을 나가셨다.

나는 미안해서, 그게 진짜 내 모습이 아니란 걸 보여 주려고 엄마 뒤를 졸졸 따라다니며 "죄송해요." 하고 기어들어가듯 용기를 내어 말했지만, 그때마다 엄마는 손을 뿌리치셨고, 심하게 계속 잔소리만 하셨다. "타이핑 연습은 했니? 피아노 연주회 연습은 했니? 네 책상 정리는 했니? 어쩌면 손도 하나 까딱 안 하니? 그냥 먹기만 하면서 살만 디룩디룩 찌는 곰이로구나!"

순간 나는 둥지에서 버림받은 새가 된 기분이 들어 눈물이 찔끔찔끔 나왔다. 그리고 섭섭했다. 그렇게 나를 무시하는 말투로 쉬지도 않고 내뱉다니, 엄마가 다른 사람처럼 보였고 내가 자식이 맞나? 하는 의심까지 들었다. 왜 이렇게 한없이 마음이 무너지는 걸까?

점심도 먹는 둥 마는 둥, 집을 빠져나와, 피아노 학원을 마치고 우석이네 집에 들러 마음에도 없는 수다를 떨며 놀다가 집으로 돌아오는 길엔 벌써 해가 저물어 있었다. 집으로 가까워질수록 우울하고 슬퍼져서 마음속으로 '행운의 네 잎 클로버야, 다시 살아나라!' 하고 외쳤다.

내가 가출을 하리라 마음먹었다는 것을 알게 된다면 엄마는 땅을 치고 후회하리라. 나는 정말이지 가출을 해야겠다고 생각하면서, 우리 집 문을 마지막으로 한 번만 두들겨 보고 가 버리려고 했는데, 한번에 너무 크게 두드려서, 그 소리에 놀라 도망가려는 순간, 엄마가 "상우야!" 하며 문을 여셨다. 나는 문 앞에서 쭈뼛거리며 "죄송해요, 늦어서," 하는데, 엄마가 나를 와락 끌어안으며 "어구, 이놈 새끼, 얼마나 추웠어?" 하며 집 안으로 데리고 들어가셨다.

집 안에선 내가 좋아하는 김치볶음밥 냄새가 모락모락 피어오르고 있었다.

전시회 가는 길_

2008. 2. 16. 토

아침부터 영우는 마음이 들떠 있었다. 잘 씻지도 않던 녀석이 엄마를 졸라 머리도 감고, 양치질까지 하였다. 그러고는 거울 앞에서 드라이도 하고, 속옷도 갈아입고, 나도 어서 깨끗하게 꾸미라고 강요(?)를 했다.

영우가 1년 동안 다녔던 미술학원에서 오늘 전시회가 있는 날인데, 나는 영우가 전시회에 그렇게 신경을 쓰는 것을 보고 놀랐다.

"형아, 오늘만큼은 싸우지 말고 잘해 보자! 그리구 전시회 가서는 점잖게 해야 한다. 꼭 알았지?"

누가 형인지 모르겠다. 영우가 그토록 설레어하는 걸 보니, 내가 일곱 살 때, 미술학원 졸업을 앞두고 전시회 했던 기억이 떠올랐다. 나는 가을에 전시회를 했었는데, 영우는 졸업 직전에 하게 되는구나. 우리는 유치원을 다닌 적이 없고 미술학원만 꾸준히 다녔기에, 전시회에 대한 추억과 자부심이 둘 다 남다른 것 같다.

나는 영우에게 축하 꽃다발을 만들어 주고 싶어 서랍 속에 있는 색종이를 모두 꺼내 놓고 만지작거리는데, 영우가 만들지 말라고 하며 이랬다.

"형, 학원에 가면 꽃 많아. 선생님하고 애들하고 많이 만들었어. 가면 벽하고 문에 꽃이 다 다닥다닥 붙어 있어!"

그래서 전시회 다 보고 나오는 길에 학원 앞에 있는 빵집에서 도넛을 한 개 사 줘야지 마음먹고 집을 나섰다.

엄마도 아빠도 준비를 마치고 함께 공원길을 걸어갈 때, 우리는 너무 신이 나서 땅이 꺼질 듯이 팔짝팔짝 발을 구르며 "가자! 영우의 그림 세상으로!" 하고 소리 질렀다. 그러면서도 영우는 가족들에게 자꾸 뭘 당부하느라고 바빴다.

"엄마, 내 그림만 잘났다 그러면 안 돼요. 잘 그렸구나 해야 해!", "아빠, 사진만 찍지 말고 이렇게 웃어 가면서 해요.", "형아, 과자 너무 많이 먹지 마!"

그런데 바람이 너무 거칠게 불어서 우리 가족의 머리카락이 모두 바람을 타고 하늘로 솟아오르듯이 날렸다. 영우랑 나는 더욱 신이 나서 머리를 마구 흔들었고, 엄마는 "아이구, 스타일 다 구겨지네!" 하면서 머리카락을 잡아 내리셨다. 아빠는 뭔 날씨가 이렇게 사납냐며 우리 감기 걸리겠다고 중얼거리셨다. 공원 언덕을 올라갈 땐, 바람이 절정에 달해서 모두가 외투깃을 두 손으로 꽉 잡고 버티며 걸어야 했다.

전시회 가는 길은 폭풍의 언덕 같았다. 폭풍의 언덕을 뚫고 도착한 학원 앞에서 우리는 잠시 "후~" 하고 숨을 내쉬었다. 그리고 씩 웃었다. 왜냐하면, 모두 똑같이 코와 귀가 새빨갛고, 머리가 부서진 까치집처럼 주저앉아 있었기 때문이다. 하지만, 우리는 너무 추워서 체면이고 뭐고 다 버리고, 따뜻하고 예쁜 그림들과 선생님들이 반겨 주시는 동화 세상 같은 전시회장 안으로 뛰어 들어갔다.

마중_

2008. 3. 5. 수

교실에 도착하자마자 책상 옆에 가방을 걸어 놓고, 가방에서 『해리포터』 책을 꺼내어 들고 밖으로 나왔다. 그러고는 부랴부랴 계단을 내려와 1층에 있는 1학년 4반 앞을 기웃거렸다.

조금 있으면 영우가 엄마와 함께 학교에 올 것이다. 그저께 입학한 영우는 병아리 신입생 생활에 적응하느라 요즘 정신이 없다. 입학식 때 참석을 못했던 나는 미안하기도 하고, 궁금하기도 해서 영우를 마중 나와 있는 것이다.

교실 뒷문에서 서성대며 책을 읽고 있는데, 누가 뒤에서 "애! 너 여기서 뭐하니?" 하는 것이다. 영우네 담임 선생님이셨다. 나는 인사를 하고, "동생 마중 나왔어요." 하니까 "아유, 그럼 잘됐다. 나 좀 도와주렴!" 하셔서, 뒤뚱뒤뚱 선생님을 따라가 쓰레기 분리수거를 도와 드렸다.

다시 교실 앞으로 가 보니 신발장에 영우 신발주머니가 아직 없었다. 그래서 학교 후문 앞마당까지 나가, 돌담에 기대어 책을 펼치려는데, 그제야 영우와 엄마가 헐레벌떡 뛰어 들어왔다. 엄마는 "아니, 이 녀석이 글쎄 학교 오다 말고 공원에서 자꾸 놀다 가려고 시간을 끌지 않겠니?" 하며 씩씩거리셨다.

나는 영우가 신발을 벗고 집어넣기 편하도록 신발주머니를 벌려 주었다. 엄마는 내가 나와서 기다린 것이 흐뭇하신 듯, 나에게 미소를 지으며 악수를 하고는 가 버리셨다. 5분 늦었는데도 아무 걱정도 없이 발끝을 들고 춤추듯 쫑깃쫑깃 교실로 들어가는 영우의 뒷모습을 보면서 '어쩜 나랑 똑같구먼!' 생각했다.

시계를 보니 1교시 수업 시간 10분을 남겨 놓고 있었다. 나는 계단을 한 번에 세 칸씩, 후다닥 날듯이 뛰어올라 4학년 4반 교실로 들어갔다.

바다와 바비큐_

2008. 4. 17. 금

해질 무렵, 우리 가족은 객실 앞 베란다 나무 탁자에 모여 앉아, 고기를 굽기 시작했다. 아빠가 집게로 고기 한 덩이를 덥석 집어서 숯불 그릴 위에 올리셨다. 그러자 고기 밑에서 치이이익 하며 찢어지는 듯한 소리가 났고, 지글지글거리며 연기가 하늘 높이 피어올랐다.

고기는 지독한 연기와 함께 고소하고 짭짤한 냄새를 풍기며 익어 갔고, 영우랑 나는 숟가락과 포크를 세워 "고기! 고기!"하며 박자를 맞추었다. 배가 갑자기 푹 꺼지면서 입안에서도 침이 지글지글 고였다. 아빠가 굵은 소금을 골고루 뿌려 가며 앞뒤로 굽다가 마지막으로 고기를 집어 올렸을 때는, 기분이 붕 뜨면서 나도 모르게 발을 동동 굴렀다.

며칠 굶은 사람처럼 허겁지겁 고기를 먹다가 뭔가 이상하게 느껴져서 얼굴을 들었더니, 아빠와 엄마가 나를 보고 빙글빙글 웃고 계셨다. 나는 "어, 알았어요. 야채도 먹을게요." 하며 상추를 한 잎 집었는데, 엄마가 놀랍게도 "아니야, 맘껏 먹으렴!" 하시는 거였다.

엄마는 다른 때와 달리 아주 부드러운 목소리로 말씀하셨다.

"상우야, 그동안 엄마, 아빠가 미안했다. 매일 잔소리만 하고. 니가 미워서 그런 게 아냐. 사실 너는 우리에게 과분한 아들인데도, 엄마, 아빠 그릇이 너무 좁아 감당하기 힘들었단다. 그래서 잔소리만 하고 너를 힘들게 했구나. 하지만, 너무 미안해서 견딜 수가 없었어. 못난 엄마를 용서해 주렴. 그리고 이사를 앞두고 네가 너무 우울해 있는 것 같아서 네 기분도 풀어 줄 겸 여기 온 거란다."

나는 고기를 먹다 말고 갑자기 목이 메어 왔다. 어떻게 아셨을까? 내가 엄마, 아빠에게 혼이 날 때마다, 잘못하면 버림받을지도 모른다는 압박감에 시달려 왔었다는 것을. 낮에는 시시콜콜 잔소리를 듣다가, 한밤중에 아빠와 엄마가 심하게 다투시고 문을 꽝 닫으며 한숨소리를 내실 때, 내 가슴에 대포 구멍이 뚫린 듯 아프면서, 이 모든게 나 때문이라는 생각에 잠 못 자고 괴로워했던 날들이 떠올랐다.

나는 아빠에게 물었다. "혹시 제가 글을 못 쓰거나 공부를 잘하지 못했어도 저를 좋아했을 건가요?"

그러자 두 분 다 눈이 휘둥그레지면서 "그게 무슨 소리냐? 네가 우리에게 어떤 존재인데! 뭘 잘하고 그런 건 중요한 게 아니야. 너면 되지! 이 세상에 너는 오직 하나란다!" 하고 말씀하시면서 엄마는 너무 흥분한 나머지, 눈물까지 흘리셨다. 아빠도 연기가 매웠는지 손으로 콧잔등을 훔치셨다.

나는 고기 한 점을 입에 넣고 "잠깐 바다 좀 보고 올게요." 하고 일어나 마당으로 내려갔다. 아빠가 뒤에서 크게 소리치셨다.

"잊지 마라! 우린 너를 사랑한다!"

바다로 내려가는 계단 앞까지 가니, 이미 해는 저물어 아무것도 보이지 않았지만, 가슴 속에 뚫렸던 대포 구멍이 녹아내리듯 비닷비람이 시원했다.

고향_

2008. 4. 30. 수

우리 가족은 저녁 때 전에 살던 동네 할인점에 들렀다. 물건을 사고 나서 돌아오는 길 옆에, 며칠 전까지만 해도 우리가 살던 아파트와 공원이 보였다. 갑자기 나도 모르게 울컥하면서 폭포처럼 눈물이 쏟아졌다. 손을 뻗으면 가닿을 것 같은 집인데, 이제 다시는 갈 수가 없다는 사실을 믿기 어려웠다. 내가 눈물과 콧물이 범벅 되어 숨을 헐떡거리자, 엄마, 아빠는 깜짝 놀라서 공원 한옆에 차를 세우셨다.

나는 차에서 내려 내가 살던 집 5층을 하염없이 올려다보았다. 5층에 있는 우리 옛집 창문에서 보석처럼 불빛이 흘러나왔다. 내가 세 살 때 처음 이사 와 8년 동안 살았던 집, 고향이나 다름없었다. 비록 작고 낡고 담벼락 여기저기 구정물 같은 때가 번져 있지만, 그 집은 어둠 속에서 하얀 대리석 궁전처럼 빛나는 나의 정든 집이었다.

이사하는 날, 조금이라도 더 있으려고 침대 위에서 악착같이 누워 일어나지 않으려고 했던 나 때문에 가족들은 애를 먹었었다. 학교에 다니면서 이사 가고 전학 가는 친구들을 보며 섭섭해했으면서, 정작 왜 나는 이사 갈 거란 생각을 못 했을까?

쓸쓸한 기분으로 발길을 돌려 공원을 한 바퀴 돌았다. 여전히 사람들은 트랙을 돌았고, 약수터 앞에 모여 배드민턴을 치고, 줄넘기를 하였다. 눈을 감고도 모든 게 똑같다는 걸 알 수 있었다.

나는 약수터에서 물 한 바가지를 떠 벌컥벌컥 마시고 공원 트랙 오르막길을 올라가다, 내가 제일 좋아했던 느티나무, 푸른 곰과 만났다. 나는 두 손을 높이 들어 깃발처럼 흔들며 푸른 곰에게 다가갈 때, 또 한 번 참지 못하고 눈물을 쏟았다.

푸른 곰도 나를 알아보고 바람결에 출렁출렁 이파리를 흔들어 주는 것 같았다. 영우랑 나는 푸른 곰을 붙들고 엉엉 울었다. 아빠 엄마도 우리를 말리지 못하셨다. 한참을 울고 나니, 내 마음속에 내가 항상 상상했던 푸른 곰의 목소리가 부드럽게 울렸다.

'상우야, 울지 마~ 난 언제나 이 공원을 지키고 있을게. 넌 더 큰 세상을 지키는 나무가 되어야 해~! 그리구 넌 인생의 10분에 1밖에 안 살았어. 나머지 9를 멋지게 채워야, 네 어린 시절의 고향도 영원하게 남는 거야~!'

저 사람이 바로 우리 엄마야!_

2008. 10. 28. 화

    이른 아침, 엄마는 학교 앞 건널목 교통 지도를 하러 서둘러 나가셨다. 아직 날이 어두워서 잠이 덜 깬 나는 엄마가 식탁에 차려 놓은 미역국과 밥을 졸며 먹었다.

    사실 나는 엄마랑 같이 나가고 싶었다. 어제 우리 반 준열이네 엄마에게 오늘 교통 지도를 맡아 달라고 부탁하는 연락이 와서, 급하게 나가시는 엄마를 따라 나도 학교에 누구보다 일찍 닿고 싶었다.

    영우와 나는 싸늘하고 축축한 공기를 들이마시며 집을 나섰다. 날씨가 너무 추워서 엄마를 따라 나서기에는 무리였다는 생각이 들었다. 어깨를 잔뜩 움츠린 채 중학교 담을 끼고 언덕을 올라가다, 초등학교로 들어서는 내리막길로 접어들자, 학교 앞 건널목 맞은편에 엄마가 서 계셨다.

    지금까지 교통 지도를 해 온 아주머니들은 모두 모자를 푹 눌러써서 얼굴이 잘 보이지 않았다. 그래서 조금 무뚝뚝해 보였는데, 엄마는 모자가 머리에 맞지 않았는지, 살짝 걸쳐서 환하게 웃는 얼굴이 멀리서도 한눈에 잘 보였다.

    우리가 걷는 쪽은 학교 담벼락의 그늘이 드리워 어두운데, 엄마가 서 계신 쪽은 이제 막 떠오르는 아침 햇살과 안개가 겹쳐져서 신기루 같은 빛이 피어나고 있었다. 엄마의 얼굴은 햇빛을 받아 싱싱한 호박처럼 탱글탱글 빛났다. 엄마는 우리가 알아본 것보다 더 빨리 우리를 알아보셨다. 나랑 영우도 엄마를 보자마자 축 처졌던 어깨가 활짝 펴졌다. 엄마는 우리에게 요란하게 손을 흔드셨다.

처음에는 못 본 척하려고 했지만, 엄마가 너무 강렬하게 V 자를 그리고, 하트 모양으로 손을 올려서, 얼굴이 빨개진 채로 손을 흔들어 주었다. 주위에 있는 애들이 모두 나를 바라보았다. 조금 부끄럽기도 했지만, 맘 같아서는 나도 온몸으로 반가운 신호를 그리고 싶었다.

엄마는 일부러 무술 시범을 보이듯이, 몸짓을 과장되고 우스꽝스럽게 교통 지도를 하셨다. 마치 칼을 휘두르는 것같이 교통안전 깃발을 높이 쳐들었고, 적의 침입을 알리는 고동을 부는 것처럼 호루라기를 힘차게 부셨다. 나는 그런 우리 엄마가 자랑스러웠다! 어제 저녁까지만 해도 나랑 영우를 불같이 혼내셨는데, 오늘은 당당하고 힘차게, 그 누구 앞에서도 '저 사람이 바로 우리 엄마야!' 하고 싶은 우리 엄마!

짧은 머리는 싫어!_

2008. 12. 9. 화

오후 6시, 아빠가 피아노 학원 앞에서 우리를 기다리고 계셨다. 오늘은 아빠랑 함께 오랜만에 이발을 하기로 했다. 우리는 추워서 아빠 손을 잡고 상가 안에 있는 미용실로 종종 걸었다.

내가 먼저 미용실 의자에 앉았는데, 아빠가 벽에 걸린 사진을 보시더니 아주머니에게 "저 1번 스타일로 해 주세요. 앞 뒤 옆 다 시원하게 깎아 주십시오." 하는 것이었다. 나는 그 소리를 듣고 가슴이 철렁 내려앉았다. '그럼 그렇지, 아빠가 내 뜻대로 들어주실 리가 없지!' 하고 목 안에서 뭐가 울컥하는데, 벌써 아주머니는 내 머리를 싹둑싹둑 신나게 자르고 계셨다. 나는 가위 소리를 들으며 머리 자르는 게 보기 싫어 두 눈을 질끈 감아 버렸다.

지난여름에 내가 머리를 기르고 싶다고 했을 때는, 더우니까 겨울에 기르자며 짧게 잘랐고, 겨울이 와서 기른다고 하니까, 앞머리만 조금 자르자고 나를 설득시키고선 결국 이 꼴로 만들다니, 생각할수록 배신감이 부글부글 올라왔다.

갑자기 아주머니께서, "학생, 몇 학년이야?" 하셨다. 내가 "4학년이요." 하고 간신히 볼멘소리로 대답하니까, "아빠가 짧게 자르라고 하셨는데 학생은 짧게 자르기 싫은 모양이구나? 그렇지?" 하셨다. 나는 아무 말도 못했다. "아구, 인상 좀 펴! 인상 쓰면 더 짧게 자른다!" 아주머니는 웃으면서 장난으로 말씀하셨지만 나는 점점 속이 타 들어가는 것 같았다.

머리를 자르고 나와서 아빠랑 영우는 손을 잡고 걸었고, 나는 고개를 푹 숙인 채 뒤떨어져 걸었다. 영우가 "아빠, 형아, 울어요!" 했다. 아빠는 깜짝 놀라서 걸음을 멈추고 "상우야, 왜 그래? 머리가 그렇게 맘에 안 들어?" 하셨다. 내가 말을 안 하니까 아빠는 "말을 하지 그랬니?" 하며 난처해하셨다.

"말을 했더라도 결국 아빠가 원하는 대로 했을 거잖아요? 내가 그런 장소에서 아빠 말을 안 듣고 우기지 못할 걸 아시면서 그래요? 요즘에 이런 머리를 하고 다니는 아이는 없다고요!"

내가 말을 하면서도, 참았던 눈물이 줄줄 쏟아지면서, 눈물하고 말이 마구 범벅이 되어 "어부어부~" 하는 소리로 들렸다.

무서운 물 미끄럼틀_

2009. 1. 4. 일

　우리 가족은 인천에 있는 테마 수영장으로 나들이를 갔다. 건물 4층에 커다란 수영장이 있었는데, 방학이라 그런지 사람들이 바글바글하였다. 영우와 나는 구석에 있는 어린이 물 미끄럼틀을 발견했다.

　처음엔 쇠파이프를 구부려 놓은 모양의 미끄럼틀을 언뜻 올려다보고, '저까짓 것쯤이야 별로 안 무섭겠네!' 생각하며 미끄럼틀로 향하는 계단을 올랐다. 그런데 올라가서 줄을 섰을 때, 아차! 내가 물 미끄럼 타는 것을 끔찍하게 무서워한다는 사실을 기억했다.

　다섯 살, 미술학원에서 여름에 야외 수영장으로 캠핑을 간 적이 있었다. 지금과는 비교도 안 될 정도로 경사가 심하고 높은 미끄럼틀을 단체로 탔는데, 어떤 아이들은 신기하게 뒤로 타고 그랬다. 내가 탈 차례가 되자, 아저씨들이 "얘, 덩치 큰 게 용감하겠는데!" 하면서 나를 번쩍 들어 뒤로 태운 것이다. 나는 그때 너무 어려서 물 미끄럼이 뭔지도 모르고 그냥 물에 휩쓸려 내려가는데, 너무 무서워서 나도 모르게 중간쯤에서 미끄럼틀 난간을 꽉 붙잡고 안 떠내려가려고 바동거렸다.

　두 손으로 난간을 붙들고 오도 가도 못한 채, 울먹이는 나를 구조요원 아저씨가 내려와 안고 타야 했었다. 이런 기억으로 움찔움찔하는데, 어느새 영우가 먼저 알로에 주스 마시듯이 빨리 미끄럼틀을 타고 내려가, '퐁당~' 하고 떨어지며 왕관 모양의 물방울을 튀기고 있었다. '그래, 영우도 저렇게 잘 타는데 나라고 못할 거 있나?' 하며 세 개의 미끄럼틀 중, 제일 길이가 짧고 경사가 낮은 미끄럼틀 앞으로 다가갔다.

앉은 자세로 다리는 내려가고 있었지만, 두 손은 아직 난간을 꽉 잡고 있어서, 나무가 도끼질을 당해 넘어가듯이 서서히 움직였다. 난간을 놓자마자 롤러코스터 타듯이 슝~ 하고 내려가기 시작했다. 생각과는 다르게 무서웠고, 온몸의 살이 떨렸다. 마치 만화에서 보았던 유체이탈처럼, 몸보다 영혼이 먼저 앞으로 튀어나가는 기분이었고, 몸속의 내장들이 앞으로 쏠리는 것 같았다.

나는 고래 입같이 쩍 벌어진 수영장에, 새처럼 양쪽으로 물살을 가르면서 떨어졌다.

'어휴, 미끄럼틀이 조금만 더 길었어도 난 죽었을 거야! 다신 타지 않을래!'

그런데 영우는 재밌다고 까르르 웃고 눈웃음을 치며, 벌써 몇 번째 계단을 뛰어오르고 있었다. 난 이번에는 미끄럼을 직접 타지는 않고, 영우가 잘 타는지 보고 내려갈 생각으로 계단을 올라갔다. 영우가 출발한 것을 확인하려고, 미끄럼틀 위에 앉았다가 '음, 탈 없이 내려갔군~' 하고, 다시 일어나려고 했다.

그때, 뒤에서 어떤 버섯 머리를 한 아이가 "꺄아아아!" 소리를 지르며 나를 밀었다. 순간 그 아이의 미는 팔 힘과 미끄럼틀의 물이 앞으로 쏠리는 힘으로, 내 몸도 앞으로 쏠렸다. 그리고 이번에는 내가 앞으로 가는 게 아니라, 마치 이 세상이 내게 빨려드는 것같이 미끄러졌다. 나는 숨이 멎은 것처럼 소리도 지르지 못한 채, 심장을 두 손으로 안고서 물속으로 "추아악~ 펑!" 하고 떨어졌다.

_슬픈 생일 선물

2009. 8. 7. 금

이 세상에 생일만큼 기쁜 날이 또 있을까? 그리고 생일마다 한결같이 기쁘게 보내는 사람들이 과연 몇이나 될까? 이제 오늘 밤 11시가 되면, 12년 전 내가 태어난 시각이 된다.

아침부터 난 들떠 있었다. 모든 걸 새로운 마음으로 느꼈다. 그래서 아침 기지개를 켤 때도, 이제 막 태어난 아기처럼, 음마아~ 울부짖는 소리를 내어 몸을 쫙 폈다. 그리고 가족들이 내 생일을 축하해 주는 분위기를 느끼려고 눈을 반짝거렸다.

그런데 아침부터 뭔가 꼬였다. 엄마와 영우가 한판 붙은 것이다. 영우는 내가 생일 선물로 받은 닌텐도 칩을 꼬투리 잡아 엄마에게 따졌고, 엄마는 잔뜩 화가 나셨다. 며칠 전부터 나는 내 생일 선물로 칩을 사 달라고 요구했었다. 그건 내가 부모님께 하는 보기 드문 요구였다. 미역국을 안 끓여도 되고, 생일상을 안 차려 주셔도 괜찮으니, 이번엔 다른 친구들처럼 나도 칩을 선물 받고 싶다고 한 것이다.

엄마는 영우도 사 달라고 조를 것이라서 안 되고, 비싸서 안 된다고 하셨다. 아빠는 아무 말씀이 없으셨다. 그러다가 어제 아빠가 나를 부르시더니, 칩을 내미시면서, "인터넷에서 주문해 산 거란다. 엄마와 영우 신경 쓰지 않게 조절해서 하렴!" 하시는 것이었다. 난 너무 행복했다. 그런데 내가 그만 생일을 맞아 한없이 자비로운 마음이 되어, 잠들기 전 영우에게 그 사실을 말해 버린 것이다. 형아는 너무 행복하고 이 칩을 너와 나눠 쓰겠노라고!

오늘 아침, 영우는 더위를 먹은 아이처럼 머리를 흔들며 엄마에게 따졌다. 엄마는 칩은 절대로 안 사준다고 했으면서, 왜 형아만 사 주고 나는 안 사 주냐며, 자기도 칩을 사 달라며, 막무가내로 굴었다. 나는 땅이 꺼지는 것같이 불안해졌다. 오늘만큼은 방학 내내 날카로우신 엄마와 충돌을 피하고, 평화로운 분위기 속에서 생일을 맞고 싶었는데, 이미 일은 커져 버렸다. 엄마는 영우의 생떼에 폭발하셨고, 그 불똥은 나한테 떨어졌다.

"내 이럴 줄 알았다! 그러길래 왜 칩을 사 달라고 난리였니? 니가 정신이 있는 애냐? 동생 떼 쓸 거 알면서! 너 엄마 말 안 듣고 칩 샀으니, 생일 케이크는 없다!"

불호령을 하시며 울고불고 대드는 영우를 마구 두들겨 패시는 엄마를 보며, 나는 참지 못하고 무너지듯 엉엉 울며 빌었다.

"엄마, 잘못했어요! 다시는 칩 사 달라고 안 그럴게요~ 어허헝~"

난 눈물로 범벅이 된 채, 집을 나와 버렸다. 그리고는 후회에 가득 찬 마음으로 며칠 전에 올라가 보았던, 아파트 뒷산으로 올라갔다.

그냥 쓸쓸해서 눈물도 나오지 않았다.

'이봐, 8월에 태어난 밤 호랑이, 뭐 땜에 그렇게 힘이 없냐?'

며칠 전과 다르게 엄청나게 진한 초록색으로 변한 소나무 가지들이, 바람에 움직이며 내 어깨를 만지는 것 같았다.

'응~ 내가 어리석었어. 칩을 사 달라고 조르다니, 그건 화 덩어리

였어. 왜 그걸 몰랐을까? 덕분에 생일 케이크도 못 먹어!'

그러자 '호랑이가 무슨 생일 케이크? 이건 어때?' 하는 것처럼 소나무 가지들이 크게 출렁거렸다. 난 눈을 감고 고개를 하늘로 들고, 시원한 바람을 느끼고, 시원해서 두 팔을 나도 모르게 크게 벌렸다.

열대야 보내기_

2009. 8. 9. 일

　밤이 너무 더워, 우리 가족은 모두 시원한 마루에서 자기로 하였다. 엄마가 적당히 얇은 두께의 이불을 깔 것으로 가져와서, 마루에 한 겹으로 넓게 펴 주셨다.

　그다음엔 베개를 일정한 간격으로 착착착 놓으셨다. "얘들아, 어서 와서 자야지!" 하고 엄마의 말씀이 끝나기도 전에, 나와 영우는 뛰어들어 이불 위에 쏙쏙 누웠다.

　엄마는 얇은 타올 같은 이불을 우리에게 덮어 주시기 전에, 투우사가 천을 휘두르는 것처럼, 이얍~ 하고 한번 펄럭 넓게 휘둘렀다. 그러자 그것은 바람을 타고 우리 몸 위에 스르륵~ 내려앉았다.

　나는 기분이 좋아서 처음엔 그것을 덮고 있다가, 곧 옆으로 몸을 돌려 누워, 이불을 돌돌 말아 다리 사이에 끼워 넣었다. 이번엔 영우가 끼야악~ 웃으며 이불을 고무줄처럼 잡아당겼다. 우리가 이불을 뺏었다 당겼다 장난을 치는 바람에, 깔고 누운 이불이 올록볼록 구겨져서 다시 펴야 했다.

　"형아, 토실이 생각나지 않아?"

　이불을 독독 다듬고 옆에 누운 영우가, 눈을 말똥말똥 뜬 채 물었다. 우리가 어렸을 때 살던 집, 좁은 마루에서 매일 밤 가족과 함께 잤던 기억이 떠올랐다. 그리고 영우랑 잠들 때까지, 작은 토끼 인형을 하나씩 옆에 끼고 별을 세던 생각이 나서, 대답 대신 웃었다.

　갑자기 활짝 열어 둔 마루 창문으로 산바람이 윙윙~ 하고 불어닥

쳤다. 그 바람은 우리 위에 자꾸 서리처럼 내려앉았다. 처음엔 시원
하다가, 점점 춥게 느껴져서 나는 차가워진 발을 맞대고 싹싹 비벼
댔다. 기침도 콜름콜름 나왔다. 그러자 엄마는 "어이구, 기침하네~"
하면서 창문을 닫으셨다.

한참 뒤에 나는 너무 더워서 숨을 헐떡였다. 영우가 나를 끌어안
고, 내 배 위에 한쪽 다리를 올리고 잠든 것이다. 가족들이 다닥다닥
붙어 자니까, 몸이 무엇에 낀 것처럼 불편해서, 헉헉 땀을 흘리며 일
어나 기어서 다른 곳으로 이동했다.

'마루에서 같이 자기엔 내가 너무 컸나 봐!'

싸움이 된 그네_

2009. 10. 11. 일

영우야! 어제 오후 공원 놀이터에서 그네 때문에 싸우다가, 아빠한테 걸려 매를 맞은 사건 때문에, 기분이 안 좋아서 이 편지를 쓴다.

그 놀이터에는 두 개의 그네 말고는 우리가 딱히 놀 만한 게 없었지. 그 조그만 그네에 아이들이 매달려 타고 놀았는데, 한번 타면 좀처럼 내려올 줄 몰라서, 우리는 줄을 서서 지겹게 기다려야 했지.

한참을 기다리다 한 아이가 그네에서 일어났고, 우리는 동시에 그네를 향해 뛰었지. 그야말로 가젤같이 빠른 속도로 내가 먼저 그네 위에 탁~ 앉았을 때, 그네를 놓친 너는 씩씩거리며 멀뚱멀뚱 나를 바라보았지. 너는 약이 올라서 "당장 비키지 않으면 이 돌로 때린다!"하며 으름장을 놓고, 작은 나뭇가지를 주워 나를 향해 던졌지.

그러나 난 이미 그네 타는 재미에 푹 빠져서, 네가 그러건 말건 계속 그네 줄을 잡고 누운 자세로 밀며, 발을 앞으로 쭉 뻗고 그네타기에 열중했다! 협박을 하다가 지친 네가, 그네 옆에 쭈그리고 앉아 "형아, 언제 내릴 거야?" 물어보았을 때, 나는 노래하듯 이렇게 대답했다. "내일~ 천 년 뒤에~ 개구리가 하늘을 나는 날에~!"

화가 머리끝까지 난 너는, 모래밭 위에 누워 뒹굴면서 빽빽 울며 "난, 언제 타냐구!" 소리를 지르더니, 드디어 벌떡 일어나 모래밭에 모래를 한 움큼 주워 나에게 뿌리는 것이 아니겠니? 그 모래 가루가 날아와 목쯤에서 푸쉬쉬~ 터지면서 내 눈과 입으로 마구 날려 들어왔다. 나는 카악 퉤~ 입안에 들어간 모래를 뱉어 내고, 얼굴에 묻은 모래를 털어 내고, 몸에 묻은 모래도 털어 내고 너 잡히면 죽는다! 하는 일그러진 표정으로 그네에서 일어나려 하는데, 하필 그때 아빠가 나타나실 게 뭐란 말이냐?

아빠는 왜 항상 우리가 싸울 때만 악당처럼 등장하는 것이냐? 아빠는 고래고래 소리를 지르시며, 너를 아무 데나 주먹으로 픽~ 때리고 발로 엉덩이를 걷어차셨다. 그리고 나에게도 형이 돼가지고 양보할 줄 모른다며 똑같은 주먹질이 돌아왔다. 나는 추가로 등을 세 대 더 맞았지! 형이라는 이유로!

난 차오르는 분노를 누르지 못하고, 그동안 너를 동생이라는 이유로 참아 주고 봐주고 용서한 나를 탓하며, 속으로 너를 하염없이 욕하면서 걷고 또 걸었다. 머릿속은 시커멓게 엉킨 거미줄이 내려앉고, '나쁜 새끼! 그걸 못 기다리냐? 버러지 같은~ 멍청이 녀석!' 하는 더러운 말들로 색칠했다. 걷다 보니 얼마나 화가 났는지, 손가락으로 불을 피워서 담배 피우는 시늉까지 하고 있더구나!

난 인생이란 육지가 보이지 않는 바다 같아! 하고 생각하며 막막하게 하늘을 보았다. 요즘 들어 네 형으로 태어난 게 이렇게 슬플 수가 없구나! 그런데 이런 내 마음을 아는지 모르는지, 그새 엄마 스카프를 몰래 가져와 망토 놀이를 하자며 날개처럼 목에 묶어 달라는 너를 보니, 어이없게 눈물이 난다. 영우야, 2학년이나 됐는데 도대체 넌 언제 철이 들래?

추신: 일기를 쓸 땐 너무 화가 났지만, 쓰다 보니 내가 혼자만의 세계에 빠져서 동생에게 관대하지 못했다는 사실을 알게 되었다. 나도 그렇게 모범적인 모습을 보인 적이 없었으면서, 동생을 미워한 게 부끄러워졌다. 그걸 깨달아서 이 일을 일기로 쓴 건 정말 잘한 것 같다!

_꿀물 드세요!

2009. 11. 1. 일

"형아! 큰일 났어! 엄마가 너무 아파!"

"뭐?"

영우가 내 방으로 후닥닥 달려와 소리쳤다. 엄마는 아프셔도 보통 아프다는 내색을 안 하고, 한숨 푹 주무시면 쌩쌩하였는데, 이번 몸살은 아주 심하신 것 같았다.

엄마는 침대에 옆으로 누워서 이불을 두 겹씩이나 끌어 덮고, 몸을 부르르 떨며 인상을 찡그리고 계셨다. 엄마는 내가 온 걸 알고 눈을 반쯤 떠서 "허어어, 권 박사~ 허어어, 괜찮아~"하고 간신히 입을 열었는데, 목소리가 너무 나직해서 공포스런 분위기가 났다.

나는 잽싸게 엄마 곁에 앉아 "네, 엄마 말씀하지 마세요!"하며 이불을 열고 다리와 발을 주물러 드렸다. 엄마의 종아리와 발이 시체처럼 차갑고 핏기가 없었다. 나는 얼른 엄마의 머리를 짚어 보고 천천히 엄마의 얼굴을 들여다보았다. 입술이 핏기 없이 새하얗고, 역시 머리가 뜨거웠다. 엄마는 계속 "으허우, 으허우~" 앓는 소리를 내셨다.

나는 엄마가 아파하는 소리에 속이 빠지직 타 들어가는 것 같았다. 그새 영우는 울며불며, 부엌에서 일하고 계시는 아빠에게 "119를 불러요! 경찰도 불러요!"하며 엉엉 울고 있었다. 아빠는 "약을 드셨으니 한숨 주무시게 기다려 보자~"하시며, 우리와 같이 엄마 다리를 주물렀다. 엄마는 우리가 한꺼번에 달려들어 다리를 주무르자, 물에 빠진 듯한 놀란 표정을 지으며, 그만 하라고 손을 저으셨다.

나는 엄마에게 몸에 좋은 무얼 먹여 드려야 될 것 같아서, 냉장고를 열고 감기약 코푸시럽을 만졌다가, 오메가3라는 영양제도 만지작거리며, 으~ 어쩌나? 하며 갈팡질팡하다가 문득 아직 배우지는 않았지만, 국어 교과서에서 미리 읽어 둔 「도깨비를 만났어도」라는 이야기에서, 도깨비들이 "아랫마을 부잣집 딸에게 쑥물을 만들어 먹이면 병이 나을 것을 멍청하게 다른 약만 짓고 있으니~"하는 구절이 퍼뜩 떠올랐다.

그런데 급한 대로 쑥물을, 꿀물로 대충 떠올리고 부엌으로 뛰어가, 수납장에 있는 예쁜 도자기 사발을 꺼내어 수돗물에 한번 씻고 생수를 부은 다음, 잡화 꿀이라고 쓰여 있는 꿀병을 찾아 얼마 안 남은 꿀을 있는 힘껏 짜냈다. 꿀은 설사가 나오듯이 푸읍~ 푸부부부~ 터져 나왔다. 그런 다음 찻숟가락으로 천천히 잘 저었다. 꿀은 물보다 무겁고 뭉쳐서 잘 녹지 않기 때문에, 잘 저으면서 풀어 주었다. 그러고 나서 찻숟가락으로 맛을 보았다. 으음~ 너무 달지도 성겁지도 않은 맛이었다.

나는 두 손으로 사발을 들고 종종걸음으로 "엄마! 엄마! 꿀물 드세요!"하며 엄마 방으로 갔다. 마침 엄마는 웃는 듯 우는 듯, 여러 가지 표정을 한데 섞어 놓은 것 같은 일그러진 얼굴을 하고 일어나셨다. 내가 꿀물을 건네기가 무섭게 엄마는 꿀물 사발에 얼굴을 묻고, 한번에 꾸꿀, 꾸꿀~ 소리를 내 마시고 난 뒤, 사발을 탁 내리고 엄지손가락을 치켜들고 "권 박사, 최고~!" 하며 활짝 웃으셨다. 나도 속이 트이는 것 같았다.

뇌경색에 걸리신 엄마 1 _

2010. 1. 28. 금

나는 지난 1월 11일을 잊을 수가 없다. 그날은 엄마, 아빠가 성서 학당에 가는 날이기도 했고, 다른 때보다 일찍 출발하셨기에, 나는 동생과 놀 시간을 확보한 것에 이히히~ 쾌재를 불렀다.

그런데 엄마, 아빠는 11시가 넘어서도 안 들어오시고, 아빠만 헐레벌떡 11시 30분이 조금 넘어서야 들어오셔서, 영우랑 외할머니댁에 가 있으라고 말씀하시고는 끔찍한 소식을 전해 주셨다.

엄마가 아빠랑 나갔다가 엄마가 팔과 입을 못 움직이시고 마비 증세를 보여, 응급실에 갔더니 뇌경색 병이 일어난 사실이 드러났다. 그래서 나는 영우랑 한밤중에 할머니댁에 옮겨가 생활하게 되었고, 할머니 컴퓨터가 여의치 못해서 일기 글을 블로그에 올리지 못했다.

이튿날 내 방이 아닌 할머니 집 거실 침대의 이불을 덮는 상황이 믿어지지 않았다. 시간이 조금 지나니 어제의 일이 떠오르면서 '아! 진짜였구나!' 하는 생각이 들었다. 첫날은 하루 종일 머리가 복잡해서 무슨 일을 겪었는지 모르게 금세 다시 밤이 되었다. 밤이 돼서야 모든 생각이 정리되면서, 내가 엄마 속을 썩여서 잘못하면 돌아가시게 하였을지도 모른다는 생각이 들었다.

나는 '엄마를 다시 못 보면 어쩌지?' 하며 '흐흐꺼어' 울기만 했다. 엄마가 어릴 때 글쓰기를 가르쳐 주시면서 "마음속에서 터져 나오는 것을 그대로 쓰럼." 하는 말이 떠올라, 나는 넋 놓은 것처럼 밤새 울기만 하며 하룻밤을 지새웠다. 너무 울어서, 눈이 통실통실하게 살이 찐 복숭아처럼 부어서 스치기만 해도 아팠다.

　나는 이튿날 최대한 울지 않고 긍정적인 생각만 하려고 노력했다. 그러나 무슨 말을 써야 할지 감도 안 잡히고 혼란스럽다. 내가 큰 죄를 지은 죄인 같고, 머리가 하얘지는 것 같다. 아무런 생각도 나지 않는다. 전화로 엄마 목소리를 듣고 안심은 했지만, 뇌경색으로 말을 더듬는 것을 보고, 무대에서 노래하고 싶다던 엄마의 꿈을 내가 망쳐 버린 것 같았다.

　'노먼 베쑨은 환자의 꿈을 지켜야 한다고 했는데, 나는 엄마의 꿈을 오히려 망쳤으니 난 좋은 의사가 못 될 거야!' 하는 생각에 또 쪼그라진 복숭아가 갑자기 물이 올라 터지듯이 눈물이 터졌다. 나는 피아노로 「울게 하소서」를 치는 것을 낙으로 삼아 하루를 보냈다. 엄마와 같이 보았던, 파리넬리가 부르는 「울게 하소서」를 들으니, 세상 모든 슬픔이 다 내 것인 것 같았다. 자꾸 무언가 고통이 응어리가 되어 쌓이는 것 같았다.

뇌경색에 걸리신 엄마 2 _

2010. 1. 30. 토

3일째 아침이 밝아왔다. 전화로 들은 엄마 말소리는, 예전보다 훨씬 좋아지고 술술 말씀하셨다. 그날 하루는, 내일 엄마 병문안을 간다는 생각에 부풀어 감사기도를 드리고, 「화이트 크리스마스」를 피아노로 신나게 쳤다. 4일째에는 드디어 할머니랑 지하철을 타고 엄마를 만나러 갔다. 경복궁역에서 의정부까지 지하철을 타고 가는 동안, 지하철의 매력에 푹 빠져 시골뜨기처럼 어어~거리며, 쉴 새 없이 고개를 두리번거리기에 바빴다.

그런데 의정부 거의 다 와서, 차창 너머로 가족이랑 같이 갔던 식당이 눈에 띄었다. 그러자 속속 내가 아는 건물과 거리가 나타나며, 꼭 옛날에 엄마와 함께 손을 잡고 걸었던 내가 보이는 것 같고, 모든 건물의 불빛이 모여 엄마 얼굴을 만들어 주는 것 같았다. '엄마, 보고 싶어요!' 하는 소리가 지하철 소리에 묻혀 들리지 않았다.

엄마를 만나니 기쁘고 자신감이 생겼다. 엄마와의 포옹은 이 세상에서 가장 길고도 짧게 느껴졌다. "지금 생활이 힘들고 괴롭더라도 그 상황을 즐겨 보렴. 엄마는 많이 나아지고 있어. 다시 너희와 만날 수 있을 거야!" 엄마는 내 등을 팔로 쓸어 주면서 옆으로 내 얼굴을 보면서, 힘 없지만 나지막하게 사람의 마음을 움직이는 목소리로 말씀하셨다. 그런데 그 모습은 엄마가 나를 믿고 인도하는 천사처럼 보이기도 하고, 며칠 전 EBS에서 본 「간디」의 표정처럼 맑아 보였다.

5일째에는 사직 문화센터에 가서 모든 시름을 벗고 수영을 하였다. 할머니가 "아이구, 그게 뭐여! 수영을 하려면 좀 제대로 해야지! 수영 특강을 들어갈래?" 하고 나에게 말씀하시는 것이었다. 나는 "아이, 뭐 제가 국가대표로 대회에 나가는 것도 아니고, 그냥 노는 건데 그렇게까지 배울 필요가 있나요?"라고 말하고 물속으로 뛰어들었다. 그리고 잉어가 물 만난 듯이, 영우랑 허부적, 허부적~ 소리도 요란하게 수영을 하였다.

6~8일 동안은 어둠 속에서 생각하는 날들이었다. 그런데 내가 지금까지 헛 산 것 같다는 생각이 들어, 어둠 속에서 폐인처럼 앉아 있었다. 내가 지금까지 살아온 이유는 무엇일까? 오늘도 새벽은 오고 아침 해가 뜨는데, 엄마가 해 준 밥 먹고 학교 다니고, 피아노 치고 블로그 하고, 내가 지금까지 해 온 것들이, 그냥 내 의지가 없이 수동적으로 굴러가는 대로 해 왔다는 생각을 떨칠 수 없었다.

지키지 못하면 빠져나갈 뿐이다! 그리고 의사가 되고 싶은 나의 꿈이 생각났다. 어떤 역경이 와도 사막에서 피운 꽃처럼, 나의 꿈을 향해 도전해 나가서 꼭 훌륭한 의사가 되리라. 나처럼 엄마가 아파서 걱정하고 슬퍼하는 아이들이 없게 하리라! 그리고 9일째 엄마가 돌아오셨다. 가슴이 뛰고 희망이 생기고 날아갈 것 같았다. 그리고 엄마와 할머니 집에서 생활하다가 돌아온 늦은 저녁, 이 세상에서 가장 훌륭한 보문인 가족은 잃지 않게 해 주셨으며, 그리고 이 사실을 늦게나마 뼈에 새기게 해 주신 하느님께 감사의 기도를 드렸다.

할머니와 컴퓨터를!_

2010. 3. 6. 토

　오늘은 외할머니댁에 들러서, 할머니 컴퓨터 공부하는 데 필요한 것들을 도와 드렸다.

　할머니는 요즈음 포토샵 공부에 열중이신데, 컴퓨터에 포토샵 내려받는 법을 몰라 애를 먹고 계셨다. 그래서 나는 '김프'(gimp)와 '포토웍스'(photo works)를 설치해 드렸다.

　'김프'와 '포토웍스'는 내가 '상우일기' 블로그에서 그림을 올릴 때 필요한 프로그램이다. 둘 다 블로그가 아니더라도 인터넷 세상에서, 사진이나 그림을 편집할 때 쓰는 프로그램이기도 하고!

　나는 저녁을 먹고 할머니 컴퓨터 책상 앞에 바짝 앉았다. 그러자 할머니와 할아버지가 양옆에서 수업을 듣듯이 나를 뚫어지게 바라보셨다. 나는 먼저 네이버 검색 엔진에 '모질라 파이어폭스'를 탁, 탁! 두드려서 공유 받았다.

　"모질라 파이어폭스는 블로그용 인터넷이라고 할 수 있어요. 이 체제를 통해서 다운로드를 받아야 해요. 그래야 안전해요!"

　그러고 나서 파이어폭스를 열고 검색 엔진에, 김프를 검색하여 다운 받았다. 그리고 똑같은 방법으로 포토웍스도 내려받았다.

　"사진 편집을 하려면 우선 김프에 들어가서, 파일을 클릭하고 내 문서에 보관해 놓은 사진을 찾아, 이렇게 하고 요렇게 한 다음, 이걸 누르고 마우스 포인터로 사진을 가르면, 사진이 원하는 만큼 잘린답니다! 이걸 저장한 후에 포토웍스를 열고 명암 조절, 채도 조절, 날카로움 조절, 액자 틀도 멋지게 만들 수 있어요!"

할아버지께서는 내 뒤에 계시다가 고개를 끄덕끄덕하시며 "오~ 오~" 하셨다. 그걸 보고 할머니는 "알아듣지도 못하면서 고개는 왜 끄덕거려요?" 하며 웃으셨다. 할머니는 나를 보고 대견하다는 듯이 "장하다, 손자!" 하셨다.

할머니는 낼모레면 칠순이시고, 허리도 아프시고 머리도 아프셔서 약봉지를 끼고 사시는데도, 배움에 대한 열정만큼은 누구보다 강해서 그것이 나를 감탄하게 했다!

소파 수술하기_

2010. 3. 13. 토

　나의 요즘 관심사는 바로 '소파 환자 수술하기!'다. 우리 집 소파
는, 나와 영우가 너무 밟고 쿵쾅거리며 뛰어다녀서, 소파 방석이 군
데군데 찢어져 있다.

　보기에도 좋지 않고 꼭 상처 입은 환자처럼 처참해서, 어느 순간
나는 의사처럼 찢어진 소파에게 수술을 해 주듯 바늘로 꿰매기 시작
했다.

　소파 수술하기는 '그냥 바늘로 꿰매는 거잖아?' 하고 시시하게 생
각할 수 있겠지만, 나는 정말로 환자를 치료하는 것처럼 심각하다.
그래서인지 수술 중에도 수없이 "오! 상태가 매우 안 좋아요!", "이
제 괜찮아요, 진정하고 눈감으세요~", "빨리빨리 해야 해요!" 하고
말문이 터진다.

　내가 이 수술에 관심을 두기 시작한 것은, 시간을 거슬러 올라 엄
마가 병원에 입원하고, 우리는 외할머니 댁에 맡겨져 있을 때에 시
작된다. 너무나 과묵한 생활에 지친 내게, 삼촌이 테니스공을 갖고
놀라고 주셨다. 그런데 테니스공을 보고, 갑자기 머리가 번쩍! 하였
다. '내가 외과의사라고 치고 테니스공을 가른 다음 수술해 보면 어
떨까?' 하는 생각이었다.

　나는 호기심이 발동하면 더 참지 못하는 성격이라, 할머니가 나
가신 틈을 타서 할머니의 서랍에서 몰래 실패와 바늘을 꺼내었다.
그리고 커터 칼로 테니스공을 조금만 남기고, 반으로 자르고서 작

년 5학년 2학기 때 딱 한 번 바느질을 배웠던, 실과 시간의 기억을 더듬더듬 떠올려 가며, 테니스공을 봉합했다.

그때는 꿰매는 도중에 바늘이 부러져서 난감하기도 했고, 손가락 하나하나가 찢어질 것처럼 아파질 무렵, 그럴듯하게 꿰맬 수 있었다. 하지만, 처음 테니스공을 수술했을 때, 나는 너무나도 기뻐서 밤에 잠자리에서도 그 생각만 하였다. 정말 해 보지 않은 사람은 모른다. 난 바느질이 얼마 안 된 초보자이지만, 소파를 봉합하다 내가 수술한 흔적을 보면 문득 이렇게 하는 내가 놀랍게도 느껴진다.

하지만, 아직도 나는 한참 멀었다. 속도가 너무 더뎌서 진짜 수술이었으면, 이미 오래전에 환자의 숨이 끊겼을 것이고, 아직도 방향을 잘못 잡아 처음부터 다시 해야 되는 상황이 있고, 실이 엉키거나 바늘이 부러지고, 손에서 당장 피가 날 것같이 아프고 빨갛게 부어오른다! 그래도 나는 이 일이 아주 좋고 즐겁다. 손에 땀이 나고 머리가 돌 것 같은 상황도 있지만, 난 이 일에 자부심과 긍지를 벌써 느끼는 것 같다!

한밤중에 롤케이크를 먹어요!_

2010. 7. 31. 토

오늘도 얼마 남지 않은 이사를 대비해서, 아빠가 오랫동안 모아 두었던 레코드판을 정리하기로 하였다. 레코드판은 수없이 많아서, 큰 책장 하나를 거의 다 채웠었다.

아직까지 그 개수는 정확히 모르지만, 아무튼 종류도 많다. 클래식, 기타 연주, 가곡, 올드 팝! 얇은 레코드판을 쌓으니 내 키 정도의 탑이 세워졌다.

나는 그 옛날 '집현전 헌책방'에서 나랑 영우는 책을 보고, 아빠와 엄마는 박스에 든 낡은 레코드판을 고르셨던 기억이 떠올랐다. 또 내가 아플 때 소파에 끙끙거리고 누워 있으면, 아빠가 레코드판을 틀어 주셨었는데……. 우리의 추억이 묻어 있는 레코드판을 정리하는 것이 아쉬웠다.

아빠에게 "아빠, 이 많은 것을 도대체 어떻게 처분하시려구요?" 하고 물었다. 아빠는 "음~ 가지고 싶은 사람들에게 나누어 줄 거란다!" 하셨다. 나는 조금 기분이 허무하였다. 아빠, 엄마가 몇 년 동안 애지중지하면서 모은 건데 사람들에게 공짜로 나누어 준다니!

나는 아빠에게 "그냥 공짜로요? 이거 한 장당 100원만 받아도 꽤나 큰돈이 모일 텐데요?" 하고 아빠에게 따지듯이 물었다. 하지만, 아빠는 "흠~ 그럴까?" 하면서 싱싱 웃고만 계셨다. '하긴 어떤 사람이 레코드판을 꼭 가지고 싶었는데, 아빠가 그걸 무료로 드린다면 아마 고마워하면서 좋은 인연이 될 수 있겠지!' 나는 아빠의 웃음을 보고서 생각했다.

　그래도 아빠가 힘들게 모은 걸 그냥 퍼주는 건 무언가 기분이 찜찜했다. 그리고 오늘따라 나는 무척 배가 고팠다. 저녁을 일찍 먹은 뒤 샤워를 하고 책과 참고서를 정리했는데, 열대야 때문에 꿉꿉하고 땀은 줄줄 흐르고 또 배가 고파진 것이다. 그래서 밤늦게 레코드판을 가지러 손님이 오셨을 때, 나는 모르는 척하려고 영우와 같이 내 방에 들어가 문을 닫아 버렸다.

　띠띠뚜~ 손님이 들어오는 소리가 들리더니,

　"하하하! 안녕하십니까?"

　"아, 이런 걸 다 공유해 주시고 정말 감사합니다!"

　"뭐, 이런 걸요!"

　"빈손으로 오기 뭐해서 별건 아닌데, 이거 좀 가져왔습니다!"

　"아니, 뭐 이런 걸 다~ 감사합니다! 맛있게 먹을게요!" 하는 대화가 오갔다.

　나는 손님이 무언가 먹을 것을 가지고 왔다는 말에 귀가 번쩍 띠면서, 기뻐서 나도 모르게 문을 열고 나왔다.

　나는 아저씨에게 고개를 90도로 숙여 "안녕하세요!" 인사하였다. 아저씨도 "안녕하세요!" 하며 친절하게 인사를 받아 주셨다. 슬쩍 아빠의 손에 들려 있는 것을 보니, 아저씨가 가져온 것은 네모난 빵 봉지였다! 아빠는 레코드판을 아파트 현관까지 다섯 번 쯤 날라다 주셨다. 그날 늦은 밤, 우리 가족은 그 아저씨가 가져온 롤케이크를 우유와 함께 맛있게 먹었다. 나는 부드러운 롤케이크를 우유에 적셔 먹으며 생각했다.

'이런 게 사람 사는 정이로구나!'

_ 할아버지와 함께 고물상에!

2010. 8. 14. 토

오늘은 이사하면서 버리게 된 상자와 옛날 책들을 지게에 담았다. 할아버지와 고물상에 가서 팔기로 한 것이다. 우선 책을 먼저 바퀴 달린 지게에 쌓아서 줄로 묶었다.

그런데 내가 실수로 힘을 너무 세게 쥔 나머지 책을 고정한 줄이 끊어져 버렸다. 할아버지는 재빠르게 끊어진 줄 매듭을 지어서 다시 고정하셨다. 고물상까지 가는 길은 힘들었다.

길에 높게 솟아 올라온 턱에 걸려 나는 몇 번을 넘어졌다. 와우마트 옆에 있던 재활용 센터는 생각했던 것과 달리, 꼭 대형 화물트럭 정비소처럼 문이 없고, 어둡고, 연장들도 많고, 힘세 보이는 어른들이 바쁘게 움직이는 게 눈에 띄었다. 하지만, '종로 재활용 센터'라고 쓰여 있는 간판과 내 키보다 높게 쌓인 거대한 박스 더미들 때문에 재활용 센터라는 것을 알았다.

할아버지는 재활용 센터 앞에 이상하게 생긴 회갈색 쇠 발판을, "여기! 여기!" 하시며 손가락으로 가리키셨다. 나는 그 지게를 할아버지 말씀대로 쇠 바닥 위에 올려놓았다. 그러자 재활용 센터 안, 의자에 앉아 계시던 아주머니께서 "아가, 거기서 내려와라!" 하셨다. 그러면서 재활용 센터 오른쪽 벽에 붙어 있는 숫자판을 들여다보셨다. 나는 내가 지게를 올려놓은 갈색 쇠 판 위에 나도 올라와 있다는 사실을 깨달았고, 얼른 밖으로 물러났다.

'아하! 이것은 저울이구나!' 생각했다. 22kg! 전자 계기판에는 이렇게 나왔다. 아저씨는 "삼천 원!" 하셨고, 아주머니는 "아니여~ 이천 원이지!" 하였다. 아저씨는 묵묵히 책을 지게에서 풀어 들고서는 책을 따로 쌓아 놓는 구석에 "끙~!" 소리 내며 내려놓으셨다. 어릴 때 재미있게 읽었던 책도 많아서 아쉬웠지만, 그래도 이제 책들이 재활용되어 새 생명을 얻을 거라는 생각을 하니 기분이 좋아졌다.

아저씨께서는 왼쪽 주머니를 뒤적거리시더니, 천 원짜리 지폐 돈 두 장을 나에게 내밀었다. 나는 공손히 두 손으로 받아들고 잠시 내 손 안에 돈을 구경해 보았다. 푸른색의 약간 너덜한 천 원짜리 2개! 내가 가지고 싶었지만, 할아버지께서 고물상에 가자고 알려 주시지 않았더라면, 내가 이 돈을 벌지도 못했을 거라는 생각에 할아버지께 "할아버지, 여기요!" 하고 돈을 내밀었다. 하지만, 할아버지는 "아녀, 너 가져." 하시며 고개를 저으셨다.

나는 할아버지에게 고마웠다. 사실 나는 지금까지 할아버지가 뇌경색에 걸려 무뚝뚝하게 불만스러운 표정을 짓고, 말도 잘 안 하셔서 속으로는 할아버지 대하는 마음이 불편했다. 그런데 지금 생각해 보니 할아버지는 뇌경색이라는 끔찍한 병으로 머리도 아프실 테고, 그러니 당연히 표정을 찡그리실 수밖에! 할아버지는 수십 년을 조용하게 붓글씨에 전념하며 사셨으니까, 선비같이 조용한 것도 어쩌면 당연한 것이다.

나는 그날 두 번 더 고물상에 가서 돈을 받아 6,500원이라는 큰돈을 벌었다. 내가 일을 해서, 누군가가 내게 돈을 건네는 느낌은 처음이라 흥분되고 짜릿하였다. 날씨는 덥고 온몸은 땀으로 젖고 중간마다 넘어져서 짜증이 나기도 하였지만, 그때그때 할아버지가 도와주어서 우여곡절 끝에 도착할 수 있었다. 그러나 더운 날씨에 땀 흘리며 열심히 일하는 사람들의 모습을 보니 느낀 게 많았고, 그걸 깨닫게 해 주신 할아버지만큼 좋은 할아버지도 없을 것이다!

처음 가 본 스타벅스

. 2010. 11. 23. 화

　오늘은 큰고모의 딸, 주영이 누나가 대학교 과제로 주위의 유명한 사람을 인터뷰하는데, 내가 블로그로 유명하다고 나를 인터뷰하겠다고 하였다. 그래서 오늘 큰고모와 주영이 누나, 누나 대학교 친구들과 만나는 시간을 가졌다.

　만나는 장소는 바로바로 스타벅스 커피집! 나와 엄마가 그 앞을 지나칠 때마다 "엄마, 내가 돈 많이 벌면 저런 곳에서 많이 사 드릴게요!", "괜찮아, 엄마는 상우가 그런 말 해 주는 것만으로 좋아! 저렇게 비싼 건 바라지도 않아!" 하던 바로 그곳! 커피 한 잔에 5천 원을 넘어서 언제나 엄마가 스타벅스 앞을 지나면, 그 안에서 커피 마시는 사람들을 부러워했던 곳!

　나와 영우, 그리고 엄마는 시린 손을 호호~ 하하~ 불면서, 세종문화회관 쪽 스타벅스 커피로 움직였다. 스타벅스 커피집 안으로 빼꼼~ 들어가니, 맛좋은 조각 케이크와 커피를 사려고 사람들이 줄을 서 있고, 내 안경에는 온도 차이 때문에 잠시 김이 서렸다.

　우리는 약속 시각보다 일찍 온 편이라서, 고모가 도착하려면 시간이 걸릴 것으로 생각하고, 위층으로 먼저 올라가려고 할 때, 누군가 내 어깨를 살짝 잡으며 "생우야~!" 하고 장난스럽게 부르는 것이었다. 바로 반가운 큰고모였다. 매번 볼 때마다 느끼는 거지만, 큰고모는 언제나 변하지 않고 활짝 웃는 얼굴에 젊어 보이는 그 모습 그대로인 것 같았다.

그러고는 고모와 같이 2층으로 올라갔다. 2층에는 멋쟁이 주영이 누나와 누나의 친구가 먼저 와서 자리를 잡고 기다리고 있었다. 나는 인터뷰를 하기 위해 누나와 같이 앉았고, 고모와 영우, 엄마는 다른 자리로 옮겨 갔다. 일단은 주영이 누나가 딸기주스를 사 주어서, 나는 홀짝홀짝거리며 창밖에 광화문 거리를 감상하였다. 휘황찬란한 거리를 보며, 톡톡 쏘는 맛있는 딸기주스를 홀짝홀짝 먹는다! 그것도 스타벅스 커피집 안에서!

나의 기분은 잠시 인터뷰 같은 것은 잊고 조금 황홀해져 있었다. 그사이에 누나 친구 두 명이 더 오고, 본격적으로 네 명이 진행하는 인터뷰가 시작되었다. 인터뷰에서는 내가 예상했던 질문들이 주로 나왔다. 블로그를 시작한 계기, 소재거리는 어디에서 얻는 건지, 블로그의 글을 쓰는 나만의 노하우는 무엇인지에 대해 물어보았다. 나는 내가 이렇게 직접 만나 인터뷰당하는 것은 상당히 오랜만이라서, 조금 긴장해서 깊이 생각하여 답을 해 주었다.

이렇게 내가 이런 곳에서 딸기주스를 홀짝거리며 인터뷰를 하니, 꼭 정말로 유명인사가 된 기분이었다. 맛있는 딸기주스가 비워지고 인터뷰가 모두 끝나자, 나와 영우, 엄마, 그리고 큰고모와 주영이 누나와 함께 맛있는 감자탕집으로 갔다. 아름답고 멋있는 조명이 있는 스타벅스에서 나와, 광화문 구석진 골목길에 있는 감자탕집으로 자리를 옮겼는데, 옆자리의 할아버지들이 담배를 피우고 욕을 하고 고함을 지르며 감자탕을 먹느라 무언가 품격이 떨어져 보였다. 하지만 그래도 맛만큼은 최고였고, 우리는 그곳에서 분위기는 포기한 채 배 터지게 먹었다!

_오랜만에 아빠와 함께한 저녁 식사

2010. 12. 24. 금

나는 어제 6학년 겨울방학식을 했고 원영이네 집에서 자고 왔다. 밤사이에 부쩍 추워진 날씨 때문에, 오들오들 떨면서 지하철을 탔다. 바깥세상은 가게마다 크리스마스트리와 장식이 반짝거렸다.

'오늘이 크리스마스이브구나!'

나는 크리스마스가 오기 며칠 전부터 기도한 것이 있다.

오늘만큼은 아빠와 함께 저녁을 먹을 수 있기를! 아빠는 요즘 바쁘셔서 밤에는 얼굴을 볼 수가 없고, 아침엔 내가 일찍 나와 식사를 같이한 적이 없다. 그런데 내 소원이 이루어져 아빠가 크리스마스이브엔 저녁 식사를 함께하기로 약속하신 것이다!

할머니는 저녁 미사에 가시고, 특별히 엄마와 아빠와 영우가 장을 보러 가는 동안 나는 잠이 들었다.

"상우야! 내려와라! 할머니 오셨다! 같이 저녁 먹어야지!"

엄마가 나를 부르셨다. 나는 살짝 잠에서 덜 깨어났지만, 얼굴을 흔들어서 잠을 훌훌 털어 버리고 아래층으로 내려갔다. 벌써 할머니께서는 성당에 다녀오셔서 식탁 앞에 막 앉으시려 하고, 먹음직스런 훈제치킨이 식탁 위에 놓여 있었다. 나는 "우와!" 소리를 질렀다.

엄마, 아빠는 크리스마스이브 저녁을 위해 할인마트에서 훈제치킨과 치즈케이크를 사 오셨고, 할머니께서도 성당에서 맛있는 떡이랑 사탕, 수제 과자를 잔뜩 받아 오셔서 정말 근사한 크리스마스 저녁 식탁이 차려지고 있었다. 꼭 영화에서 보던 것같이 말이다! 단 칠면조 대신에 훈제치킨이 있다는 것 빼고. 하지만, 우리나라에서 칠면조를 먹는 사람이 얼마나 있겠는가? 할아버지께서는 감기 기운이 있으시다고 식탁 앞에 앉지 않고 방으로 들어가셨다.

나는 식사하기 전에 성탄절을 기념하여 대표로 기도하였다.

"하느님! 오늘 크리스마스이브의 저녁 식사에 가족이란 이름으로 우리를 모일 수 있게 도와 주셔서 감사드립니다! 맛있는 음식을 내려 주셔서 감사하고, 가족과 삶의 소중함을 느낄 수 있게 해 주셔서 감사드립니다! 그리고 예수님이 어떤 분인지, 그분의 가르침이 무엇이었는지에 대해 깊이 생각해 보겠습니다. 아멘!"

드디어 맛있는 저녁 식사가 시작되었다.

할머니께서 가져온 과자는 바삭거리고 달콤한 게, 크리스마스 영혼이 담긴 듯 정말 다른 과자와는 차원이 달랐다. 엄마, 아빠가 사오신 치즈케이크도 부드럽고 촉촉하며 달콤했다. 모두 맛있지만 역시 하이라이트는 훈제치킨이었다! 그런데 훈제치킨의 양이 조금 모자랐다. 훈제치킨은 큼지막한 닭다리로 4조각이었다. 밤늦게 오실 삼촌 몫으로 한 조각을 접시에 덜어 두니, 남은 조각은 딱 3조각뿐이었다. 치킨을 어떻게 나눌지 고민이 되었지만, 할머니는 구수하게 웃으시며 "아, 뭐 썰어서 먹으면 딱 되겠네!" 하셨다.

엄마는 칼로 조각을 나누시고, 영우는 닭다리 한 개를 잡고 뜯어 먹었다. 영우는 "어우, 맛있어! 어우, 맛있어! 난 치킨을 먹는 게 소원이었다니깡~!" 하며 긴 속눈썹을 치켜들었다. 나는 아빠 옆에 앉아 나누어 먹었다. 그러나 사실 아빠는 먹는 시늉만 하고 들지 않으셨다.

"아빠, 크게 한입 드세요!"

"됐다, 너 많이 먹어라!"

"아빠, 좀 드시라니까요!"

"괜찮대두~ 너 많이 먹어!"

"제발요~ 아빠, 아빠가 한입 크게 드시는 것이 저의 소원이에요!"

나는 목소리가 올라가고, 거의 울상이 되었다.

아빠는 그제야 어쩔 수 없다는 표정을 지으면서, 입을 쩌억 벌려 크게 한입 참참~ 베어 드셨다. 양은 적었지만, 맛은 최고였다! 보통 치킨과 달리 입에 착착 달라붙었다. 나는 그 맛을 느끼면서 천천히 씹으며 "내 생에서 가장 맛있는 음식이에요!" 말하였다. 할머니는 껄껄껄~ 웃으시며 "넌, 어째 매일 먹는 것마다 제일 맛있다 그러냐?" 하셨다. 하긴 나는 조금만 맛있어도 아낌없이 찬사를 보내며 먹었지만, 이번엔 아빠와 먹는 치킨이라 더 특별했는지도 모르겠다. 꼭 하느님이 먹던 음식을 함께 나누어 먹는 것 같아 기분이 황홀했다.

할머니와 엄마도 치킨을 조금 먹고, 아빠와 내 접시 앞으로 치킨을 건네셨다. 훈제치킨은 곧 바닥이 나고 접시 안은 깨끗해졌다.

"상우야, 모자라서 어떻게 하냐?"

아빠가 말씀하셨지만, 나는 만족한 표정으로 배를 문지르며 "오늘 저녁은 최고였어요!" 말하고서 입 주위를 쓰윽~ 핥았다. 나는 잠들기 전 산타 할아버지에게 간단한 편지를 써서 머리맡에 두고 잤다. 오늘은 소원대로 아빠와 저녁 식사를 했으니, 제게 선물을 주지 않으셔도 된다고! 그것은 진심이었다!

2부
초딩 상우

신발 갈아신기 소동_

2005. 9. 22. 목

수업이 끝나고 뒷문으로 나가자 1학년 4반 말고도 1학년 아이들
이 우르르 몰려나와서 나는 허둥지둥 하면서 "나도 좀 가요!" 하고
소리쳤다.

마치 아이들이 모여서 거대한 파도 사이를 건너는 것 같았다.

나는 신발주머니가 없어진 것을 알고 다시 뒤로 돌아갔다. 아이들
이 많이 빠져나간 뒤라서 신발주머니를 쉽게 찾을 수 있었다.

나는 복도에 떨어진 신발주머니를 재빨리 주워서 집으로 달려갔다.

_독서우편엽서

2005. 10. 17. 월

선생님이 독서우편엽서를 나눠 주셨다. 나는 처음 어떤 책을 할까 고민했다. 아무리 생각해도 독서우편엽서에 관한 건 전혀 생각나지 않았다.

나는 그때 『땅 속 생물 이야기』를 생각했다. 하지만 그건 편지로 쓰기론 좀 까다로웠다. 나는 생각하고 생각한 끝에 『내가 처음 쓴 일기』라는 일기 모음집을 생각해 냈다. 그리고 나는 소똥을 몰듯이 글을 썼다. 할 말이 팍팍 떠오르고 중요한 일이 있으면 엄청나게 빠르게 써진다. 글이 잘 써지면 마음속에 바람이 잘 통하고 시원해지는 기분이다.

『내가 처음 쓴 일기』라는 책은 아이들이 일기를 참 재미있게 쓰고 진실하게 써서 참 반가웠다.

나는 이 책을 심훈이에게 소개해 주고 싶어서 독서우편엽서에 썼다. 나는 엽서 마지막에 심훈이에게 네가 처음 쓴 일기는 어땠냐고 물어보았다. 나는 지금 이 일기를 쓰면서도 그게 궁금하다.

동물들의 어릴 적 모습

2005. 11. 17. 목

오늘은 학교에서 동물들의 어릴 적 모습 찾기를 하였다.

교과서 맨 뒤쪽에 있는 동물들의 어릴 적 사진을 찾아 가위로 오리고 풀로 동그라미 칸 안에 붙여 주었다.

나는 아기 오리 사진을 붙이면서 이런 생각을 하였다. 내가 만약 오리로 태어났다면 어떤 어린 시절을 보냈을까? 아마도 아빠 오리를 따라다니며 '꽥꽥 꽥꽥' 지렁이를 찾아다녔을 것 같다.

그리고 사진 속에 아기 오리들은 비를 피해 바위틈에 숨어서 이 비는 언제 그치는 거냐고 '재잘재잘'거리는 것 같다.

나는 이 책 속에 나오는 동물들이 너무 귀여워서 다 키워 보고 싶었다. 거미만 빼면 말이다. 그중에서도 가장 복실복실한 토끼, 도토리를 '사사사삭' 갉아먹는 다람쥐, 물속에서 '파다다닥' 헤엄치는 청둥오리를 제일로 키워 보고 싶다.

- 영우와 뜻밖의 만남

2005. 12. 15. 목

나는 학교에서 색칠 공부를 아주 늦게 끝내었다.

그것을 다 끝내고 나서 집으로 돌아오는데 내 동생 영우의 학원 버스가 지나갔다. 나는 나도 모르게 학원 버스 쪽으로 달려갔다. 그런데 갑자기 학원 버스가 멈추고 문이 열렸다. 버스 속에는 운전기사 아저씨와 조금희 선생님과 아이들이 타고 있었다. 영우도 물론 있었고 그 버스를 볼 때 옛날 추억이 되살아났다.

선생님이 "집에 가는 길이니?" 하고 물어보셨고 "가는 거면 학원 버스를 타고 가렴." 하셨다. 나는 횡재했네 하는 마음으로 얼른 버스에 올라탔다.

영우가 놀라서 "우리 형이야!"라고 외쳤다. 버스 안에는 다섯 살 난 미술학원생들이 왁자지껄 떠들고 있었다. 나도 떠들고 싶었지만 이젠 초등학생이라서 체면을 지키려고 점잖게 맨 뒷좌석에 앉아 있었다.

버스 안에서 본 공원은 풀이 많아서 정글같이 보였다.

다시 만나다_

2006. 3. 30. 목

    2학년 복도 중간에 있는 1학년 연구실 문이 열리더니 1학년 때 담임선생님이었던 장선생님이 나오셨다.

    나는 반가운 마음으로 "안녕하세요?" 하고 크게 말했다. 선생님께선 "상우야, 오랜만이다."라고 말씀하셨다.

    나는 여기가 1학년 복도처럼 느껴졌다. 그 이유가 무엇 때문인지는 나도 잘 모르겠지만 말이다.

    나는 반가운 마음에 복도에 서서 선생님 가는 뒷모습을 지켜보았다.

_ 아찔한 날

2교시 수업 시작할 때였다. 똥이 너무 마려워서 두 손으로 엉덩이를 부여잡고 머리가 빨갛게 달아오를 정도로 식은땀을 흘리며, 눈물까지 글렁글렁 하며 쩔쩔매고 있었다. 괄약근의 힘을 풀면 금방이라도 나올 것 같았다.

마침 수행평가 중이었는데 끙끙거리는 나를 보고 내 짝 나연이가 "상우야! 괜찮아. 천천히 해도 돼." 하였다. 선생님께서 수행평가지를 걷고 다시 나누어 주실 때 나는 참을 수가 없어서 선생님을 복도로 끌고 가다시피 해서 말씀드렸다.

"상우야! 너 옷 뒤집어 입은 것 때문에 그러니?"

"아뇨. 아까 전부터 똥이 몹시 마려웠는데 휴지로 닦으면 너무 찝찝해서요. 집에서 후다닥 누고 오면 안 될까요?"

나는 너무나 부끄럽고 비참한 심정으로 말씀드렸더니 선생님께서 웃으시며 얼른 갔다 오라고 하셨다.

나는 실내화 바람으로 똥꼬 부분을 손으로 움켜쥐고 엉기적 엉기적 집을 향해 걸어갔다. 뛰고 싶었지만, 뛰면 똥이 주르르 나올 것 같아서 입술을 깨물고 걸었는데 얼마나 괴로웠는지 엉엉엉 울음이 터졌다.

엉기적 엉기적거리며 우는 나를 지나가는 사람들은 이상하게 쳐다보았다. 집에 다 와 갈 때쯤 장수말벌이 땀으로 젖은 내 머리 주위를 윙윙 돌고 있었다. 나는 무서워서 나 살려라 집으로 내뛰었다.

장기자랑 -

2006. 11. 24. 금

　오늘 3교시에 처음으로 장기자랑을 하였다. 나는 장기자랑이 이렇게 재미있는 줄은 몰랐다. 그것은 마치 서커스단 퍼레이드처럼 신기하고 멋졌다.

　우리 반은 책상과 의자를 뒤로 밀고 무대를 만들었다. 그런 다음에 선생님이 "제일 먼저 하고 싶은 사람!" 하고 소리쳤다. 다른 애들이 망설이고 우물쭈물할 때 내가 제일 먼저 손을 들었다. 사실 나는 집에서 연습을 하지 않았다. 그러나 나도 모르게 흥분되어 저절로 손을 들고 말았다.

　나는 춤을 추겠다고 말했다. 선생님께서 음악이 필요하지 않느냐고 하셨다 .나는 즉석에서 내 상상으로 음악과 춤을 만들어 내어 연기했다. 나는 진짜 공연인 것처럼 팔짝팔짝 뛰고 손을 하늘 높이 뻗기도 하고 활짝 웃음도 지었다. 그건 내가 마음먹기만 하면 언제든지 세상을 날아오를 수 있을 것 같은 기분에서 나온 춤이었다.

　그런데 중간에 김준영이 "돼지 발레리나!" 하고 소리쳐서 아이들이 배꼽이 떨어져라 웃었다.

　지훈이는 격파 시범을 보였다. 그때 나는 지훈이가 다르게 보였다. 원래 깡패라고 생각했었던 지훈이가 처음으로 멋지게 보였다.

　장기자랑이 끝나자 우리 반 아이들 모두가 달리 보였고, 사람은 자기가 잘하는 일이 하나씩 있다는 걸 알게 되었다.

_ 오른손

2007. 2. 6. 화

오늘 즐거운 개학날인데도 불구하고 첫날부터 혼이 났다. 오른손 때문이다. 어떻게 된 거냐면 선생님께서 "이 두 개의 안내장, 부모님께 꼭 보여 주세요. 알았으면 오른손을 드세요." 하셨는데 내가 "오른손이 어느 손이에요?" 하고 물어보는 바람에 아이들이 깔깔 웃어 대었다. 선생님께서는 "상우 남어!" 하셨다.

애들이 다 간 후에 선생님께서 정말로 오른손을 모르느냐고 물었고, 나는 억울하다는 듯 정말 모른다고 하였다. 선생님은 "하이고, 이 녀석!" 하면서 난감한 얼굴이셨는데, 집에 와서 엄마에게 그 이야기를 하니까 엄마도 얼굴을 찌푸리며 "열 살이나 먹었으면서 오른손이 어느 쪽인지도 몰라?" 하셨다.

나는 왠지 서글펐다. 맞춤법이 틀리는 것은 문제가 아니라고 하면서 왜 오른손을 구별 못하는 것은 문제가 되는 것일까? 어쩌면 다른 사람들이 나를 이해할 수 없는 것처럼 나도 다른 사람을 이해 못하는 건 아닐까? 생각하면서 오른손을 뚫어져라 쳐다보았다.

칭찬 _

2007. 3. 27. 화

1교시 말하기·듣기 시간 '누구일까요? 다섯 고개'를 할 때 선생님께서 문제를 내셨다.

"이 친구는 우리 반에서 남자입니다."

그러자 아이들이 누구일까 속닥속닥거렸다.

"이 친구는 키가 유난히 큽니다."

그러자 아이들의 시선이 가람이 쪽으로 향하였다.

"이 친구는 흉내를 잘 냅니다."

그러자 아이들의 시선이 이번에는 내게 끌렸다. 아이들이 한꺼번에 나를 쳐다보니 놀라서 나도 모르게 둘째 손가락을 입에 갖다 대고 입을 동그랗게 벌렸다.

"이 아이는 안경을 썼습니다."

그러니까 이번에는 아이들이 "오!" 하면서 확실하다는 듯이 나를 보았다.

"그리고 이 아이는 특히 우리 반에서 일기와 독서록을 잘 씁니다."

말이 끝나기가 무섭게 아이들이 손을 들었고, 그중에서 재범이가 내 이름을 맞추었다.

그러고 나서 선생님은 내 칭찬을 하셨다.

"선생님은 상우 일기를 볼 때마다 놀라요. 상우는 글을 잘 써서 왠지 작가나 글 쓰는 사람이 될 것 같아요."

나는 칭찬을 들으며 마음속에 단비가 내린 듯 너무 행복했다. 난 지금까지 내가 3학년 4반에서 제일가는 말썽꾸러기라고 생각했는데, 선생님의 칭찬은 마치 어둠 속의 한줄기 빛처럼 희망차게 느껴졌다.

정우, 전학 가는 날_

2007. 9. 7. 금

4교시 체육 시간 시작하자마자 선생님께서 정우를 교탁 앞으로 불러내셨다.

"정우가 이번에 전학을 가게 되었어요. 꽤 먼 곳으로 가서 다신 못 볼지도 몰라요. 어쩌다가 혹시 만나게 되면 반갑게 인사해 주세요."

선생님께서 말씀을 끝내기가 무섭게 내 마음은 철렁 내려앉았다. 정우는 내 얼마 안 되는 친구 중에서도 가장 친한 친구였기 때문이다. 비록 정우는 아닐지 몰라도 나에게는 그랬다. 내가 얼마나 친구를 원했는지 정우가 같이 이야기를 나누어 주기만 해도 고마웠다. 그런데 정우가 가고 나면 누가 그 빈자리를 채워 줄까? 생각하니 하염없이 서럽고 뜨거운 눈물이 북받쳤다.

반 아이들이 무덤덤한 얼굴로 앞에 나온 정우와 작별 인사를 나눌 때에도 나는 아무 소리도 귀에 들어오지 않았으며 주르륵 주르륵 흐르는 눈물을 손등으로 훔치기만 하였다. 그러다가 앞에 앉은 여자애들이 "선생님, 상우 울어요!" 하니까 반 아이들이 나를 일제히 쳐다보았다.

선생님이 "상우야, 그만 울어라." 하셨는데도 나는 온몸의 수분이 다 빠져나갈 것처럼 울었다.

크리스마스카드를 만들며

2007. 12. 18. 화

오늘 아침 학교 가는 길은, 다른 날보다 맘이 들뜨고 행복했다. 어느 때보다 일찍 일어나 밥을 김에 싸서 한 그릇 다 먹고, 따끈한 유자차도 마신 뒤, 목도리를 둘둘 말고 나섰더니 춥지 않았다. 나는 차가운 겨울 공기를 "하~!" 하고 들이마셨다. 오늘은 과연 학교에서 무슨 일이 펼쳐질까? 날은 아직 어두웠지만 오늘 미술 시간에 만들 크리스마스카드 생각으로 마음을 밝히며 길을 걸었다.

학교 후문 앞에 이르렀을 때, 흰 눈이 톡하고 한 방울 내 코 위에 떨어졌다. 그런데 몇 발짝 걸으면 톡 떨어지고 또 몇 발짝 걸으면 톡 떨어지는 게, 꼭 나를 불러 세우는 것 같았다. 그래서 멈춰 서서 하늘을 보니, 하얀 별사탕 요정들이 춤을 추며 사뿐사뿐 하늘을 날듯이 눈이 내려왔다. 정말 눈들은 살아 있는 것처럼 보였다.

1교시 수학 시간에 문제를 다 풀고 창밖을 보았을 때도, 흰 눈이 나를 찾아와 인사하는 것처럼 창문 밖에서 가볍게 날고 있길래, 나도 미소를 머금어 주었다. 미술 시간엔 더 눈은 오지 않았지만, 나는 「호두까기 인형」에서 나온 「별사탕 요정들의 춤」을 흥얼거리며 카드를 만들었다.

나는 선생님께서 나눠 주신 도화지 전체를 다 사용하여 대문짝만 한 카드를 만들었는데, 친구들은 아주 작고 아기자기한 카드를 만들었다. 희지가 가위질을 하며 내게 물었다.

"상우야, 요번 크리스마스 때 받고 싶은 선물 있어?"

나는 수업 시작하기 전, 겨울방학 때 낙건이가 이사 간다는 이야기를 듣고 충격을 받았던 걸 떠올리며 대답했다.

"음, 선물은 필요 없고 낙건이를 다시 되돌려 받았으면 좋겠어."

그러다가 쉬는 시간에도 주위에 앉은 친구들과 산타에 관한 이야기를 하게 되었는데, 산타가 '있다파'와 '없다파'로 나뉘어 티격태격하였다. 일단 산타가 있다고 믿는 사람은 나하고 우빈이, 둘밖에 없었고, 아이들은 거의 다 없다고 했다. 재범이가 한심하다는 듯 말했다. "야, 너는 어떻게 아직도 산타를 믿냐?" "어떻긴? 있으니까 그렇지." 나는 내가 해마다 산타에게 크리스마스날 아침 머리맡에 무언가를 선물 받았다고 하니까, "그건 너네 엄마가 잘 때 몰래 갔다 논거지! 증거를 대 봐!" 하였다.

마침 내가 하고 온 목도리를 보일 수 있어서 나는 자랑스럽게 "이 목도리, 산타 할아버지가 주신 거야! 봐, 가격표도 상표도 없지? 이런 건 할인마트에서도 볼 수 없을걸!" 했더니, 아이들은 갸우뚱하며 "그런 것도 같네. 이렇게 촌스러운 목도리는 못 본 거 같애!" 하였다. "너흰 선물 받은 적 없니?" 하니까, "당연하지! 우리가 요구하면 그게 선물이 되지!" 해서, "거 봐, 난 요구한 적 없는데도 목도리도 주고 카드도 주셨어!" 했더니, 아이들은 뭔가 누를 만한 말이 없나 찾는 표정으로 말했다.

"어쨌든 산타는 없어!"

나는 아이들이 산타가 없다고 목소리를 높이는 만큼 서글퍼졌고, 이 세상 아무리 산타가 없다고 해도 나만큼은 있다고 말하고 싶은 마음이 간절해졌다. 왜 그랬는지는 잘 모르겠다. 사실 산타가 진짜 있는지, 내가 받은 선물이 산타가 놓고 간 것인지 따지기가 싫었다. 그렇다면, 아침에 나를 따라왔던 눈송이들의 춤에 대해서 뭐라 말할 수 있겠는가? 그냥 내 상상이라고? 어쩌면 내가 두려운 것은 산타가 없다는 사실이 아니라, 상상을 하고 살 수 없다는 게, 꿈이 없다는 게 못 견디게 두려운 거 아닌지 모르겠다.

3학년 겨울방학의 비밀 _

2008. 1. 30. 수

40일간의 긴 방학이 이제 끝나 가고 있다. 바로 내일이 개학이다. 이번 3학년 겨울방학은 다른 방학과 달리 수확물이 많았다. 블로그 활동을 꾸준히 하여 2007 티스토리 우수 블로거 100명에도 선정되고, 글도 많이 읽어 올블로그 다독왕에도 뽑혔다. 비록 시상식에 참석은 못하였지만 그 기쁨과 흥분은 아직도 가시질 않고 있다.

초기의 블로그에 비해 독자 수, 방문자 수도 늘었고, 화면에도 조금씩 변화를 줘 가며 커 온 내 블로그를 보면서, 뭔가 내가 앞으로 걸어가야 할 어떤 길을 발견한 듯한 기분이 든다. 블로그를 통해 나는 나 자신을 격려하는 법을 배웠다.

나는 꿈과 상상이 많지만, 어릴 때부터 남들에게 엉뚱하고 이상한 아이라는 놀림을 많이 받고 자라서 그런지, 쉽게 상처를 받는 구석이 있다. 그런 나에게, 일기 글을 블로그에 올리는 일은 여러 가지로 도움이 되고 있다.

연필로 쓴 일기 글을 하나하나 타이핑해 가며 블로그에 올리는 일은 쉬운 일이 아니다. 하지만, 아직 맞춤법과 띄어쓰기도 엉망인 글을 정성껏 고치고 다듬어서 블로그에 올리면, 그 모습은 꼭 내복을 입고 음식을 여기저기 흘리며 혼이 나서 울던 아기 같던 내가, 어느새 깨끗한 옷을 갖추어 입은 의젓한 나로 변하여 '봐, 너도 괜찮은 아이지? 힘내!' 하며 웃어 주는 것 같다.

그리고 글을 쓰면서 나는, 내가 태어나고 살아가는 이 세상이 얼마나 따뜻하고 멋진 곳인지 깨닫게 된다. 어쩌다 들어오는 댓글에도 나는 친한 친구가 놀러 온 듯 기분이 좋고, 앞으로는 나도 사람들에게 기쁨을 나누어 주는 블로거로 발전했으면 좋겠다.

내일 개학을 하면 먼저 담임선생님께, 티스토리에서 만들어 준 내 블로그 명함을 한 장 드려야겠다. 그리고 친구들에겐? 어, 친구들에게 명함 나누어 주는 것은 좀 생각해 봐야 하겠다. 아직 우리 반 친구들은 내가 블로그를 운영하는 사실조차 믿으려 하지 않기 때문이다. 그 대신에 '안녕, 애들아! 방학 잘 보냈니? 크리스마스엔 무슨 선물을 받았니?' 하고 물을 것이다.

굴렁쇠 굴리는 아이들_

2008. 5. 15. 목

학교 끝나고 집에 가려고 교문까지 향하는 언덕을 내려오는데, 교문 앞마당에서 1, 2학년쯤 된 어린 동생들이 굴렁쇠를 굴리면서 놀고 있었다.

10명 정도의 아이들이 떼를 지어 노는데, 난 처음에 아이들이 뒤에는 바퀴가 없고, 앞에 큼직한 바퀴가 달린 오토바이를 타는 줄 알았다.

나는 멈추어 서서 아이들을 바라보며 우리 학교 학생들이 맞나? 하는 의심을 했다. 왜냐하면, 굴렁쇠 굴리는 아이들 얼굴이 너무 맑았기 때문이다.

아이들은 하나같이 입을 함빡 벌리고, 두 눈은 반짝반짝 동그랗게 뜨고, 채를 잡은 팔을 앞으로 내저어 "내가 더 빠르지롱?"하며 파다다닥 달렸다. 그리고 웃음소리가 학교 앞마당 안을 짤랑짤랑 울렸다.

갑자기 나는 내가 저 나이 때는 무얼 하고 놀았나? 돌이켜 보다가, 4학년이나 된 나 자신이 한심하다는 생각이 들었다. 내가 1, 2학년 때는 컴퓨터 게임을 하거나 텔레비전 만화를 보는 아이들이 많았고, 나 또한 별다른 게 없었다.

컴퓨터 게임을 선수처럼 잘하는 친구들 사이에서 무시를 당하고, 내가 바보스럽다고 생각하며, 게임을 못하게 하는 엄마를 속으로 원망하기도 했었다.

그러나 며칠 사이 나는 놀라운 사실들을 보게 되었다. 새로 전학 온 양주의 우리 학교는 컴퓨터 게임 얘기를 하는 애들이 거의 없으며, 쉬는 시간마다 운동장과 철쭉꽃이 핀 마당에서 줄넘기나 굴렁쇠를 굴리면서 논다.

참 신기했다. 내가 저렇게 걱정 없이 웃고 뛰놀아 본 적이 있었나? 고작 방안에 틀어박혀 컴퓨터 앞에 앉아 있거나, 책을 끼고 있었다는 게 마구 찔렸다. 그리고 굴렁쇠처럼 탱글탱글한 아이들 웃음소리를 들으며 마음 한쪽에서는, 내가 어린이라는 사실을 처음 알게 된 것처럼 기쁨이 솟아났다.

이 빠진 날_

2008. 6. 4. 수

4교시 끝나 갈 무렵이었다. 아침부터 빠지려고 흔들거리던 왼쪽 윗어금니가, 거의 떨어져 나가고 끝 부분만 달랑달랑 붙어 있었는데, 그 자리가 시큰시큰 아팠다.

나는 손가락으로 끈질기게 붙어 있는 이를 힘주어 잡아당기며 "으아아아~"하고 신음을 내었다. 어떤 아이는 그냥 확 잡아 빼라고 하고, 어떤 아이는 주먹으로 볼을 한 대 쳐서 빼라고 하고, 또 어떤 아이는 이를 살살 돌려서 빼라고 하였다.

내 주위에 아이들이 모여 왁자지껄하니까, 선생님께서 우리 곁을 가까이 지나가시면서 "상우야, 이 괜찮니? 빼 줄까?"하셨다. 나는 선생님의 우락부락한 손을 보고 순간, 빼 달라는 말이 쏙 들어가며 두 손을 내저었다.

이대로는 더 안 되겠다 싶어, 크게 마음먹고 숨을 한 번 들이킨 다음, 어깨에 힘을 주고 괴력의 사나이처럼 얼굴을 잔뜩 찌푸린 채, "우우욱~"하며 한 번에 딱 잡아 뺐다. 하얀 이가 툭 떨어져 바닥에 나뒹굴었고, 뒤따라 붉은 핏방울이 뚝 흐르며 떨어졌다.

"와! 상우, 이 뽑았다!"하며 아이들이 골대에 축구공을 넣은 듯, 소리를 질렀고, 준열이가 와서 "상우야, 나랑 같이 화장실 가자!"하며 내 팔을 잡아끌었다. 익선이가, 이 빠진 자리에 물고 있으면 1, 2분 뒤에 피가 멎는다고 하며, 급하게 자기 휴지를 꺼내어 원기둥 모양으로 도리도리 말아 건네주었다.

나는 화장실로 가서 몇 번 물로 오로로로 퉤! 하고 입 안을 헹구어
낸 다음, 휴지를 물었더니, 거짓말처럼 피가 멎었다. 아프던 것도 싹
낫고 시원했다. 빠진 이를 물에 깨끗이 씻어 손바닥에 담고, 입엔 휴
지를 물고 어깨를 펴고 당당하게 교실로 돌아왔다.

신체검사 하는 날 –

2009. 5. 13. 수

    4교시, 3층 교과 연구실 문 앞은, 신체검사를 하려고 줄을 선 우리 반 남자 아이들로 붐볐다. 여자 아이들은 교실에 남아 있고, 남학생이 먼저 번호대로 키와 몸무게를 한꺼번에 재는 기계 위에 올라갔다.

    신체검사를 한다는 소식을 들은 며칠 전부터, 나는 걱정이 되어 저녁밥을 잘 못 먹었다. 그동안 헐렁한 옷으로 가려왔던 몸무게가 드러나면, 아이들이 놀랄 것이고 또 놀릴 수도 있을 텐데 어떡하나?

    나는 몸무게를 조금이라도 줄여 보려고, 슬슬 반팔 위에 입은 얇은 겉옷과 양말을 벗기 시작했다. 그러나 몸은 으슬으슬 떨리고, 뒷목을 타고 또루룩~ 땀방울이 흘렀다. 맥박도 빨라졌고, 내 차례가 한 걸음 한 걸음 가까워질 때마다, 마음은 무겁고 몸은 돌덩이처럼 탁탁~ 굼뜨게 움직였다.

    그런데 나만 그런 게 아니라 줄 서 있는 다른 아이들도, 어떡해?~ 하며 초조해하기는 마찬가지였다. 하다못해 날씬한 성환이도 뭔가 쓴 표정이었으니까! 갑자기 선생님께서 아이들의 얼굴빛을 눈치 채신 듯 "여러분, 지금 몸무게가 많이 나간다고 부끄러워할 건 아니에요! 지금 여러분은 5학년이고 한창 클 때라서 그럴 수도 있으니 걱정하지 마세요!" 하셨다.

    나는 마음이 많이 누그러졌다. 하지만, 빈 복도처럼 차가운 기계 위에 올라섰을 때, 나도 모르게 입안으로 "아빠, 엄마, 그동안 고마왔습니다." 하고 중얼거렸다. 키를 재는 기계의 막대기가 위에서부터 슈우욱~ 내려와, 머리끝을 톡 딱! 하고 얌체같이 한번 친 다음, 다시 털털 올라갔다. 그사이 선생님은 내 몸무게와 키를 말했고, 반장은 그것을 장부에 적고 있었다.

몸무게를 재고 내려왔을 땐, 짐을 지고 물에 빠졌던 당나귀가, 짐을 벗고 나온 것처럼 홀가분했다. 문밖으로 나올 때까지 아무도 내 몸무게를 비웃거나 놀리는 아이는 없었고, 별로 관심이 있는 것 같지도 않았다. 알고 보니 나처럼 몸무게가 많이 나가서 고민인 아이들도 많았다. 나는 교실로 돌아오면서 '후~ 괜히 겁을 먹었군. 자, 이제부턴 팔굽혀펴기를 꾸준히 했던 것처럼, 계획을 세워서 걷기 운동을 해야 하겠어!' 생각했다.

명철이의 첫사랑 _

2009. 5. 21. 목

"상우야, 대박이다!"

3교시 영어 시간이 끝나고서, 영어 선생님 심부름을 마치고 교실로 돌아가는데, 성환이가 멀리서 날 보며 "상우야, 대박이다!" 하고 소리쳤다.

나는 다리를 쫙쫙 뻗어 성환이 쪽으로 성큼성큼 걸어가면서, "왜? 뭐가 대박인데?" 하고 물었다. "큭~ 명철이가 미화한테 러브레터를 보내서 고백했다!" 나는 "오~ 그래? 그럴 수가!" 하면서 교실로 들어갔다.

교실 앞쪽에는 미화와 친한 여자애들이 모여, 미화 대신 명철이의 편지를 들고 소리 내어 읽고 있었고, 미화는 교실 뒤 사물함 쪽에 서서 아주 당혹스럽다는 표정으로 웃고 있었다. 나는 여자애들 주위를 기웃거리며 러브레터의 내용을 들었다.

"그동안 계속 너를 좋아했지만, 용기가 없어서 말을 못했어! 하지만, 이제는 말해야겠어! 난 네가 너무 좋아. 이 말을 하기 위해 아주 오래 걸렸어. 나랑 사귀자! 만약에 네가 받아 주지 않는다면 나는 울고, 울고, 울고, 울고, 울고, 또 울 거야!"

무언가 명철이의 센스가 돋보이는 러브레터란 생각이 들었다.

나는 이번에는 그걸 받은 당사자, 미화 쪽으로 갔다. 미화는 계속 손으로 얼굴을 가리고 웃기만 하였다. 도무지 좋다는 건지 거부하겠다는 건지를 모를 반응이었다. 그러다 쉬는 시간이 끝나 갈 때쯤 조용히 두 손가락으로 X자를 만들어 보였다. 나는 '음~ 명철이의 첫 사랑은 이렇게 슬프게 끝이 나고 마는 것인가?' 생각하였다. 4교시 수업도 제대로 들어오질 않았다.

어느덧 점심시간이 되었다. 급식실로 가는 줄에, 명철이가 바로 내 앞에 있었다. 나는 '명철이를 어떻게 위로하지?' 생각하다가, 다른 반이 앞에 꽉 막혀 있어 잠시 줄이 멈췄을 때, 미화와 친한 친구 영미가 명철이에게 귓속말로 뭐라고 하려는 것을 보았다. 무언가 직감이 생겨 그쪽으로 고개를 기울여 슬쩍 엿들었더니, 영미는 귓속말로 "미화가 좋대. 너랑 사귀재!" 그러는 것이었다.

그렇게 해서 그 사실은 요즘 유행하는 신종플루처럼 급속도로 우리 반에 퍼져 나갔다. 나는 명철이에게 축하를 해 주면서, 똑같이 미화를 좋아하던 병식이에게는 위로를 해 주었다. 나는 명철이가 부럽기도 하고 조금은 존경스러웠다. 나도 남몰래 좋아하는 아이는 있지만, 도저히 사실대로 말할 용기가 나지 않는데……. 나는 이런 나 자신이 원망스럽고 뻘쭘해서 가까이 있는 성환이에게 사귀자고 장난을 치다가, 뜨악~ 하고 어깨를 한 대 맞았다.

야영장은 눈물바다_

2009. 6. 6. 토

우리가 미친 듯이 즐겁게 춤을 추는 동안, 어느덧 하늘은 짙은 파란색에서 검푸른 남색으로 바뀌었다. 교관 선생님께서 반별로 모닥불 주위에 동그라미를 만들어 앉으라고 하셨다. 우리 반은 여자는 바깥쪽에, 남자는 안쪽에 동그라미로 둘러앉았다.

각 반 반장이 나가서 굵고 짧은 보라색 초가 담겨 있는, 투명한 플라스틱 컵을 들고 왔는데, 촛불이 찰랑거려서 언뜻 보라색 음료수처럼 보였다. 촛불을 동그라미 안 중심에 내려놓자, 교관 선생님께서 말씀을 시작하셨다.

"자! 이제 아까 전에 흥분됐던 마음은 좀 가라앉히고, 경건한 마음을 가져 봅시다!"

그러자 아이들이 여기저기서 "에이~ 이제 슬픈 얘기 하려나 봐!" 하며, 피시피시~거렸다. 사실 친구들과 나는 야영장 마지막 순서인 촛불 의식 때, 슬픈 이야기로 전부 운다는 얘기를 미리 들었기 때문에, 절대로 울지 않겠다는 오기 같은 게 있었다. 드디어 전깃불이 모두 꺼지고 단단단단~ 잔잔한 피아노곡이 배경 음악으로 흘렀다. "자, 모두 촛불을 바라보세요, 그리고 눈을 감으세요!" 나는 고개를 숙이고 눈을 감은 척하며 촛불만 바라보았는데, 우리 반에서 눈을 감은 남자 아이는 하나도 없는 듯했다.

"자, 여러분~ 모두 한번 생각해봅시다! 여러분이 5학년이 된 지금까지 몸이 불편한 친구를, 별 잘못도 없이, 그 이유만으로 따돌리고,

놀리고, 마음을 아프게 한 적이 있나요? 그렇다면, 여러분은 정말 끔찍한 일을 저지른 것입니다. 그 친구는 그렇게 되고 싶어서 그렇게 되었나요? 그렇게 된 것만으로도 정말 끔찍하게 슬픈데, 그것 때문에 놀림을 받고 왕따까지 당하면, 그 친구는 정말 죽고만 싶을 거예요~"

나는 잠시 고개를 들어 살짝 주위를 둘러보았다. 아직 남자 애들은 울지 않았지만, 여자 애들은 하나 둘 '휘이쩟, 휘이쩟~' 울고 있었다. 나도 왠지 슬퍼지기는 했지만, 아직 눈은 건조했다. 나는 다시 교관 선생님 말씀에 귀를 기울였다. "그 친구는 삶의 의욕을 잃고, 안 좋은 길로 가거나 죽을 수도 있어요. 그러면 여러분의 마음도 좋지 않고, 평생 시달리면서 살게 되고 말 거예요!" 어느새 홍범이가 울기 시작했고, 내 눈도 촉촉해졌다.

"여러분~ 지금 여러분은, 인생의 가장 행복한 순간 중, 한순간을 보내고 있습니다! 여러분을 기다리고, 보고 싶어 하고, 기다리는 부모님이 계신다는 것이죠! 지금 이 순간에도 여러분의 부모님은, 여러분 걱정으로 잠을 제대로 주무시지 못하고 불안해하실 거예요. 잘 때 춥지는 않을까? 밥은 잘 먹었을까? 무슨 사고라도 났을까? 체력 약한 우리 아이가 극기 훈련은 잘했을까? 하며 밤새 걱정할 거예요. 그런 부모님에게 여러분은 평소에 어떻게 했나요? 부모님께서 자기 마음대로 따라주지 않아서 화를 낸 적이 있나요? 엄마 아빠께서 힘이 들 때 더 고통을 주지는 않았나요? 여러분, 여러분이 다 커서 대학생이 되었을 때, 부모님께서 더 이상 이 세상에 계시지 않을 수도 있어요! 더 늦기 전에 잘해 드려야겠지요!"

나는 가슴이 아파서 더 들을 수가 없었다. 눈물 젖은 눈을 들어 주위를 살펴보니, 여자 아이들은 이제 모두가 "으어어어어~" 소리 내며 펑펑 울었다!

평소에 찌르면 피 한 방울 안 나올 것 같던 현국이는 안경을 벗고 하늘을 보며 울었고, 장난밖에 모를 것 같던 경모는 코하고 볼, 눈이 탱탱 붓도록 빨갛게 울고, 눈물이 없는 것처럼 씩씩한 성환이는 수건으로 얼굴을 감싸 매고 소리 없이 눈물을 주룩주룩 흘렸다. 아무리 끔찍하고 슬픈 것을 보아도 아무런 표정에 변화가 없었던 중진이는 여전히 표정은 그대로인 상태에서, 눈물만 빗물처럼 뚝뚝 떨어졌고, 제일 처음 울기 시작했던 홍범이는 머리를 한 손으로 부여잡고 "우어어~" 몸을 흔들며 심하게 우는 바람에, 쓰러질까 봐 옆에 애가 잡아 주어야 했다.

나는 으드드 이를 악물고 몸을 떨다가, 결국 소리 내서 으허으허~ 몸이 땅으로 꺼질 것같이 서럽게 흐느꼈다. 야영장 전체가 눈물바다로 넘쳐나는 장례식장 같았다. 교관 선생님이 마지막 말씀으로 마무리하셨다.

"여러분, 선생님을 힘들게 하지는 않았나요? 그렇다면, 선생님께

사과하세요! 이제부턴 친구를 왕따시키지 말고, 부모님께 효도하고, 선생님 말씀 잘 듣고 다시 태어난 기분으로 삽시다! 자, 그러면 집에 계신 부모님이 들을 수 있도록 부모님 사랑해요! 외쳐봅시다!"

우리는 모두 젖 먹던 힘을 다해 두 주먹을 불끈 쥐고, 터지는 울음소리로 밤하늘이 쩌렁쩌렁 울리도록 "부모님, 사랑해요~!" 하고 외친 다음, 함께 촛불을 후~ 불었다.

첫 공부 시간 _

2010. 3. 3. 수

　어제 나는 6학년 개학식을 마치고, 오늘 학교를 향해 토끼가 껑충 뛰어가듯이, 공기 위를 걷는 기분으로 걸었다.

　이제는 따분하고 우울하고 스트레스 받는 일상생활에서 벗어나, 학교로 돌아온 것이 너무나 기뻤기 때문이다.

　그리고 어제 처음 보았던 담임선생님의 인상이 근엄하고 완고해 보인다고 생각했는데, 그것이 편견이었다는 것을 알았다.

　선생님께서는 1교시 말하기·듣기·쓰기 시간에 이런 말씀을 해 주셨다.

　"여러분, 선생님은 여기서 많이 떨어진 광주광역시에서 왔기 때문에, 여기까지 온 사실이 너무 두렵고 낯설게 느껴진답니다. 그래서 여러분에게 더 많이 웃어 주고 잘 대해 주고 싶은데, 선생님이 무서운 나머지 그게 잘 안 되었어요!"

　나는 선생님의 말씀을 듣고, '아하! 우리가 선생님을 무서워한 것처럼, 선생님도 우리를 낯설어하셨구나!'라는 생각이 들었다. 어제 복도에서 아이들이 우글거리며 놀고 있을 때, 선생님의 등장은 마치 굳은 표정의 장학사처럼 딱딱해 보여서 가슴이 떨렸었는데, 괜히 겸연쩍어 웃음이 나왔다.

　본격적인 수업 시간, 선생님의 말씀과 행동, 표정, 또각또각 소리나는 분필 소리와, 대단히 빠른 속도로 글씨를 쓰시며 '네, 이제 이걸 이거에 곱해서 이렇게 하면 답이 나옵니다!' 하는 통쾌한 소리까지 몸에 전율이 날 정도로 짜릿함을 느끼며 공부했다. 내 몸은 오랜 겨울방학에 지쳤고 공부에 굶주려 있어서, 나는 집어삼킬 듯 온 레이더를 가동시켜 수업을 쑥쑥 받아들였다.

살아 있는 것이 행복했다. 양분을 집어삼켜 새싹이 돋는 이 느낌! 그런데 그 공부 시간이 너무나 짧게 느껴져서 아쉬웠다. 반 아이들 모두가 나처럼 학교를 처음 다니는 기분이 된 듯, 또랑또랑한 눈빛으로 수업을 들었다. 수업을 마치고 내가 뒷자리에 앉은 아이에게 "6학년이 되니까 공부가 더 재밌지 않니?" 하니까 "어~ 재밌는 거 같애!" 하고 웃었다.

지하철 안의 아침 햇살_

2010. 8. 17. 화

    오늘은 하루가 정말 긴 날이었다. 지하철을 타고 가는 몇 시간이 한 달처럼 느껴지기도 했으니까! 본론으로 들어가서 오늘은 서울에서 양주까지 등굣길을 연습하는 날이었다.

    내가 굳이 멀리 서울로 이사 왔는데도 전학을 가지 않으려 하는 이유는, 정이 든 학교를 떠나기가 싫고 앞으로 한 학기밖에 남지 않았는데, 전학을 가는 것이 무의미하다는 생각이 들어서다. 아무튼, 그런 이유로 양주 삼숭초등학교에 계속 다니려면, 지하철과 버스를 갈아타는 시간이 1시간 30분 정도 걸린다.

    아침에 눈을 떠 보니, "상우야~ 상우야~!" 꼭 구름 사이에서 들려오는 것 같은 소리가 들려, 눈을 살짝 뜨게 되었다. 창틈으로 레몬 빛깔의 태양빛이 스며들었다. 나는 "으, 으음~" 하며 다시 눈을 감으려 했지만, 이번에 소리가 다시 더 선명하게 들려왔다.

    "상우야, 일어나야지! 삼숭초등학교에 가야지! 아침 햇살이 너를 부른다!" 하고 높고 낭랑한 목소리가 들려왔다.

    순간 머리에 전원이 들어오듯이 정신이 팍 들었다. 눈꺼풀도 동시에 무대의 막이 올라가듯이 올라갔다. 이제 빛의 바탕이 되는 창문이 보이고, 시야가 점점 넓어지더니 완전히 눈이 떠졌다. 나는 주위를 두리번두리번 살폈다. 아직 색색거리며 자는 영우가 있었다. 그때, 문득 '맞아! 오늘은 지하철로 학교에 가는 연습을 하는 날이지!' 하는 생각이 났다. 나는 벌떡 일어나서 한 바퀴를 돌고 1층으로 내려갔다.

1층에는 엄마가 이미 아침을 준비하고 계셨다. 시계를 보았다. 6시 45분! 예정보다 조금 늦은 시각이었지만, 그래도 넉넉한 시각이었다. 나는 얼른 아침을 먹고서 샤워를 하고, 책이 불룩한 가방을 멘 채, 조금씩 새어나오는 아침 햇살을 맞으며 첫 목표인 경복궁역을 향해 당당하게 문을 열고 길을 나섰다. 처음에는 내가 경복궁역을 찾지 못할까 봐 걱정했는데, 어느새 나는 경복궁역 2번 출구 앞에 서 있었다. 경복궁역으로 들어가는 입구는 입을 쩍 벌린 괴물 같았다.

나는 숨을 가다듬고 본 트랩 대령의 저택으로 가는 「사운드 오브 뮤직」의 마리아 수녀처럼, 나 자신을 격려하며 힘을 내면서 안으로 들어갔다. 나는 시험을 볼 때처럼 침착하게 땀을 삐질삐질 흘리면서 3호선으로 들어갔다. 처음에는 어느 방면으로 가는 열차를 타야 할지 조금 헷갈렸지만, 시각장애인이 지팡이를 더듬듯이 기억을 더듬어서 기억해냈다. 그렇게 탄 양재행 열차 안은, 꼭 벌을 기르는 사육통처럼 사람들이 꽉 차 있어서 숨이 막히게 더웠다. 중심지인데다가 출근 시간이라서 예상은 했지만, 훨씬 힘들었다.

하지만, 다행이 나는 두 정거장 뒤인 종로3가역에서 내렸기 때문에, 그 북새통에서 빠질 수 있었다. 이때 또 하나의 문제에 맞닥뜨린다. 종로3가에서 내린 나는, 1호선으로 갈아타기 위해 1호선 쪽으로 움직였다. 엄마, 아빠는 분명히 '소요산행' 열차를 타라고 하셨는데,

아무리 기다려도 '소요산행' 열차는 오지 않았다. 대신에 내가 내려야 할 역인 '양주행' 열차는 두 번이나 지나갔다. 결국, 3번째 양주행 열차가 온다는 방송을 듣고 아빠에게 전화하였다. 아빠는 "그럼 얼른 그 열차를 타렴!" 하고 말씀하셨다. 그렇게 나는 양주행 열차에 몸을 실었다.

양주 가는 지하철은 수도권에서 벗어나는 역이라 그런지 한산했다. 나는 별 생각 없이 앉아 있다가 지하철이 지하를 벗어나는 순간 창문으로 터져 나오는 햇빛을 보았다. 그 순간, 감동이 밀려왔다! 햇빛이 내 속으로 스며들어 내가 날아가는 것만 같았다. 그렇게 기분이 좋은 날, 어느덧 내 주위에는 많은 사람이 타고 내렸다. 군인 형아, 수다쟁이 아줌마, 대머리여서 머리가 햇빛에 반짝반짝 빛나는 아저씨, 등산복을 입은 노부부, MP3를 들으며 책을 읽는 형……

이렇게 많은 사람의 대화나 얼굴, 행동을 보면서, 나는 집안에 틀어박혀 있을 때와는 다른 생기와 사는 맛을 느꼈다. 그렇게 눈 깜짝할 새에 양주역에 도착해 버스를 타고 내가 옛날에 살던 곳에 도착했다! 아, 오늘은 여기까지의 여정을 기록하겠다. 비록 힘들지만, 오늘의 빛나는 아침 햇살이 빛나는 나의 미래라고 생각하니 힘이 난다! 여러분 모두에게 그런 빛이 비치기를!

_태풍이 강타한 지하철

2010. 9. 2 목

오늘은 학교에 오전 11시 30분에 도착했다. 그 망할 태풍 곤파스 때문에! 오늘 아침은 뭔가 찌뿌드드한 기분으로 일어났다. 창밖을 언뜻 보니 날씨가 부스스한 게 안 좋았다. 시계를 보니 오전 6시 23분! 아침에 일어나 머리를 감으려고 했는데 늦은 시각이었다.

'오, 맙소사!' 나는 학교 갈 준비를 급하게 하고 대문을 열었다. 대문을 여는 순간, 꼭 하늘을 나는 비행기에서 문을 열어 버린 것 같은 바람이 몰려왔다. 나는 무지막지한 바람과 싸우며 밖으로 돌진했다. 어제 뉴스에서 태풍 곤파스가 우리나라를 거쳐 간다는 기사를 본 것이 떠올랐다.

지하철역 가는 길에, 나는 바람에 튕겨 나가는 듯한 비를 얼굴에 맞으면서 앞으로 나아갔다. 그러는 동안 바람에 우산이 날아갔다가 겨우 잡고, 뒤집어지고 심지어 우산살을 고정하는 쇠도 두 가닥 끊어졌다. 가로수 큰 나무들의 가지도 툭툭 떨어져 나갔다. 지하철역에 들어서자, 나는 한숨 돌리며 '휴우~ 이제 좀 살겠네!' 생각했다. 그렇게 3호선을 타고 종로3가역까지 왔다.

하지만, 1호선으로 갈아타려는데 1호선에서는 이런 방송이 들려왔다.

"승객 여러분께 알립니다! 지금 태풍의 영향으로 지하철 운행이 어렵습니다! 그래서 얼마 동안 청량리역까지만 운행하겠습니다! 죄송합니다!"

나는 온몸에 힘이 빠지며 '하아~' 하고 한숨을 쉬었다. 곧 그러자 방송에서는 소요산 방면으로 가려면, 1호선을 타고 동대문까지 가서, 4호선을 타고 창동에서 다시 1호선을 타면 된다는 방송이 흘러나왔다. 나는 '그래, 한번 해 보는 거야!' 생각하며 다시 힘을 내서 바삐 걸었다.

동대문까지는 그럭저럭 갈 만했다. 하지만, 4호선이 문제였다. 1호선의 마비 탓에 사람이 엄청 몰려 버린 것이다! 지하철은 정말로 터지기 일보 직전이었다. 만약에 누가 살짝 친다면 바로 '펑!' 하고 터져 버릴 것 같았다. 나는 지하철 출입구 한구석에 간신히 붙었으나, 미어터진 사람들에게 눌려 몸 전체가 터질 것만 같았다. 다른 사람들이 다 내 공기를 빼앗아 먹는 것 같은 고통! 나는 숨이 막히고 눈물이 나왔다.

'젠장할! 여름에나 태풍이 올 것이지! 다 끝나가는 마당에 와 가지고!'

그렇게 겨우겨우 창동까지 도착했다.

하지만, 창동에서 1호선을 갈아타려니 여기서도 중지되었다고 하는 것이다. 나는 거의 돌아 버릴 것 같은 상태가 되었다. 핸드폰을 깜박 집에 두고 나와서, 가족과 연락은 안 되고 괜한 고생을 하며 등교 시간을 날렸으니까! 나는 너무 화가 났다. 일단 밖으로 나가 공중전화를 찾았다. 그러나 공중전화는 왜 이렇게 없는 건지! 역 밖으로 나가 공중전화를 찾아 아빠에게 연락하고, 집으로 돌아갈 작정으로 다시 반대 방향으로 돌아갈 열차를 기다렸다. 다시 4호선 열차를 탔는데, 거기도 지하철은 콩나물이었다.

게다가 키 큰 어른들 틈에 끼고 만 나는, 몸이 그만 공중부양을 하는 것처럼 붕~ 뜨고 말았다. 나는 사람들에게 살려 달라고 말을 해야 할지 고민하다가, 공중에 붕 떠 있는 발을 마구 허우적거려서 다행히 땅으로 착지했다. 동대문역에 도착해서 내리려고 하는데, 사람들이 만리장성처럼 앞을 가로막았다. 나는 "죄송합니다, 죄송합니다!"를 연발하며 내리려고 애를 쓰는데, 결국 그 벽을 뚫지 못했고, 지하철 문은 치익~ 닫히는 것이었다. 나는 순간 멍해졌다. 그리고 계속 문 앞에 밀리는 사람들 때문에 종착역까지 내리지 못했다.

그래서 나는 다시 몸을 껭기면서 "갑시다, 갑시다!"를 외치며 동대문역으로 돌아가야 했다. 그리고 종로3가로 돌아가서 집으로 돌아가려 하였다. 그런데 종로3가에 도착하니 1호선이 개통되어 있었다. 나는 역 한가운데에서 무릎을 꿇고 앉아 머리를 부여잡고 "우어어~!" 신음하였다. 나는 여기서 학교로 갈까? 집으로 갈까? 고민하는 것이 명예롭게 죽느냐? 불명예스럽게 사느냐? 하는 문제처럼 여겨졌다. 나는 순간 이상한 자부심이 끓어올랐다.

'태풍 때문에 이런 경험을 하는 초등학생은 나밖에 없을걸~!'

나는 주저 없이 학교 가는 지하철에 몸을 실었다.

우리 반의 깜짝 파티 _

2010. 11. 11. 목

3교시가 시작할 무렵, 내 짝 초연이는 건너편에 앉아 있는 지혜에게, "선생님… 케이크… 좋았어!" 하며 무어라고 속닥였다. 그리고는 3교시 쉬는 시간에, 누군가 "어제가 바로 선생님의 생일이었대~!" 하고 흘리듯 말하는 걸 들었다.

나는 직감으로 내 짝을 비롯한 몇몇 아이들이, 무슨 일을 계획하고 있다는 생각이 들었다. 이를테면 깜짝 파티랄까? 그래서 나는 살짝 떠보기 위해, 선생님께서 과학 시간에 우리 옆을 지나가실 때, "선생님, 제 짝이요! 선생님께~!" 하고 말을 떼었다. 그러자 말을 맺기도 전에, 내 짝은 내 입에 검지손가락을 대고 "선생님한테 말하지 마! 말하면 안 돼!" 하고 작게 부탁하듯 말했다. 그리고 나는 그 일을 잠시 잊었다. 점심을 먹고 아이들이 카드놀이 하는 것을 구경하고 나니, 어느새 벌써 5교시 수업 종이 치고 있었다. 그런데 내 짝과 내 앞의 민재, 내 건너편의 여자애와 세원이는 들어오지 않았다.

선생님은 "애들이 다, 어디 갔다니?" 하며 의아해하셨지만, 나와 우리 반 아이들 거의 모두는 이미 안다는 듯이 눈빛만 주고받았다. 그때, 갑자기 교실 문이 드르륵~ 열렸다. 그리고 제일 먼저 내 짝 초연이가 헉헉거리면서 교실로 들어왔다. 선생님은 "너희들, 뭐 하다 이제 돌아온 거니?" 하셨다. 그런데 내 짝 바로 뒤에 케이크를 든 채, 폭포처럼 땀을 쏟아내는 세원이, 뒤이어 민재와 아이들이 들어왔다.

그리고 반 아이들은 모두 준비해 놓은 듯이, 맨 앞의 아이가 불을 모두 끈 뒤에 입을 모아서, "생일 축하합니다! 생일 축하합니다! 사랑하는 선생님~! 생일 축하합니다~!" 노래를 불렀다. 선생님은 처음에는 순간적으로 입을 쩍 벌리시더니, 나중에는 얼이 빠진 듯 아무런 표정도 짓지 못하셨다. 그러다 케이크가 선생님 교탁 앞에까지 전달되자, 선생님은 그제야 환하게 웃으면서 촛불을 후~! 부셨다.

아이들은 "선생님, 이 시점에서 우셔야죠!" 하며 외쳤다. 선생님은 "진짜 눈물 나네!" 하시면서 맑게 웃으셨다. 선생님은 수업은 뒤로 제쳐 놓고, 아이들에게 줄을 세워서 케이크를 한입씩 나눠 먹여 주셨다. 나는 몇몇 아이들과 '선생님 생일인데 그렇지 않아도, 저 작은 케이크를 나마저 먹으면 누구 코에 붙여?' 하는 생각으로 교탁 앞에 딱 붙어서, 아이들이 케이크 먹는 모습을 말똥말똥 구경만 하였다. 갑자기 선생님께서 "맞아, 사진~! 사진을 찍어서 남겨 둬야지!" 하며 아이들을 시켜 연구실에서 디카를 찾아오라고 하시는 것이었다.

그때 나는 오늘 선생님 인터뷰를 위하여, 디지털카메라를 미리 준비해 왔기 때문에, 평생 추억이 될 사진 몇 장을 극적으로 남길 수 있었다. 사진을 찍고 다시 아이들이 케이크 먹는 것을 구경하고 있을 때, 선생님께서 내 입에도 케이크를 한입 쏙~ 집어넣어 주셨다! 나는 오늘 평생 잊을 수 없는 추억이 한 가지 더 쌓인 것에 감동받았고, 우리 반 아이들이 정말 착하다는 생각과 선생님께서 평소에 얼마나 우리에게 잘 대해 주셨는지, 다시 한번 느끼게 되었다.

마지막 공개 수업 –

2010. 11. 17. 수

"대두대두대두대두데~!" 수업종이 오늘따라 더 크게 울리고, 학부모님들이 교실 뒤로 들어오셔서 한줄로 나란히 쭉~ 섰다. 오늘은 6학년 2학기 마지막 공개 수업을 하는 날이다. 선생님께서 "오늘 수업할 것과 관련된 영상을 좀 준비해 왔답니다!" 하는 말씀으로 수업이 시작되었다.

하지만, 엄마는 그때까지도 보이지 않으셨다. 나는 오늘 아침에 엄마가 꼭 오겠다고 약속했는데, 아직도 오지 않으셔서 걱정이 조금 되었다. 하지만, 아직 수업이 시작한 지 얼마 안 되었기 때문에, 조금 있으면 오실 거야! 생각했다.

선생님께서는 오늘 수업에 지난번에 숙제로 내주셨던 '가족 면담하기' 학습지를 바탕으로, 말하기·듣기·쓰기 54쪽, 가족을 면담하고 글을 써서 발표하는 시간이라고 설명해 주셨다. 그런데 나는 그 학습지를 잃어 버려 숙제를 못 했고, 음~ 어떻게 써야 할지 고민하고 있는 사이, 선생님께서 준비해 온 동영상을 틀어 주셨다. 그 동영상의 내용은 주로 나를 사랑하고 키워 주시는 부모님에 대한 감동이 뭉클한 이야기였다.

그중 인상 깊었던 하나는, 아기 때부터 나이가 점점 들면서 부모님께서 해 주시는 따뜻한 말들을 좋은 음악과 함께 자막으로 보여 준 영상이었다. 그리고 끝에는 "내 걱정은 말아라!" 하는 파마머리 아주머니가 나오셨다. 아주머니는 너무 추워 입에서 김이 나올 정도의 날씨에, 옷도 가볍게 입고 국을 떠서 팔고 계셨다. 그런 아주머니의 모습이, 꼭 자신보다 자식을 더 챙기는 부모의 모습을 말해 주는 듯하여 가슴이 아프고 찡하였다. 그리고 엄마가 보고 싶어졌다.

그래서 나는 '이제는 오셨겠지!' 생각하며 뒤를 슬쩍 돌아보았다. 며칠 전 엄마가 새벽에 내가 기침으로 콜록콜록거리며 고통스러워할 때, 꼭 기다렸다는 듯이 말도 없이 일어나 나에게 따뜻하게 데운 보리 물을 먹여 주시고, 엄마도 감기 기운에 졸리면서도 손힘이 빠질 때까지 나를 어루만지고, 내가 겨우 잠이 들 때까지 쓸어 주었던 기억이 떠올랐다. 나는 엄마를 다시 찾았다. 그러나 학부모의 수는 늘어났어도, 엄마의 모습은 보이지 않았다. 어느새 수업은 10분 정도가 지났지만, 엄마는 아직도 보이지 않았다.

나는 슬슬 초조해졌다. 사고가 나신 것은 아닐까? 머리에서 땀이 흘러내려 내 목을 타고 흘렀다. 그리고 왠지 엄마가 없으니 울컥해서 비록 눈물은 나지 않았지만, 크게 한번 숨을 쉬고 눈가를 옷소매로 훔쳤다. '그래, 그냥 지하철이 좀 늦는 거겠지!' 이렇게 생각하면서 나는 수업을 계속하였다. 그런데 가족이 나에게 바라는 점을 형식에 구애받지 말고 쓰는 순서가 왔다. 나는 엄마의 입장에서 편지글을 한번 써보았다. 그런데 엄마의 입장에서 글을 쓰다 보니, 엄마에게 미안한 것이 한두 가지가 아니었고, 엄마가 너무나도 보고 싶어졌다!

수업은 이미 반 이상이 지나갔다. 엄마는 안 오셔도 괜찮지만, 혹시 사고라도 난 것은 아닌지 영문을 몰라 속이 끓었다. 그런데 그렇게 답답하고 슬픈 마음으로 글을 쓰다 보니, 나는 그 어느 때보다도 슬슬 글을 잘 풀어 나갔다. 그리고 글을 다 썼을 때는 내 뒤에서, 엄마가 내 어깨를 톡톡~ 두드리면서 "미안해, 지하철이 너무 늦게 와서⋯⋯!" 속삭이셨다. 나는 엄마가 온 걸 알고 갑자기 온몸에 힘이 났다. 그러고는 손을 힘차게 들어 첫 타자로 교탁 앞으로 성큼성큼 걸어 나가 발표하였다!

_졸업 후유증

2011. 2. 20. 일

나는 이틀 전에 초등학교를 졸업하였다. 아직도 믿기지 않는다. 중학교에 가는 첫날 깜빡하고 초등학교에 다시 가 버릴 것 같다. 나는 마음이 복잡하다. 졸업장을 물끄러미 펼쳐 보다가 엄마가 나타나시면, "내가 드디어 초등학교 학력을 따냈어! 처음 얻은 초졸이라구!" 하며 만세를 부른다.

엄마가 "원, 싱겁기는~!" 하고 사라지시면, 졸업 사진을 넘겨보며 찔끔찔끔 눈물을 훔친다. 초등학교 다닌 지가 벌써 6년이나 되었다니! 이제 햇수로 열네 살인 내 인생에서, 6년이 차지하는 비중이 얼마나 커다랗게 느껴지는지, 같은 또래가 아니면 모를 것이다.

졸업식 날은 아주 애를 먹었다. 졸업식 전날 덜컥 장염에 걸려 졸업파티에도 가지 못하고, 집에서 헤롱헤롱 죽을 토하고 졸업식에 과연 참석할 수 있을지 위태위태한 상태였다.

'하느님! 얼마나 기억에 남는 졸업식을 만드시려고 이런 시련을 주시나이까?'

기도하며, 밤새 아픈 배를 붙잡고 졸업식 날을 맞았다. 학교에는 지하철을 타고 멀리 가야 하는데, 지금의 몸 상태로는 도저히 불가능해서 아빠, 엄마, 영우, 할머니와 함께 차를 타고 가야 했다.

몸이 아프고 집이 멀기는 하지만, 그래도 졸업식인데 늦으면 어떡하나? 마음이 초조하고 또 선생님께 미안했다. 차를 타고 가는 1초 1초가 '혹시라도 차가 막히면 어쩌지?' 내내 불안하고, 복통에 시달리고 오랜만에 차를 타는 어지러움까지 겹쳐 영원히 계속될 것만 같은 고통의 시간이었다. 하지만, 그래도 학교로 다시 돌아간다는 일념으로 심호흡을 하며 콧노래를 불렀다.

학교에 도착하자마자 나는 장염 때문에 더 무겁게 느껴지는 몸을 이끌고 끙끙 학교의 높은 언덕을 올라갔다. 어쩌면 마지막으로 올라가는 학교 언덕이 될지도 모른다는 생각에, 언젠가 꼭 다시 이 길을 오르리라! 마음먹으며 슬픈 마음을 억누르고 올라갔다. 졸업식이 열리는 강당 4층 복도부터는, 어마어마한 학부모가 모여 뚫고 가는 데 굉장히 애를 먹었다.

겨우겨우 강당 안으로 들어가 우리 반이 앉아 있는 왼쪽 앞줄로 가니, 선생님께서 안도하듯 한숨을 쉬시며, "오, 상우야 왔구나! 저쪽에 형빈이 옆에 앉으렴!" 하셨다. 아이들은 "어, 상우네!", "상우, 왔구나?" 하며 나를 반겨 주었다. 다행히 졸업식에 10분 정도 남기고 도착하여, 나는 자리에 앉아서 여유롭게 친구들과 이야기를 나누었다. 친구들과 나눈 이야기는 우리가 매일 하는 시시한 이야기였지만, 문득 오늘이 지나면 이 아이들과 다시 만나서 이야기하는 데 얼마나 많은 시간이 걸릴까? 하는 생각이 들어 목이 메었다.

강당 안은 아이들과 학부모가 뒤섞여 내는 소리로 귀가 먹먹했고, 방공호에서 사람들이 바글바글 모여 떠드는 것 같았다. 문득 초등학교 입학식 날이 그림처럼 떠올랐다. 그때는 엄청나게 눈이 와서 '내가 학교에 입학하는 걸 축하해 주려고 이렇게 흰 눈이 오는구나!' 생각하며 신나게 학교에 갔었는데…….

벌써 10시 30분이 되고, "네, 이제 제 6회 졸업식에 앞서 졸업식 영상과 선생님, 후배 인터뷰 영상을 보여 드리겠습니다!" 하는 5반 선생님의 목소리가 쩌렁쩌렁 울렸다.

처음에는 졸업 영상에 나오는 웃긴 사진을 보며 친구들과 낄낄거렸지만, 마지막에 그동안 우리가 함께 생활했던 교실, 복도, 운동장의 사진이 나오자 갑자기 눈시울이 촉촉해졌다. 나는 눈물을 아이들에게 보이고 싶지 않아서, 바로 눈 주위를 소매로 훔쳤다. 그 뒤로 학생들의 공연이 있었지만, 남자아이들이 인간 탑 쌓는 묘기 말고는, 졸업하는 것이 믿기지가 않아서 공연이 하나도 눈에 들어오지 않았다.

선생님들의 난타 공연도 있었다. 베토벤의 현대판 비창에 맞춰서 선생님들께서는 북작북작! 신나게도 북을 치셨다. 그때 우리 반 선생님께서 눈에 띄었다. 평소에는 이런 거 하기 꺼리는 편이신데, 오늘은 그 틈에 껴서 신나게 북을 북작북작 치고 계셨다. 선생님은 졸업식 하기 전부터 명랑한 척, 웃음도 크게 웃으시려 하였고, 동작도 과장되게 하셨다. 그러나 나는 안다. 선생님은 애써 슬픔을 드러내지 않으려고 마음이 준비를 단단히 차신 것을!

선생님의 저런 모습을 보는 것도 마지막이라고 생각하니, 다시 한

번 코끝이 신 음식을 먹을 때처럼 시큼했다. 그렇게 졸업식은 마무리되어 가고 마지막 순서로 교가를 불렀다. 그때 아이들 사이에서 "얘들아! 어쩌면 이게 우리가 마지막으로 부르게 될 초등학교 교가가 될지 몰라!" 하는 소리가 들렸다. 가사도 이상하고 유치해서, 평소에 싫어하던 노래 중 대표적인 것이 교가지만, 마지막으로 부른다고 생각하니 가슴이 철렁 내려앉고 미어졌다.

교실로 돌아와 선생님은 마지막으로 졸업장과 앨범을 나누어 주면서 아이들과 사진을 찍는 시간을 가졌다. 선생님은 슬픔을 감추려 애쓰셨지만, 끝끝내 못 참고 어린애처럼 하염없이 우셨다. 간간이 "울지 마! 울지 마!" 하는 소리가 질서 있게 나오고, 아이들도 몇몇 흐느껴 울었다. 나는 눈물을 참으려고 얼굴이 벌게져서, 웃는 게 웃는 얼굴이 아닌 얼굴로 선생님께 졸업장을 받았다.

이제 여기서 이 교실과 학교, 선생님을 떠나면 얼마나 지나야 다시 만날 수 있을까? 안녕, 학교야! 내가 널 얼마나 사랑했는지 아니? 모자란 나를 이끌어 주고 키워 줘서 그 품에 감사했어! 누가 뭐래도 넌 최고의 학교야! 넌, 넌~!

3부

좋은 친구 상우

돌아온 제준이_

2006. 9. 12. 화

오늘 운동회 총연습이 있는데 난 조금 늦었다. 급히 뛰는 바람에 두건이 풀어져서 운동장 스탠드에서 부랴부랴 묶고 있는데 오랜만에 제준이가 보였다. 제준이는 영국으로 어학연수를 갔다 오느라 일주일 동안 학교에 나오지 못하였다.

난 처음에 제준이가 어학연수를 간다는 말에 그동안 말다툼하고 싸우고 협박하고 하던 게 생각났다. 그래서 그런지 '그동안 많이 싸웠지만 이제 싸울 일이 없겠어.' 하고 은근히 좋아했었다.

그런데 제준이가 안 오니까 이상하게도 하루하루가 너무 평범했다. 뭔가 부족하고 우울하고 내 곁에 소중한 뭔가가 빠져 버린 느낌이었다. 그러던 제준이를 운동장 맨 앞줄에서 발견했을 때 나도 모르게 끌어안고 싶었다. 그러나 참고 "제준아! 어학연수 잘 갔다 왔니?"라고 인사했다.

제준이의 앞니 빠진 것이 더 잘 보였다.

_영수, 토하다

2006. 11. 9. 목

3교시 수학 시간 시작할 때쯤이었다. 나는 처음에 영수가 토한 줄도 몰랐다. 앞에 자리에 아이들이 "아이 냄새! 야! 빨리 화장실 가!" 하면서 난리를 부렸다. 영수가 교실 바닥에 토를 한 것이다.

순간 나는 내가 토했을 때 아이들이 나를 욕하던 것이 생각났다. 그때 나는 몹시 서글펐기에 영수의 마음이 이해가 되고 불쌍하였다.

선생님께서 영수를 빨리 화장실로 가라 하시고 아이들에게 따끔하게 말하셨다. "너흰 어떻게 놀 때는 잘 놀면서 친구들이 아플 땐 도와주지도 않고 욕만 하니? 토 닦는 거 도와줄 사람은 나와. 하기 싫은 사람은 선생님이 내 준 것들 계속 풀어라." 그러셨다.

아이들은 아무도 손을 들지 않았다. 그래서 나는 벌떡 일어나 교실 뒷문에 있는 휴지를 뜯어다가 영수의 자리로 가서 토한 것을 싹싹 닦았다.

벌 _

2007. 4. 18. 수

나는 1교시 읽기 시간부터 내 짝 승진이와 싸웠다. 나도 모르게 왼쪽 팔꿈치로 승진이의 오른쪽 팔을 슥 쳤다. 승진이가 "야! 왜 쳐?" 하자, "뭐? 어쩌라고?" 하니까 "야! 니가 쳤잖아?" 해서 "그래서 뭘 어떻게 하라고?" 하며 실랑이를 벌였다.

그런데 그게 쉬는 시간이 끝나고 과학 시간에도 서로 씩씩거리다가 내가 또 실수로 승진이 팔을 건드렸다. 승진이가 "야, 너 또 그러냐?" 하며 험악하게 쏘아보자, 내가 "이번에는 또 어쩌라고?" 하며 이죽거렸더니 승진이가 폭발을 하면서 "너, 귀 먹었냐? 사람 말 못 알아듣냐고?" 하고 버럭 소리를 질렀다.

선생님께서 무얼 설명하시다가, "권상우! 이승진! 너희들 아까부터 계속 싸워? 교실 옆에 서!" 해서 둘이 먼 간격을 두고 서서 가끔씩 째려보았다. 마지막 수학 시간으로 접어들어 나의 화는 극도에 달했다. 처음부터 곱게 하면 될 걸 자꾸 성질을 부린 승진이의 태도가 못마땅했다.

우리는 사람인 것을 잊어버린 짐승들처럼 으르렁거리며 싸우다가 호랑이처럼 화가 나신 선생님께 걸려, 싸우려면 아예 운동장으로 나가 싸우라고 교실 밖으로 쫓겨났다. 우리는 어떻게 해야 할지 몰라, 복도 신발장 앞에 나란히 서 있었다.

나는 한동안 조용히 서 있다가 승진이를 쳐다보았다. 승진이는 아직도 흥분이 가라앉지 않았는지, 얼굴이 빨갰다. 그 순간 나는 이 모든 것이 나 때문에 벌어진 일이라는 것을 깨달았다. 나는 승진이를 물끄러미 바라보며 "미안해." 했다. 그러나 승진이가 힘없이 "으응." 해서 더욱 미안하고 가슴이 아팠다.

우리가 다시 교실로 들어왔을 땐, 자리에 앉아 축 늘어져서 풀이 죽어 수업을 들었다. 그러나 나는 계속 승진이에게 미안한 마음을 떨칠 수가 없었다. 나는 왼팔을 승진이에게 닿게 하지 않으려고, 바짝 움츠리고 조심조심 수업을 했다. 막판에 승진이가 수업을 듣다 웃었을 때 겨우 안도의 숨을 쉴 수 있었다.

앞으로 2주 뒤면 짝을 바꾸는데, 그 때까지 승진이에게 친절하게 대하고 싶다. 물론 마음대로 움직이는 내 버릇없는 왼팔도 조심하고!

내 짝, 우석이_

2007. 10. 29. 월

요즘 나에게는 매일 매일 기쁨이 하나 있다. 그건 내가 학교 다닌 지 처음으로 3학년이 돼서야 단짝 친구가 생겼다는 사실이고, 그 아이는 내 짝 우석이다.

나는 아침에 학교 갈 때도 꼭 8시 5분을 맞추어 나가는데, 그 이유는 공원 트랙이 시작되는 입구에서 우석이를 만나 같이 갈 수 있기 때문이다. 그전에는 학교 가는 길에 공원의 나무들하고만 속으로 말을 걸거나 인사를 하며 갔는데, 우석이랑 진짜로 이야기를 나누며 학교 가니 살맛이 난다.

우석이랑 짝이 된 지 한 달이 다 되어 가는데, 싸운 적도 없고 날이 갈수록 더 친해져서 하루라도 안 보면 찜찜해진다. 우석이는 욕도 잘 쓰지 않고, 내가 아플 때 가방과 신발주머니를 들어 주려 했었다. 물론 나는 끝까지 거절했지만.

우석이는 공원과 도로의 경계선인 낮은 담장을 넘을 때 내가 선뜻 넘지 못하고 뒤뚱거렸을 때도 다른 아이들처럼 날 놀리지 않고 내 손을 잡아 주었다. 언젠가 우석이가 "상우야, 너 탤런트 김 뭐더라? 이름이 생각이 안 나지만 그 김 누구 닮았어." 하길래 "그 사람 잘 생겼니?" 하고 물었더니 "응, 되게 잘 생겼어." 해서 우석이가 진짜 나를 좋아하는구나 느꼈었다.

오늘도 수업을 마치고 우석이 집으로 놀러 갔는데, 내가 갈 때마다 우석이 엄마는 항상 안 계셨고 우석이하고 동생만 빈 집을 지

키고 있었다. 엄마는 직장에 다니시느라 저녁 늦게 들어오신다고
했다.

　나는 생각했다. 내년 8월 7일이 오면 우석이랑 우석이 동생을 우
리 집으로 불러 나랑 같이 생일 파티를 하는 건 어떨까 하고. 왜냐하
면 놀랍게도 우석이 생일은 나와 똑같은 8월 7일이기 때문이다.

세상에서 제일 맛있는 라면_

2008. 1. 22. 화

어제 있었던 가벼운 발목 부상에도, 오늘은 눈이 더 많이 와서 우석이 생각이 간절했고, 같이 눈 장난이라도 실컷 해 보고 싶어서, 피아노 학원 마치고 우석이 집을 찾아갔다.

나는 우석이를 놀라게 해 주려고 공원 여기저기서 눈을 모아, 크고 둥그런 눈 뭉치를 만들어 가슴에 안고 가서 우석이네 초인종을 눌렀다. 그러자 우석이 동생 서진이가 먼저 반갑게 "상우 오빠야?" 하며 달려 나왔고, 우석이도 "상우니?" 하며 눈이 구슬만큼 커져서 나를 맞아 주었다.

넓적한 눈사람을 마당에 내려놓고 집안으로 들어갔더니, 우석이와 서진이가 냉동고를 열어서 자기들이 만든 꼬마 눈사람을 보여 주었다. 내가 "애들아, 우리 눈싸움하러 가지 않을래? 눈사람도 만들고!" 했더니, 우석이가 엉덩이를 긁적거리며 "상우야, 우리 라면 끓여 먹지 않을래? 나가서 신나게 놀려면 잘 먹어야지!" 했다.

우석이는 엄마가 혼자 있을 때 손 다칠까 봐, 손잡이에 은박지를 감아둔 냄비를 꺼내어 물을 붓고 가스 레인지를 띠리릭 켰다. 물이 끓기 시작하니까 주방 서랍에서 해물 라면 두 개를 꺼내어 봉지를 뜯어 놓고, 라면 수프를 먼저 따서 수프 봉지를 손으로 비비면서 뿌려 주고, 라면을 후두둑 반으로 갈라서 집어넣었다. 잠시 뒤에 짭짤하고 구수한 라면 냄새가 온 방 안에 퍼졌다.

나는 우석이가 라면 끓이는 모습을 보며 놀라움과 존경심이 끓어

오르는 것을 느꼈다. 나는 고작해야 과자봉지를 따 먹거나, 즉석식품을 전자레인지에 데워 먹는 것밖에 안 해 봤는데, 어쩜 저리도 듬직하게 라면을 끓일 수가! 나는 우석이를 도와 상을 펴고 밑받침을 놓고, 우석이가 그 위에 라면 냄비를 올려놓았다.

우석이와 서진이는 라면을 접시에 덜어 먹고, 나는 그냥 냄비 채로 먹었다. 우리는 먹는 동안은 아무 말 없이 후루룩 후루룩 라면만 먹었다. 라면이 어떤 부분은 꼬들꼬들하고, 어떤 부분은 익지 않아 단단했지만 그래도 기가 차게 맛있었다.

나는 우리가 전쟁 통에 피난 중인 세 고아인데, 잠시 비바람을 피해 움막을 치고, 제일 큰 형아인 우석이가 동생들을 위해 라면을 끓여 먹이며 배고픔을 달래는 중이라고 상상하며, 국물까지 한방울 남기지 않고 다 마셨다. 다 먹고 나오니, 그사이 바깥세상은 눈이 더 많이 내려 하얀 왕국을 이루었고, 우리 셋은 그 속으로 뛰어들었다.

몰래 먹은 과자_

2008. 5. 22. 목

　오늘 우리 반은 양주 남방 하수 처리장으로 견학을 갔다. 견학을 가는 버스 안, 안내하시는 아저씨께서 마이크를 대고 "차 안에서 과자를 먹는 것을 삼가해 주시기 바랍니다!" 하셨다. 그러자 아이들은 놀라서 "엥, 그러면 도대체 과자는 왜 싸오라 그런 거야?" 하며 웅성거렸다.

　조금 뒤, 내 뒷자리에 앉은 훈이가 주위 아이들에게 몰래 과자를 돌리기 시작했다. 내 옆에 앉은 경훈이가 과자를 한 개 받아 한입 아사삭 베어 먹고, 나머지 반을 나에게 주었다. 나는 조금 망설이다가 그걸 받아 입 안에 쏙 털어 넣고 우드득 씹어 먹었다.

　그러고 난 뒤, 갑자기 뒷자리에 앉은 훈이가 손을 쭉 뻗어 나에게 똑같은 과자를 한 움큼씩이나 집어 주었다. 나는 깜짝 놀라 고개를 뒤로 돌려, 들릴 듯 말 듯한 목소리로, "고마워." 한 다음, 옆자리의 경훈이에게 좀 나누어 주고, 두 손을 입에 바짝 갖다 붙이고 와작와작 먹었다.

　하지만, 나는 아침도 안 먹고 온 터라, 그것만으로 양이 차지 않았다. 옆자리에 경훈이도 같은 심정인지, 자꾸만 내가 싸 온 과자를 같이 먹자고 졸랐다. 나는 생각을 하다가 "음~ 좋아!" 하고 가방에서 미니 소시지 2개를 꺼내어, 하나는 경훈이 주고 하나는 내가 먹었다. 그 뒤에는 미니 슈크림 과자를 하나 까서 캑캑 웃으며 나누어 먹었다.

가끔 선생님께서 주위를 한번 둘러보기는 하셨지만, 그렇게 많은 아이들이 과자를 까먹는데도, 모르는 척하시는 것 같았다. 나는 초코 시리얼도 꺼내어 경훈이 손에 한 움큼 쥐여주고, 주위 친구들에게도 살살 나누어 주었다. 먹을 때마다 나는 사각사각 소리가 기분을 더 짜릿하게 해 주었고, 맛도 기가 막혔다.

목이 말라 오자 버스에서 내릴 때가 되었다. 빈 과자봉지 때문에 한결 가벼워진 가방을 둘러메고 버스에서 내리며, 우리는 안내하는 아저씨께 과자 가루가 잔뜩 묻은 입가를 벌려 방긋 웃으며, 인사를 하였다. 경훈이가 "고마워, 상우야! 우리는 최선을 다해서 먹었어!" 하자, 나는 "별 말씀을, 나도 고마워, 먹으라고 꼬드겨 주어서! 덕분에 배불리 먹었어!" 하였다.

모험의 시작-

2008. 11. 2. 일

요즘 나는 뛰어노는 것에 부쩍 관심이 많아졌다. 아니, 뛰노는 게 너무 즐겁다. 지난 4월 말 양주로 전학을 오기 전까지, 난 친구들과 뛰놀아본 적이 거의 없었다.

전학을 오기 전엔, 혼자서 돌처럼 앉아 해가 지나 뜨나 책만 읽었다. 심지어는 계단에서 뛰거나, 위험한 장난을 하는 아이는 불량스러운 아이인 줄 알았다. 그런데 이제는 내가 마구 뛰면서 장난을 치고, 위험한 장난도 즐기는 불량스러운 아이가 된 것 같다.

전학을 온 후, 우리 반 친구들은 내게 노는 법을 가르쳐 주었다. 쉬는 시간 학교 뒷마당에서 술래잡기할 때, 땅을 밟으면 안 된다는 규칙이 있었다. 그래서 얇은 시멘트 담장 사이를 뛰어넘어야 하는데 내가 쩔쩔매니까, 친구들이 "상우야, 힘내! 이거 별로 안 멀어! 나처럼 폴짝 해 봐!" 하는 말에 용기를 얻었다.

나는 담장과 담장 사이를 훌쩍 뛰어넘었고, 그 뒤로 모든 놀이에 뛰어들게 되었다. 중요한 건, 아이들이 나를 못한다고 내치지 않고 적극적으로 끼워 주었다는 것이다. 왜 그랬을까? 전에 학교에서는 내가 뭘 해도 너무 느려서 바보! 병신 새끼! 재수 없는 책벌레! 이런 온갖 욕을 먹었었는데……!

4학년 송화반 아이들 눈에는, 느린 내가 불쌍해 보였나 보다. 그래서 어떤 술래는 내가 눈앞에 있는데도 나를 잡지 않았고, 술래 앞에서 나를 막아 주고 대신 잡혀 주는 친구들도 있었다. 난 친구들이 고마워서 어떻게 보답을 할까 늘 생각했다.

그런데 친구들이 원하는 건 그저 내가 옆에 있어 주고 함께 뛰어 노는 것이란 걸 깨달았다. 나는 열한 살이 되어서야, 비로소 친구들 과 함께 뛰놀면서 크는 법을 배운 것이다! 난 요즘도 쉬는 시간마다 아이들과 이야기를 나누고, 마당에서 뛰놀고, 총싸움 흉내도 내고, "튀어~!" 하고 소리 지르며 술래로부터 도망치며, 한시도 쉬지 않고 짜릿하게 뛰어논다.

오늘 아침에도 집을 일찍 빠져나와, 교회 마당에서 추위를 물리치 려고 드드드드~ 손가락 총싸움을 하며, 우리 반 친구들과 모여 신나 게 놀았다. 어쩌면 이렇게 놀다가, 열여섯 살쯤이면 친구들과 함께 모험을 떠나려고 배를 탈지도 모르겠다.

왕따에 대한 편견_

2009. 4. 14. 화

 5교시 사회 시간이 되자, 담임선생님께서는 교과서를 펴는 대신, TV로 어떤 심각한 내용의 동영상을 보여 주셨다. 그것은 한 아이를 따돌리는, 반 아이들의 편견에 관한 동영상이었다.
 땡땡 초등학교 땡땡 반 김석훈이는 심각한 왕따에 시달린다. 반 아이들이 맨날 손가락질하고 헤헤 비웃고, 고래고래 큰소리를 지르고……. 선생님은 도대체 아이들이 석훈이를 어떻게 생각하는지 알아보려고 설문조사를 하는데, 거기서 놀라운 사실이 발견되었다.
 자신이 싫어하는 사람 칸에 들어간 이름은 다 제각각이지만, 남이 싫어할 것 같은 사람 칸에 들어간 이름은 모두 하나였다. 그 이름은 바로 김석훈! 여기서 우리는 아이들이 진짜로 김석훈이를 싫어하는 건 아닌데, 다른 아이들이 놀리니까 자기도 그렇게 하지 않으면, 자기에게 불리하게 돌아갈까 봐 덩달아 놀린다는 것을 알 수 있었다.
 담임선생님은 동영상을 보여 주시면서 우리에게 석훈이의 심정이 되어 보게 하시고, 학교란 무엇보다 친구들을 만나러 오는 곳임을 강조하셨다. "그런데 친구들이 하나도 없고, 아이들이 전부 나를 놀린다면 어떻겠니?" 하시면서. 그리고 진짜 선생님의 경험담도 이야기해 주셨다.
 지금 학교로 오시기 전, 6학년을 가르치셨을 때, 반에서 왕따를 당하는 한 여자아이가 있었는데, 이상하게 아이들이 그 여자 아이를 집단으로 피해 다니고, 옆에만 가도 더러운 것이 묻는 듯 난리를 쳤다고 한다.

선생님은 한 달 동안이나 끈질기게 반 아이들을 설득하고 혼내고 해 보았지만, 소용이 없었다고 한다. 선생님은 포기하지 않고 왜 그러는지 파헤치고 파헤친 끝에, 그 아이가 2학년 때 겪었던 사건을 알아내셨다. 그 여자아이가, 하루는 반에서 아주 힘이 센 남자아이와 말다툼이 났었다. 여자애의 똑똑한 말솜씨를 따라갈 수가 없었던 남자아이는 치사한 방법으로 보복한다. 그 여자애의 몸에 손이 닿으면 썩는다든지, 여자애가 아주 더러운 아이라는 식으로 소문을 퍼뜨린 것이다.

그 일이 있고 나서, 여자아이는 6학년이 될 때까지 4년 동안이나, 아이들에게 더럽다는 놀림을 받아 가며 집단으로 따돌림을 당한 것이다. 이 사실을 알아낸 우리 선생님은 6학년 동안은 그 여자아이를 최선을 다해 보호하셨지만, 중학생이 되어 또 같은 학교 아이들이 많이 올라가 놀리지나 않을까 걱정이 된다고 하셨다. 이 충격적인 이야기에 우리 반 아이들 모두 쥐죽은 듯 고요해진 것은 물론, 나는 나의 과거가 떠올라 이중으로 치를 떨어야 했다.

전학 오기 전 2학년 때, 반에서 제일 힘이 셌던 아이가 나에 대해 소문을 퍼뜨렸었다. 저 자식은 미쳤으며 외계인이라고! 아이들은 대부분이 그 힘센 아이에게 순종하는 분위기여서, 아무런 의심 없이 나를 외계인이라 취급하고, 나랑 닿기만 해도 재수 없다고 호들

갑을 떨며 내가 읽는 책을 외계인 책이라고 던졌지. 아! 지금은 다 잊었다고 생각했는데, 그때 마음속으로 흐르던 피눈물이 떠올라 나도 모르게 코끝이 움찔거렸다. 왜 소문을 내며 거기에 휘말리는가? 왜 한 아이를 근거도 없이 모함하는가? 왜 한 인간을 제대로 보려 하지 않는가?

거기에 대한 나의 답은 친구 우석이였다. 우석이는 전학 와서 친구가 많지 않았는데, 왕따를 당하는 나를 가까이 한다는 이유로 그나마 사귄 친구들마저 다 잃어버렸다. 그러나 우석이는 꿋꿋하게 나를 부끄러워하지 않고 감싸 주었다. 나는 처음으로 친구를 만났으며 존경하는 사람을 갖게 되었다. 우석이의 용기가 나를 살렸다.

나는 왕따 문제를 해결하려면 용기가 필요하다고 생각한다. 나만 그랬던 게 아니라, 지금도 왕따를 당하는 아이들이 있다고 생각하니 가슴이 답답하고 안타깝다. 만약 내 곁에 누군가 왕따를 당하는 아이가 있다면, 난 그 아이에게 누구보다 먼저 다가갈 준비가 돼 있다. 그 옛날 우석이가 그랬던 것처럼!

_학교 앞 새 둥지

2009. 5. 15. 금

수업이 끝나고 석희랑 교문 앞을 나서는데, 학교 담장 주변에 아이들이 총총 모여 있었다. 나는 "뭐지? 가 보자!" 하고 당장 그곳으로 달려갔다.

학교 담벼락에는 내 팔뚝이 두 개 정도 들어갈 만한 크기의, 둥그런 구멍이 같은 간격을 두고 뚫려 있었는데, 어떤 구멍 앞에 서서 아이들이 머리를 맞대고 수군거리고 있었다.

구멍 속에는 까칠까칠한 풀더미가 월계수 왕관 같은 모양으로 잔뜩 쑤셔 박혀 있었다. 한 여자 아이가 "야! 여기 모여 있으니까 어미 새가 못 오잖아!" 하고 외쳤다. 그러고는 위를 보니, 높은 담장 위에서 햇살이 눈부셔 잘 보이진 않았지만, 어미 새가 날개를 파드닥~ 들썩대며 안절부절못하는 게 보였다. 나는 그제야 이것이 새 둥지라는 걸 알았다.

그런데 그때쯤 6학년 형들 대여섯 명이, 이쪽으로 '툭 탓 툭 탓' 걸어오고 있었다. 그 형들은 담장 구멍 앞에 모인 우리보다 훨씬 키도 크고, 표정과 몸짓이 사나웠다. 형들은 우리를 버러지 보듯 못마땅하게 바라보며, "이거 뭐야?" 하고 잔뜩 얼굴을 찌푸렸다.

아무도 대답을 하지 않아도, 그게 새 둥지라는 것을 6학년 형들은 곧 알아차렸고, 그 형 중 한 명이 새둥지 구멍으로 손을 쑥~ 집어넣어, 집을 마구 파헤치기 시작했다. 나는 바짝 긴장이 돼서 "뭐 하려구?" 하고 물었다. 형아들은 아무렇지도 않게 "꺼내야지!" 하였다. 그러자 구멍 안에 엎드린 자세로 오들오들 떠는 듯한, 새까만 아기 새 두 마리의 뒷모습이 조금씩 살짝살짝 보이기 시작했다.

'안 돼!' 순간 형들을 말리려고 내 심장이 파이듯 타들어 갔다. 그 순간 악당이 나타났을 때 달려오는 슈퍼맨처럼, 멀리서 경비 아저씨가 '투 두 두 툭툭!' 힘차게 오셔서, 무겁고 깊은 목소리로 "무슨 일이냐?" 하셨다. 그 형들은 "아무 일도 없어요~" 하며, 다시 헐어 낸 집을 구멍에 밀어 넣고 슬금슬금 사라져 버렸다. 우리는 그냥 이 구멍에 새 둥지가 있었다는 것만 아저씨께 설명했다.

경비 아저씨는 고개를 끄덕이시며 "앞으로는 이 새에게 관심을 주지 말아라! 이런 새는 원래 자연에서 스스로 커야 하는 거야!" 하셨다. 나도 그 말이 옳다고 생각했다. 나와 석희는 집으로 오면서 "잔인한 형들, 어떻게 그런 짓을 하지?" 하고 투덜거렸다.

다음날, 그 새들은 둥지만 남기고, 그 근처에서 흔적을 지워 버렸다. 나는 그 새들이 위험을 느끼고 떠난 건지, 경비아저씨가 좋은 곳에 데려다 준 것인지, 형들이 잡아서 노는 중인지 알 수가 없다.

_친구와 포장마차

2009. 8. 28. 금

학교가 휴교한 지 하루도 안 됐지만, 나는 학교가 그리워 몸살이 날 지경이었다. 그래서 아침부터 친구 석희와 동네를 한바퀴 돌며 바람을 쐬었다.

오늘따라 햇살이 뜨겁다 못해 짜릿했다. 석희가 "주머니에 2천 원이 있거든. 뭣 좀 같이 먹지 않을래?" 했다. 마침 오늘은 3단지에서 큰 장이 열리는 날이라, 우리는 떡볶이 파는 포장마차를 찾아갔다.

나는 국자로 종이컵에 어묵 국물을 가득 따르며 "저기 앉아서 먹으면 되겠네!" 하고, 구석에 있는 삐딱한 플라스틱 간이식탁을 가리켰다. "그래, 좋아!" 석희는 빨간 떡볶이 한 접시를, 나는 김이 모락모락 피어나는 어묵 국물을, 오른손 엄지와 검지 손가락으로 집듯이 들고 자리에 앉았다.

다른 때 같으면 포장마차가 떡볶이, 순대 먹는 사람들로 가득 찼는데, 땡볕이 찌는 오전이라 그런지, 우리처럼 자리를 잡고 앉아 먹는 사람은 없었다. 가끔 어묵을 한 꼬치씩 사가는 사람들을 바라보며, 우리는 여유롭게 통에 담긴 이쑤시개로 떡볶이를 찍어 먹었다. 이 떡볶이는 굵고 짤막한 게 찹쌀떡처럼 입에 짝짝 달라붙었고, 매운맛이 입안에 화~ 퍼졌다.

어묵 국물은 뜨겁고 묘한 꽃게 맛이 났고, 목을 따뜻하게 데워 주는 느낌이 좋아, 몇 번이나 일어나 국자로 떠먹느라 왔다갔다 했는데, 어묵 국물 통에 진짜로 무하고 꽃게가 둥둥 같이 떠 있었다. 내가 떡을 줄겅줄겅 씹으며 "넌 신종플루 때문에 학교가 휴교한 것에 대해 어떻게 생각하니?" 하고 묻자, 석희는 "우리도 조심해야지!" 했다.

그런데 문득 왼손으로 머리를 받치고, 오른손으로는 어묵 국물이 담긴 종이컵을 든 석희의 모습이, 꼭 소주와 안주를 곁들여 먹는 아저씨 같았다. 나는 웃으며 석희에게 "우리 꼭 포장마차에서 술을 마시는 아저씨들 같지 않니?" 하고 물었다. 석희는 웃으며 "정말 그렇네!" 하였다. 나는 그런 모습이 재미있어서, 일부러 취한 척 다리를 잔뜩 벌리고, 어깨를 수그리고 어묵 국물을 높이 들어 먹고, 탁! 소리 나게 종이컵을 식탁에 올려놓았다.

그러자 석희도 '이 세상 살기 참 힘들어!' 하는 듯이, 온 얼굴에 주름을 잡고 종이컵을 높이 들어 꿀꺽꿀꺽 먹고 크~ 하였다. 그렇게 갖은 폼을 재며 어묵 국물을 몇 컵이나 먹었는지, 배가 땡땡 불렀다. 그런데 아직 굵은 떡볶이 알이 5개 남아 있었다. 나와 석희는 서로 네가 먹어, 네가 먹어! 하다가, 내가 3개, 석희가 2개 먹고 일어났다. 석희는 개구리처럼 볼을 부풀리며 부읍~ 하는 소리를 냈고, 나는 입을 벌려 거러럭~ 하는 소리를 밖으로 내보내야 했다.

_후보에도 못 들다!

2009. 9. 8. 화

'2학기 학급 임원 선거'

1교시가 시작되자, 선생님께서 칠판 위에 하얀 분필로 똑 뚜각 똑 또곡~ 휘갈겨 쓰신 글씨다. 아이들은 "어, 벌써 해?", "너, 나갈 거야?" 하며 들썩들썩거렸다. 나는 가만히 있었지만, 속으로는 은근히 회장 자리가 탐났다.

선생님께서 "먼저 회장 선거를 하겠어요! 회장 선거에서 한 번에 과반수가 넘으면 그 사람이 회장이 되고, 과반수가 넘는 후보자가 없으면, 최다 득표자 둘이서 재투표를 하여 표를 더 많이 받는 사람이 회장이 됩니다!"라고 말씀하셨다.

그러고서 "먼저 후보 추천을 받겠어요! 손을 들고, 추천하고 싶은 사람 이름과 그 이유를 분명히 말해 주세요!" 하셨다. 아이들은 모두 숨죽은 듯이 가만히 있었다. 나는 손을 드는 사람이 없나, 몇 번씩 뒤를 돌아보았지만, 단 한 명도 후보 추천을 하려고 나서는 아이가 없었다. 선생님도 "더 잘 생각해 보세요!" 하시며 재촉했지만, 아이들은 돌처럼 꿋꿋하게 입을 다물고 있었다. 나는 '아니, 이 녀석들 분명히 자기를 추천할 차례가 오면, 기다렸다는 듯이 서로서로 앞다투어 손을 들 게 뻔해~' 하고 생각하였다.

바로 그때 한 여자 아이가 사시나무 떨듯 겨우 손을 들었다. 선생님께서는 "응, 그래 너 해 보렴!", "저는 이승희를 추천합니다. 그 이유는 승희는 1학기에 부회장을 하여, 2학기에도 회장 역할을 잘할 수 있을 것 같기 때문입니다!" 그 아이가 아주 작게 말하고 나서, 1학기에 남자 부회장을 했던 창기를 비롯해 한두 명 정도 추천 후보가 나왔다. 그런데 아무리 기다려도 나를 추천하는 아이는 없었다.

총 6명의 후보가 등록돼야 하는데, 그 수가 모자라서 이제 스스로 추천하는 순서가 되었다. 이번에도 한두 명 조심스럽게 손을 드는 동안, 나는 조금 고민을 했다. 그러고는 번쩍 손을 들었는데, 그 뒤로부터 아이들이 서로 자기를 추천하겠다고 신나게 우르르 손을 드는 것이었다. '아니, 이럴 줄 알았으면 손을 빨리 드는 건데……' 손을 많이 들어서 인원이 초과하는 바람에, 1차 후보를 골라내기 위한 투표를 시작했다. 아이들 모두 눈을 감고 선생님께서 후보 이름을 부르시면, 마음에 드는 후보에 손을 드는 방식이다.

나는 내 이름이 불릴 때 실눈을 살짝 뜨고 칠판을 보았는데, 선생님께서 내 이름 옆에 숫자는 안 쓰시고 점만 하나 달랑 찍어 놓으셨다. '우워어어~ 이럴 수가! 한 명도 없다니~' 그때 선생님께서 "좀 제대로 들자! 두 번 드는 건 뭐죠? 여기 들고 저기 들고 하지 마! 다시 한다!" 하시면서 처음부터 다시 후보 이름을 불러 주셨다. 이번에는 내 이름 옆에 1이라는 숫자가 붙었고(내가 손든 건 아니다), 이렇게 해서 나는 1차 후보 선출해서 완전히 제외되었다.

나는 후보들이 나와 연설을 하는 동안, 목이 간질간질해서 참았던 기침을 쿨름 쿨름 카카카~ 어헉어헉, 다 내뱉듯이 연거푸 쏟아 내었다. 놀란 선생님께서 얼른 조퇴하라고 하시는 바람에 선거를 다 마치기 전에 집으로 돌아와야 했다. 집으로 오는 발걸음이, 지구별에서 퇴출당하는 외계인 같은 느낌이었다.

난 왜 이렇게 인기가 없을까? 도대체 회장이 된 아이의 비결은 무엇일까? 그 아이는 공부도 잘하고 친구들과 PC방도 잘 가서 인기가 좋은 걸까? 난 돌아오면서 아침에 집을 나설 때, 엄마에게 "나 아니면 누가 회장이 되겠어요?" 하고 큰소리쳤던 게 생각나서 후~ 쓴웃음이 나왔다.

급식 시간에 나눈 대화_

2009. 10. 15. 목

    급식 시간, 나는 급식 판에 밥, 김치, 노르스름한 튀김옷 사이로 파란 속살이 보이는 물고기 튀김, 쫄면, 감자국을 칸칸이 돌려가며, 착착 먹을 만큼 받았다.

    그런 다음 급식을 떠 주시는 아주머니들께 고개 숙여 "감사합니다!" 인사를 하고, 양손으로 급식 판을 잡고, 앞줄에 선 주영이를 따라 터덕터덕 따라 걷다가, 주영이 옆에 자리를 잡고 앉았다.

    감자국에다 밥을 한 숟갈 다 떠서 부룹~ 말아 숟갈로 꾹꾹 눌렀다. 그리고 감자국밥에 배추김치를 한쪽씩 얹어 입안에 떠꿈 넣고 추압추압~ 씹어 먹었다. 추압추압 먹으면 밥이 입천장과 혓바닥에 눌려 잘 으깨지기 때문에 먹기가 편하다. 이번엔 물고기 튀김을 젓가락으로 가시가 있는지, 깨작깨작 건드리며 먹다가, 앞에 여자아이들이 "이거, 가시 있어?", "아니, 가시 없는 거야!" 하는 대화를 듣고, 생선을 한입에 음쩝 씹고 눌룹~ 삼켰다.

    급식을 다 먹고 급식 판을 치우고, 밖으로 나와 따뜻한 햇볕이 내리쬐는 화단에 앉으니, 나는 누군가와 대화를 나누고 싶어졌다. 요 며칠 나는 학교에서 대화보다 기침을 더 많이 한 것 같았다. 일단 나는 깊은 생각에 잠긴 척했다. 그것은 나를 아는 누군가가 지나가다 생각에 빠진 나를 보고 대화를 걸게 하려는 미끼였다.

    마침 경훈이가 눈을 길게 치켜뜨고 나를 향해 걸어왔다. 경훈이는 곰 인형처럼 양팔을 옆으로 벌리고 기우뚱기우뚱 흔들면서 내 옆으로 다가와, 날 한번 쳐다보고 털썩 앉았다. 나는 속으로는 반가워서 핑~ 웃었지만, 겉으론 멍하니 땅만 바라보았다.

"경훈아, 넌 이 세상을 어떻게 살아가는 게, 의미가 있다고 생각하니?" 한참을 뜸을 들이다 꺼낸 말이었다.

그러자 경훈이는 낭랑한 목소리로 "음, 글쎄?" 하고 말꼬리를 올리며 안경을 한번 올려 썼다. 나는 턱을 손끝으로 만지작거리며 "음 ~ 그러니까 말이야, 모두 열심히 살아서 결국 마지막에 남는 것은 무엇일까?" 하니, "글쎄? 사후 세상이 존재하지 않을까? 아니면 새로운 것으로 태어나거나! 너, 왜 그런 말을 하는 거냐?" 하고는 경훈이는 아무렇지 않다는 듯이 "나중에 보자!" 하며 일어섰다. 나도 교실로 가려고 일어섰는데, 그때 음악 선생님이 본관 문에서 나오시는 것이 보였다. 그런데 갑자기 나는 웃음이 나오는 것을 참으며, 다시 경훈이 쪽으로 쪼르르 뛰어가, 경훈이 귀에다 대고 살짝 속삭였다. "음악 선생님, 나보다 키가 작다! 그것도 키높이 구두를 신으셨는데 말이야!" 하고 쿠풋쿠풋~ 웃었더니 경훈이가 말했다.

"그래, 그게 네가 살아가는 이유야! 음악 선생님보다 키가 크고, 그걸 보고 웃을 수가 있잖아!"

순간 난, 경훈이의 말을 통해, 그런 게 살아가는 이유가 된다면, 내가 살아가는 이유가 수천 가지, 수만 가지도 더 넘겠구나! 하는 것을 깨달았다. 난 경훈이에게 한수 배웠다.

처음 이긴 날_

2009. 10. 28 수

우리 반은 체육 시간 마지막을 언제나 축구 시합으로 마무리하는
데, 5학년에서 운동을 제일 잘하는 성환이와 찬솔이가 양 팀의 주장
을 맡는다. 그리고 각각 자기 팀에서 뛸 선수들을, 그때그때 내키는
대로 지명한다. 날씬하고 바람처럼 빠른 성환이는 자기를 닮은 빠른
공격수 위주로 뽑고, 몸집이 크고 힘이 센 찬솔이는 실력은 그저 그
래도 열심히 뛰는 아이들 위주로 뽑는다.

성환이는 시합 중에 자기 팀이 지려 하거나, 한 점이라도 골이 먹
히는 날에는 얼굴이 빨개져서 바락바락 소리를 지른다. 그러나 시합
때는 호랑이처럼 펄펄 날뛰던 찬솔이는, 끝나면 나처럼 못하는 아이
들을 위로하고, 다음 시합에는 잘하자고 격려해 준다. 그래서 나는
찬솔이 팀에 들어가고 싶다. 나처럼 못하는 경우라도 적어도 끝난
뒤엔, 구박 대신 위로와 격려의 말을 들을 수 있으니까! 그런데 지금
까지 찬솔이 팀이 성환이 팀을 이긴 적이 한 번도 없었다.

나는 성환이와 찬솔이가 선수를 뽑을 때, 항상 뒤에 남아 인원이
모자라는 팀에 들어갔는데, 거의 찬솔이 팀에 걸렸다. 내가 수비를
하면 동작이 느려서 골을 많이 먹어서, 내가 들어가면 양쪽 다, "우
리 팀, 너무 쫄리는데?", "상우 너네가 가져!" 하고 서로 양보하는 분
위기다. 나에게 축구 시합은 찬솔이 팀에 혹처럼 붙어서, 성환이 팀
의 승리에 도움만 주는 절망과 좌절의 시간일 뿐! 갈수록 나 때문에
맨날 진다는 생각에, 체육 시간마다 찬솔이 보기가 미안해졌다. 그

런데 오늘 찬솔이가 영광스럽게 나를 자기 팀에 처음부터 뽑아 주었다. 그것도 네 번째로! 찬솔이가 이렇게 정식으로 나를 뽑아 준 건 처음이었다.

그래서 오늘은 죽을 힘으로 수비해 한 골도 먹히지 않고 이기자! 라는 각오로 축구 시합을 시작했다. 시합은 시작부터 험난했다. 몇 번이고 공을 튕겨 내고, 온 힘을 다해 수비수들과 헉헉대고 땀 흘리고 하아 하아~ 가쁜 숨을 몰아쉬며 골대를 지켰다. 성환이 팀은 장맛비처럼 공격을 퍼부었다. 나는 성환이 팀 아이들에게 달리기로는 게임이 안 된다는 것을 알면서도, 죽도록 달려 공을 반대로 차 넘겼다. 다른 때 같으면 공을 차 보기도 어려웠는데, 오늘은 공을 몇 번씩 차고 또, 찬솔이의 칭찬을 들으니까 더욱 힘이 나, '골대에 공이 들어가면 난 죽는다!' 하는 생각을 놓지 않고 뛰었다. 은근히 나도 혹시 수비수로는 어느 정도 쓸모 있는 아이가 아닐까? 하는 기대도 생겨나면서!

잠시 한숨 돌리는 순간, 성환이가 바람처럼 들어와 성환이 특유의 급방향 비틀기로 수비진을 뚫고, 골문을 향해 축구공을 힘껏 뿌웅~ 소리 나게 찼다. 성환이의 공이 골문을 향해 날아가던 시간은, 나에게는 정말 엄청난 시간이었다. 나는 처음으로 얼굴이 빨갛게 달아오른 상태에서, 바짝바짝 타들어 가는 속으로 '안 돼! 제발 저것만은! 나 죽는단 말이야!' 소리치며 주먹을 부르르 떨었다. 그때 공이 들어가려다

골대에 맞고 튕겨나가, 그것을 골키퍼 형빈이가 잡고, 다시 힘차게 빠앙! 찼다. 오! 내 맘속에 다시 강력한 파란 불꽃이 피는구나!

그리고 경기 종료 1분 전, 우리 팀 완혁이의 날쌘돌이 슛으로 1대 0이 되었다. 그러자 성환이 팀은 그동안의 무패 행진을 잃지 않으려고, 모두가 한꺼번에 사납고 빠르게 덤벼들었다. 이제 몇 초 전, 홍범이가 무시무시한 기세로 우리 팀 골대를 향해 공을 몰고 왔다. 난 순간 주춤하였지만, 어렵게 얻은 우리 팀의 첫 승을 잃을 순 없어! 이야~ 소리 지르며 홍범이를 향해 돌진했다. 난 반대쪽으로 공을 힘껏 차 내려고 했지만, 헛발질이 되어 오른발이 공중에 붕 떠서 비틀비틀 넘어지려고 했다.

그러나 다시 초인적인 힘으로 몸의 균형을 잡아, 바로 서서 공을 탁 밟았다. 그렇게 나는 눈을 부릅뜨고 콧구멍을 벌름거리며, 공을 계속 밟고 돌면서 시간을 끌었고, 홍범이는 공을 뺏으려고 헉헉~ 발을 돌려 가며 안간힘을 썼다. 그때 체육 선생님께서 호루라기를 삑~ 부셨다. "우와, 첫 승이다! 사랑해요, 완혁이!" 우리 팀은 난리가 났다. 난 마음이 편안해지면서 눈을 감고 이 감격스러운 순간을 즐겼다. 스탠드에서 실내화 가방을 챙길 때, 찬솔이가 내게 말했다.

"상우야, 너 오늘 보니까 수비 되게 잘하더라! 다음부턴 꼭 널 수비로 뽑아야겠는걸!"

나는 겉으론 조용히 웃었지만, 속으론 크게 웃으며 팔짝팔짝 뛰었다.

_만 원아! 어디에?

2010. 4. 13. 화

오늘 나는 집에 돌아오자마자 가방을 벗어던지고, 바로 석희와 놀기 위해 집을 나섰다. 바람이 차가웠지만 시원하고 부드럽게 느껴졌고, 하늘은 구름이 살짝살짝 끼어 보기 좋았다.

석희와 나는 딱따구리 문구점 앞에서 만나, 축구장에 가서 간단하게 축구를 하고 나서, 내 감기 때문에 같이 병원에 가기로 하였다. 우리가 병원에 가는 동안, 나는 엄마가 주신 만 원을 주머니 속에서 만지작 만지작거렸다.

6학년이 되도록 이렇게 큰돈은 주머니 속에 넣고 나와 본 적이 얼마 없어서, 꼭 보물처럼 느껴졌기 때문이다. 석희와 걸어가기에도 화창하고 시원한 날씨였다. 석희와 나는 내일 있을 체력장과 얼마 뒤에 있을 중간고사에 대해 이야기하며 병원까지 걸어갔다. 병원에 도착했을 때, 나는 엄마 없이 왔다는 생각에 들떠, 당당하게 접수하는 곳으로 걸어갔다. 막 앞에 사람이 접수를 끝낼 무렵, 나는 다시 한번 주머니에 손을 넣어 보았다. 그런데 주머니에서는 아무것도 집히지 않고, 그냥 텅 비어 있었다.

나는 병원 대기실 소파로 돌아와서, 석희에게 "맙소사! 주머니에 만 원이 없어!" 하고 소리를 질렀다. "뭐, 정말?" 석희가 어이없어했다. 석희와 나는 잠바를 털고, 속옷 주머니부터 겉옷 주머니, 엉덩이 주머니까지 확인해 보았지만, 결국 만 원은 없었다. 돈을 잃어버린 것이다! 나는 한동안 충격을 받아 빙빙 돌다가, 석희가 "우리 한번

왔던 길을 되돌아가 보자! 그러면 찾을 수 있을지도 몰라!"라고 말해, 병원에서 나와서 왔던 길을 되돌아가기 시작했다.

나는 무언가에 홀린 사람처럼 엘리베이터 바닥을 샅샅이 훑어보았다. 엘리베이터에서 내려 밖으로 나와 보니, 때마침 사람과 이 아파트 단지가 너무 크게 보여 '이 넓은 곳에서, 어떻게 내 만 원을 찾아! 수풀 더미에서 바늘 찾기나 마찬가지군!' 생각했다. 나는 내가 걸어왔던 과거를 되돌아간다는 마음으로 길을 걸으면서, 어지러울 정도로 고개를 흔들면서 만 원을 찾았다. "그런데 만약 어떤 사람이 벌써 집어갔으면 어쩌지?" 하고 석희가 말하자, 마지막 희망마저 사라지는 듯하였다.

집에 가서 혼날 것이 생각났다. 화난 엄마의 표정과 아빠의 한숨 소리가, 눈앞에 영화 필름 지나가듯이 보이는 듯했다. 얼마 전에 읽은 『나의 산에서』라는 책에서처럼, 가출을 해서 산에 들어가 살까? 하는 생각마저 들었다. 석희는 "아마 니가 핸드폰을 꺼낼 때 같이 떨어진 것 같아!"라고 말했다. 나는 똥 마려운 강아지처럼 끙 낑~거렸다. 바람이 힘차게 부는데도 나를 녹여 버릴 듯이 땀이 뻘뻘 났다. 석희는 그런 나의 어깨를 두드리며 "찾을 수 있을 거야, 힘내자구!" 하였다.

나는 그러나 거의 포기한 채로, 마지막으로 석희집 앞 운동장 근처로 가 보았다. 나는 너무 걱정이 되어 한숨만 쉬면서, 얼굴은 잔뜩 구기고 울먹거리면서 "엄마가 좀 그렇게 덜렁거리지 말라고 했을 때 고쳐야 했는데! 하느님, 제발!"하고 탄식하였다. 그런데 그때 석희가 "어? 상우야, 저기 저 초록색 니 돈 아니야?"하며 외쳤다. "저건 그냥 참새잖아!" 나는 잘 보지도 않고 힘없이 대답하였다. 그때 석희가 그 초록색 물체를 들어 올리면서 "이게 니 눈에는 참새로 보였니?"하였다.

그것은 바로 나의 잃어버린 만 원이었다! 할렐루야! 너무 기뻐서 순식간에 구겨진 종이가 확 펴지듯 표정이 펴졌다. 나는 그 만 원을 이번에는 주머니에 넣고 지퍼를 꼭꼭 채우고, 석희에게 "정말 고마워! 너랑 같이 있지 않았더라면, 오늘 나는 우리 집에서 잠을 자지 못했을 거야!"하였다. 석희는 웃으며 "그래, 나에게 고마워하라구!"하였다.

다시 병원에 가는 길은 봄꽃이 드문드문 보이는, 봄날의 향기가 서서히 다가오는 그런 길이었다!

홧김에 떠난 자전거 여행 _

2010. 7. 7. 수

　학교 끝나고 철민이와 지호, 경훈이와 민석이랑 함께 축구를 하다가, 잠시 집에 들러 물을 마셨다. 그런데 다시 축구장에 나가 보니 친구들이 모두 뿔뿔이 사라져 버렸다.

　축구장 구석에 놓아두었던 내 축구공도 없어졌다. 게다가 내 핸드폰 안에 있는 유심 칩이 뽑혀 있었다. 나는 불길한 예감이 들었다. 누가 유심 칩과 공을 가져갔을까?

　나는 자전거를 타고 부랴부랴, 5단지부터 4단지, 3단지, 2단지, 1단지에 이르는 광활한 영역을, 12번도 넘게 뒤지고 다녔다. 그러나 사막에서 지렁이를 찾는 것 같은 막막함에 숨이 막혔다. 나는 철민이가 그랬을 거라 생각하면서 아니길 바라는 마음에 가슴이 답답했다. 난 사실 철민이가 평소에 짓궂은 장난을 잘 치고, 선생님께 버릇없이 굴어서 못마땅한 적이 한두 번이 아니었다.

　난 미친 듯이 돌아다니다가 아는 애들을 만나면 무조건 잡고서 물어보았다.

　"너 혹시 내 핸드폰의 유심 칩을 가져간 사람을 보았니?"

　"아까 전에 철민이 형아가 형아 핸드폰에서 무언가 만지작거리는 것을 보았어!"

　나는 '그러면 그렇지! 철민이 네 이놈~!' 하며 더 확실한 증거를 찾기 위해 주변을 몇 바퀴 더 돌았다. 그래도 더 이상의 제보자가 나타나지 않자, 순간 힘이 탁~ 빠지며 모든 것이 짜증스러웠다.

나는 철민이 집도 모르는데! 집에 가면 부모님께 '그러기에 진작 물건을 잘 챙겼어야지, 이 덜렁아!' 하는 소리를 따갑게 들어야 할 것이고, 자책감에 숨도 못 쉴 것이고, 그러다가 영우랑 아무것도 아닌 일로 또 다툴 것이고, 또 꾸중을 듣고, 철민이의 불쾌한 장난, 국가학력평가를 비롯한 모든 시험에 대한 압박감, 내 미래에 대한 불확실한 두려움, 또 블로그를 한다고 일기에 너무 얽매여 있는 것은 아닌가?

이런 여러 가지 생각이 밀려와 그 모든 게 공허함으로 바뀌면서, 내가 사는 삶이 싫증나게 느껴졌다. 그때부터 나는 힘껏 페달을 밟아 방지턱과 자동차를 무시한 채, 전속력으로 달렸다. 내가 사는 동네 아파트 단지만으론 부족했다. 쳇바퀴 도는 것 같은 이 생활로부터 멀리멀리 벗어나고 싶었다. 조금 더 큰 세상! 나는 용기를 내어 아파트 단지를 빠져나갔다.

수많은 부동산을 지나 시골 도로를 따라, 산삼 밭과 추어탕 매운탕 집을 지나, 들과 논을 따라 대장금 테마파크, 젖소 농장을 지나 어느 한 언덕이 보이는 곳에 정지했다. 그 언덕 꼭대기에 올라가면 새로운 세상이 보일 것 같았다. 그래서 그 언덕을 올랐을 때, 나는 충격을 받았다. 숲은 끝나고 길게 이어진 도로 끝에 엄청나게 솟은 건물들, 그 위로 뽐내듯 노랗게 내려앉은 하늘과 더 높이 크게 주황색으로 불타는 태양이 있었다. 그 속에서 나는 너무 작았다. 나보다

두 배는 훨씬 큰 자동차들이 내 옆을 위협적으로 쌩쌩 지나가고 있었다.

나는 그저 저 하늘 무리지어 나는 새떼에 섞여 날아다니는 먼지 같았다. 너무 작아서 내가 떨어져도 알아채지 못할 만큼 세상은 너무 컸다. 나는 우물 안 개구리였다. 그러나 나는 홀가분했다. 나의 시야는 넓어졌으니까! 언젠가 먼지에서 새떼로 날아오를 때가 있으리라! 그러기 위해 나는 준비를 더 해야 한다. 나는 커다란 날개로 날아오르는 내 모습을 상상해 보았다. 언젠가 당당하게 내가 겪어 보지 못한 큰 세상과 마주할 것을 기약하며, 다시 자전거에 몸을 실었다. 그리고 내가 사는 작은 세상을 향해 서둘러 페달을 밟았다.

양주에서의 마지막 블로깅_

2010. 8. 5. 목

오늘은 내 방에서 이 의자에 앉아, 책상에 있는 컴퓨터로 블로깅을 하는 마지막 날이다. 9일 날 할머니 댁으로 이사를 하는데, 내일 먼저 일차적으로 짐을 옮길 계획이기 때문이다. 그중에는 이 컴퓨터도 끼어 있다.

목이 메는 것처럼, 손이 메어 글이 안 나오려고 한다. 지금으로부터 2년 전 4월 25일, 불안하고 새로운 마음을 가지고 양주에 도착한 기억이 생생하다. 그때는 이삿짐을 푸는 데 시간이 오래 걸렸다.

그래서 처음 며칠 동안, 박스와 물건을 싼 뽁뽁이라고 불리는 에어캡 사이사이를 뛰어다니며 집안을 돌아다녔다. 그리고 한없이 넓어만 보이던 마루에 이불을 깔고 가족이 모두 같이 누워 잤다. 아침에 일어나면 천보산의 주홍빛 봄 햇살이 박스와 뽁뽁이 사이사이로 스며들었고, 나를 눈뜨게 하였다.

학교 가는 길은 한 갈래라서 지하철처럼 많은 아이가 북적였다. 학교의 언덕길도 생각이 난다. 언덕은 경사가 가팔라서, 조금 적응하기 어려웠다. 언덕길을 오르고 3층짜리 계단을 오르고 나면, 숨이 가빠 헉, 헉~거리는 게 학교의 첫 일과였다. 하지만, 1년이 지나 5학년이 되니 계단은 그다지 힘들지 않았다. 5학년 교실은 꼭 강의실 같은 느낌이 들었다. 교실이 모자라기 때문에, 넓고 어두운 동굴 같은 미술실을 교실로 써서 그렇다.

그리고 지금 6학년, 1학기가 쏜살같이 지나가고 2학기가 점점 다가온다. 시간 참 빠르다. 하루하루, 모든 추억이 리조트에서의 또렷한 그림처럼 남아 있고, 양주에서 사는 동안 잊지 못할 고마운 것들이 있다. 먼저 매일 아침 일어날 때의 아침 햇살에 고맙다. 날씨가 좋으면 침대에서 일어날 때, 커튼 틈으로 들어오는 햇살이 정말 상쾌하고 뿌듯했다. 그런 눈부신 아침 햇살을 맞고 하루를 시작하면, 왠지 그날 하루 종일은 행복한 예감으로 넘쳐났다.

두 번째는 양주 특유의 습기와 안개다. 대부분의 날엔, 꼭 하얀색 솜이불 같은 짙은 안개가 아파트 단지 안을 가득 메웠다. 안개로 가득 찬 날에는 왠지 으스스했지만, 촉촉한 공기가 폐 속으로 들어올 때는 정말 상쾌했다. 그리고 지난겨울의 양주다. 지난겨울에 양주에는 엄청 눈이 많이 왔다. 눈과 함께 내 상상력은 더해만 갔고, 엄청나게 쌓인 눈을 헤치며 걸을 때 나는 에베레스트 산을 탐사하는 사람이었다.

친구들과 같이 솜사탕 나무가 되어 버린 나무숲을 지날 때에는, 후아후~ 탄성이 끊이지 않고 겨울 하늘에 메아리쳤다. 가장 기억에 남는 것은 어느 겨울이 끝나 가던 날, 나와 아빠 영우 셋이서 눈싸움을 하다가, 깊게 쌓인 눈밭에 폭~ 소리 나게 누운 일이다. 그때는 얼음 세상같이 추웠지만, 이 세상에서 가장 폭신하고 편안했다. 하늘에 총총히 박힌 별과 이야기할 수 있었고, 그 행복한 순간이 영원할 것 같았다.

양주의 자연환경은 나를 튼튼하게 해 주었다. 나를 책만 읽는 돌덩이에서 내 다리를 움직이게 하고, 공을 찰 수 있게 하고, 자전거를 신나게 달릴 수 있는 아이로 변화시켰다. 나는 감사하다. 어쨌든 2년간의 이야기를 다하려면 아마 책 한 권 분량이 나올 것이다. 그건 차차 하기로 하고, 이사를 하는 대신에 지하철을 타고 지금 다니는 학교에 통학하기로 마음먹었다. 그래도 눈물이 나오려 그러지만, 마지막을 눈물로 장식하고 싶지는 않다. 흠~ 다음에 이 컴퓨터 전원을 켜고 키보드를 두들길 때에는 할머니 댁이겠지. 안녕! 양주에서의 마지막 블로깅!

_친구가 내게 준 행운의 부적

2011. 1. 21. 금

나는 양주시에 사는 우리 반 친구, 지호네 집에서 2박 3일간 자고 왔다. 컴퓨터를 켜고 화면을 보고 키보드를 두드리니 기분이 미묘하다. 아주 오랜만에 집에 돌아온 기분이 들어서다. 나는 먼저 지호 어머니께 좀 미안한 생각이 든다.

하루도 아니고 이틀이나 지호 집에 묵으면서, 꼬박꼬박 밥을 얻어 먹었으니, 내가 얼마나 먹성이 좋은가? 염치없지만, 나는 집 나온 아이같이 끼니때마다 밥을 눈 깜짝할 사이에 먹어 치웠다. 지호 집에서 먹은 밥은 또 얼마나 맛있었는지!

오늘 밤은 지호 생각이 나서 흐뭇해진다. 왜냐하면, 그동안 내가 몰랐던 지호의 성격과 장점을 많이 알고 왔기 때문이다. 나는 지호 옆에서 보고 느꼈던 일들을 생생하게 그림 그리듯 떠올려 본다.

지호네 집에서 잔 첫 번째 아침은 갑자기 주위가 환해졌다. 누구 하나 깨우는 사람은 없었지만, 어제 지호를 따라 오랜만에 일찍 자서 금방 개운하게 깰 수 있었다. 옆을 보니 지호도 누워 있는 채로 눈을 말똥말똥 뜨고 있었다. 나는 "안녕, 잘 잤니?" 하였고, 지호는 "응~ 너도!" 대답하였다.

우리는 일어나서 지호 어머니께서 차려 주신 근사한 아침을 먹으며 하루를 시작하였다. "우에에이~!" 갑작스러운 소리에 나는 깜짝 놀랐다. 그러나 곧 지호에게 유치원에 다니는 어린 여동생이 있다는 사실을 생각해 냈다. 지호 여동생은 대단한 개구쟁이다. 만날 지호

품으로 달려들어 "우에에히히히~!" 괴상한 소리를 지르고, 오빠가 친구랑 카드놀이를 하려 하면, 카드를 흐트러뜨리며 놀아 달라 떼를 쓴다. 으~ 나 같으면 하루도 감당하기 어려웠을 것이다.

나는 여동생이 없어서 지호 동생의 장난이 당황스러웠고, 그나마 '동생이 함께 카드놀이를 할 수 있는 남자인 게 다행이야' 생각했다. 그런데 지호는 목소리 한번 높이지 않고, 언제나 동생에게 부드럽게 대해 주는 것이었다. 그리고 엄마가 봐주지 않을 때는 엄마의 역할을 대신 해 주었다. 나는 동생이 책을 읽을 때 방해하는 것을 제일 싫어해서 조금이라도 동생이 걸리적거리면, 불쾌한 표정을 짓고 방에서 나가라고 한다. 그러나 지호는 동생이 떼를 쓰는 소리에 그렇게 재미있게 읽던 『신과 함께』 책도 내려놓고, 동생을 돌보아 주러 가는 것이다! 지호가 꼭 초인간처럼 보이는 순간이었다.

아침을 먹고 지호는 무엇을 하려는지, 옷을 입고 나갈 준비를 하기 시작하였다.

"상우야, 너도 준비하렴!"

"어디 가는데?"

"동생 유치원 버스 데려다 줘야 해!"

나는 문득 나와 영우가 어릴 때 미술학원 다닐 적이 떠올랐다. 그때는 엄마가 나와 영우를 버스 타는 곳까지 데려다 주었었지. 내가 초등학교 입학하고 나서도, 영우 버스 태워 주는 일은 아무리 바빠도 늘 엄마가 하셨다. 그런데 지호가 동생 데려다 주는 일을 엄마 대신 해 주는 것을 보니, 믿음직하고 대견스러워 보였다.

사실 지호가 학교에서 생활하는 모습을 보면, 그냥 어른스럽기보다는 잘 놀고 명랑한 개구쟁이라고 생각했는데, 지호의 행동을 옆에서 보니 내가 부끄러워졌다. 무사히 지호 동생을 유치원 버스에 태우고 나서, 우리는 마을버스를 타고 자이 단지에 가서 PC방에 들어가 신나게 축구게임을 즐겼다. 그런데 시간을 본 지호가 황급히 이제 빨리 돌아가야 한다고 하는 것이었다. 나는 "아니, 왜? 엄마가 부르시니?" 하고 물었다. 지호의 대답은 "아니, 이제 동생이 올 시간이 다 됐어!"였다. 나는 놀랐다. 지금까지 내가 보아 온 어떤 아이도 이렇게 동생을 아빠처럼 대해 준 아이는 없었기 때문이다.

자기의 시간을 쪼개 가면서 동생을 돌보는 지호에게선, 분명 훌륭한 아빠의 자질과 깊이가 느껴졌다. 게다가 동생과 이렇게 사이좋게 지내니, 지호 엄마는 화나거나 속상할 일도 없을 것이 아닌가? 나는 지호의 행동을 보면서 영우와 엄마에게 한없이 미안하였다. 또 앞으로는 내 생각만 고집하지 말고 조금 더 부드럽게 말하고, 배려해야겠다는 생각을 하였다.

마지막 날의 아침이 밝았다. 그때, 지호네 엄마가 지호에게 "지호야, 상우한테 준다고 했던 건?" 하고 말씀하셨다. 그 말씀이 내 귀로 쏙 빨려 들어왔다.

지호는 말보다 먼저 몸을 움직여, 지갑에서 뭘 꺼내며 "아~ 그거!" 하였다. 그리고 지호는 지갑 안에서 무언가 책갈피 같은 것을 꺼내어 나에게 내밀었다. 바로 행운의 네 잎 클로버를 잘 말려서 코팅한 것이었다! 지호는 "행운의 부적이니까 잘 가지고 다녀! 우리 반 친구들 것도 다 만들었다! 너한테 제일 처음 주는 거야!" 하였다. 나는 감동을 하고 '이렇게 좋은 친구를 가진 나는 얼마나 행운아였던가!' 하는 사실을 다시금 깨달았다. 이 선물은 지금껏 친구에게 받아 본 어떤 선물보다도 마음에 들었다! 나는 오늘부터 내 옆에 지호가 준 행운의 네 잎 클로버 부적을 놓고 잠을 청할 것이다!

_ 센이 1 우리 집에 온 날

2011. 5. 9. 화

　나는 요즘 들어서 대문 앞에 있는 조그마한 마당에서 지내는 시간
이 많아졌다. 바로 우리 집에 들어온 황갈색의 귀염둥이 때문이다.
태어난 지 50일째, 코는 촉촉하고 눈은 맑으며 꼬리를 살랑거리고
무엇이든지 잘 깨무는 이 녀석은, 우리 집에 들어온 강아지로 이름
은 센이다. 센이라는 이름은, 힘찬이 또는 희망이로 지어 주려다가
힘센이의 센이를 따서 지었다.

　센이는 진돗개 황구로 4일 전에 막내 삼촌께서, 충남 서산에 있는
농장에까지 내려가서 데리고 온 강아지다. 나는 녀석이 집에 들어오
던 날이 기억에 생생하다. 그날은 어린이날이라서 학교가 쉬는 날이
었는데, 어차피 난 어린이도 아니라 온종일 집에서 반항하듯 뒹굴거
리려고 한 그런 날이었다.

　아침을 먹고 나서 엄마는 아무렇지도 않게 꼭 '밥은 맛있었니?' 물
어보시는 것처럼, 덤덤하게 "얘들아, 오늘 삼촌이 강아지 데려오신
대!" 하셨다. 그 다음부터 나는 신이 나서 가만히 있기가 어려웠다.
엄마가 먼 곳에서 데려오기 때문에, 늦은 저녁이나 한밤중에 올 거
라고 하셨지만, 나는 기다리는 마음을 억누르지 못하고, 집안을 폴짝
폴짝 뛰고 영우와 이름을 상의하고 어떻게 생겼을까? 상상하며 시
간 가는 줄 몰랐다. 엄마는 오늘은 개 볼 생각하지 말고 빨리 자라고
하셨지만, 우리는 도저히 잠들 수가 없었다. 대문 쪽에서 조금만 발
소리가 나도 '혹시 삼촌 오신 걸까?' 하고 마음이 터질 것 같았다.

드디어 밤 10시쯤, 삼촌께서 집에 거의 다 왔으니, 주차하는 곳으로 마중을 나와 짐 나르는 걸 도와 달라는 부탁의 전화가 왔다! 나는 그 소식을 듣고 영우랑 옷을 간단하게 챙겨 입고 주차장으로 날아가다시피 걸었다. 주차장으로 들어오는 언덕에서 차 소리가 하나씩 들릴 때마다 혹시 삼촌 차인가? 하고 기대감으로 붕~ 떴다. 나온 지 10분 뒤, 약간 맥이 풀리며 밤공기의 추위가 느껴지기 시작할 때, 언덕에서 부우우웅~! 하는 소리와 함께, 눈이 따가운 노란 불이 번쩍번쩍 솟구쳤다. 나는 차보다는 차 안에 있을 개를 생각하고, 입이 헤헤~ 벌어져서 차 있는 쪽으로 다가갔다.

차가 완전히 멈추고, 먼저 삼촌이 문을 열고 나오시고, 그다음에 다른 쪽 문을 여셨다. 삼촌 맞은편 좌석에는 거대한 박스가 있었고, 박스 안에는 갈색 털 뭉치에 박혀 있는 초랑초랑한 눈동자가 있었다. 바로 우리의 새 식구 센이와 처음 마주하는 순간이었다!

그런데 센이의 주변에서는 무언가 걸레 썩은 냄새가 풀풀 풍겼다. 삼촌은 "지금 이 녀석이 차에 타 가지고 많이 무서운가 봐. 그래서 막 침도 엄청 흘려 놨어!" 하셨다. 정말로 센이는 꼭 비에 꼴딱 젖어 버린 것처럼 온몸이 축축하였고, 온몸을 핸드폰 진동하듯이 부들부들 떨고 있었다.

차 밖으로 나오자 개의 모습이 더 확실히 보였다. 황갈색의 털에 몸은 제법 우람하고 통통하였는데, 이 녀석이 태어난 지가 50일밖에 되지 않았다고 한다. 할머니가 그러시는데 개가 50일이면 인간으로 두세 살이라고 하셨는데, 아무리 봐도 이 강아지는 분명히 우량아였다! 온몸이 침 범벅이 되어 털이 쭈뻣쭈뻣 선 데다, 부들부들 떨고 있는 녀석의 꼴은 정말 불쌍하게 보였다. 꼭 고향 집에서 가출을 했다가 비참한 일을 당한 듯한 불쌍함! 그런 측은한 마음도 잠시, 삼촌께서 농장에서 가져오신 강아지 사은품은 어마어마하였다! 개 사료 두 포대에, 오이 한 포대, 배추도 한 포대나 선물로 받아 오셨다.

자, 집으로 돌아와 가장 처음에 우리가 센이와 한 일은, 바로 센이를 씻기는 일이었다. 우선 팔다리 걷어붙이고 영우와 화장실에 개를 데리고 들어와, 대야에 물을 담고 그 안에 넣어서 씻기려고 하였다. 만약에 씻기는 일이 상상만큼 쉬웠다면 얼마나 편했을까? 커다란 대야 안에 들어온 센이는, 머리를 흔들고 몸을 뒤틀어 물을 튀기고, 팔다리를 마구 휘저으며 씻는 것을 강하게 거부하였고, 물에 젖으니 냄새는 더 고약해졌다. 나와 영우가 센이를 감당하지 못해 쩔쩔매니까, 보다 못한 삼촌이 "애들아! 안 되겠다. 이 삼촌에게 맡기렴!" 하시고 화장실로 직접 들어오셨다.

삼촌과 할머니께서는 도망치려고 하는 센이를 붙들고 힘을 모아, "아, 시원하다! 좋다!" 하고 일부러 소리를 내면서 목욕시키셨다. 몇 분 후 화장실에서는 어떤 마법이 벌어졌을까? 센이에게서는 아무 냄새도 나지 않고, 털도 보송보송하여 꼭 숨 쉬고 막 닳는 강아지 인형처럼 변했다! 그 뒤에 우리는 급한 대로 마당에 있는 커다란 의자 아래 공간에, 라면 박스를 넣고 신문지와 쿠션을 이용하여 보금자리를 마련해 주었다. 처음에 셴이는 며칠을 고향 집과 엄마가 그리웠는지 깨갱거리며 울었고, 똥오줌도 잘 못 쌌지만, 이제는 할머니 텃밭에 시원하게 볼일도 잘 보고, 가끔은 용감하게 짖고, 요즘은 이빨이 간지러운지 자꾸만 아무거나 막 물어서 조금 걱정도 된다!

_센이 2 아이고, 시원하다! 센이야!

2011. 6. 5. 일

오늘은 우리 센이가 우리 집에 온 지 딱 한 달이 되는 날이다. 5월 5일 어린이날 우리 집에 온 센이는 한 달 동안 3번밖에 씻지 않았다. 사실 센이는 집이 아닌 마당에서 키우기 때문에, 다른 집 개들보다 더 빨리 더러워지고, 예방접종을 하고 난 뒤엔 우리 가족들 모두가 바빠서 제대로 씻기지를 못하고 있었다.

요즘에는 센이가 싼 똥 때문인지 마당에 자꾸 파리가 꼬이는 것 같다. 센이를 씻기는 것은 매우 어렵다. 새끼인데도 진돗개이기 때문에 힘이 세고, 하루가 다르게 쑥쑥 커서 웬만큼 다 큰 개만 하다. 씻는 걸 좋아하지 않아서 마구 저항하고 물을 튀겨서, 온몸에 센이의 몸에서 나온 구정물로 범벅될 각오를 해야 한다.

나와 영우만으로 센이를 씻기기에는 너무 버거워서 시도조차 해본 적이 없지만, 오늘은 모처럼 주말이라 삼촌께서 일찍 오셔서 센이를 같이 씻기기로 했다. 먼저 나와 영우가 센이를 유인해서 화장실로 데리고 간 다음 잽싸게 입구를 막았다. 삼촌이 억센 근육질 손으로 '깨갱, 깨앵!' 하는 센이의 목을 붙들고 샤워기로 물을 뿌려 주시며, "아이고, 시원하다! 아이고, 시원해! 센이야, 시원타!" 하며 한 손으로 센이의 몸을 물과 함께 슥슥 비벼, 센이를 달래면서 닦아 주셨다.

삼촌이 이렇게 말하니 신기하게도 센이는 더 깨갱거리지 않고, 내가 센이 얼굴에 손을 내밀자 언제나처럼 혀로 손을 '스루릅~ 스루

릅~' 핥아 주었다. 더 울지는 않았지만, 그래도 센이의 몸이 마구 떨리며 불안해하는 것이 느껴졌다. 그래서 나는 센이의 귀에 작은 소리로 "센이야, 괜찮아, 이거 센이, 깨끗해지려고 하는 거야. 형아는 이거 매일 하니까 불안해하지 말고 조금만 기다리면, 센이, 다시 털 보송보송할 거야? 알았지? 우리 센이 세상에서 제일 말 잘 듣고, 제일 착하고 주인 말도 잘 듣지?"라고 해 주었다.

그렇게 말하는 동안 센이는 또 나의 볼을 슬끕슬끕~ 핥아 주었다. 이렇게 말해 주는 이유는 얼마 전에 센이를 바라볼 때 '얘는 내 말을 알아들을까, 만약에 그렇다면 내가 센이에게 화내고 안 좋은 말을 하면 얘도 기분이 안 좋겠지?'라는 생각이 들어서였다. 그래서 나도 동생이 하나 더 생겼고, 어린 아기라는 상상을 하며 센이를 다룬다. 이제 물을 끄고 핑크빛이 감도는 개 전용 샴푸로 삼촌이 센이 몸에 거품을 내 주신다. 털이 복실복실 풍성하고 황갈색으로 멋있었는데, 물칠을 하고 거품을 내니 거품도 잘 나지 않았다.

몸에는 검은빛만 감돌며 털이 눌어붙어서인지 몸집도 초라해져 보였다. 이제 이 정도 되자 센이는 막 도망치려고 하였지만, 내가 나가는 문을 딱 막아서서 센이를 잡아 "센이야, 조금만 참아, 거의 다 됐어!" 해 주며 다시 삼촌 쪽으로 밀어 넣었다. 삼촌은 센이의 발가락 사이사이 거품을 내 주고 턱도 거품을 내 주었다. 귀에 물이 들어가기 때문에, 얼굴은 씻기지 않아서 겁에 질리고 처량해 보이는 센이의 표정이 보여서 마음이 좋지 않았다. 거품 내는 것을 마치고 삼촌은 다시 샤워기를 틀어서 센이의 몸을 헹구어 주었다.

마지막 한 털까지 다 헹구고 난 뒤, 삼촌은 센이를 놔 주었고, 센이는 도망쳐서 화장실 한구석으로 들어가 마구 몸을 털었다. 꼭 동물농장이나 동물의 왕국에서나 보던, 개가 몸 터는 모습을 직접 보니 '어떻게 저럴 수 있을까?' 신기하기만 했다. 센이는 우선 머리부터 가볍게 흔들더니 곧 격렬하게, 그리고 꼬리 끝까지 마구 좌우로 비틀며 흔들었다. 그러자 물방울이 사방으로 마구 튀기며 센이 주위는 곧 물로 흥건하여졌다. 물바다가 된 화장실 한구석에서 센이를 빼내어, 아직 남아 있는 물기를 드라이로 '퓌퓌, 푸퓌' 바람을 맞혀 주었다.

센이가 기분이 좋은지 "꺄릉~!" 하고 울었다. 삼촌은 마지막으로 수건을 꺼내 와 마지막 남은 물기를 보송보송 닦아 주었는데, 센이의 몸에서 나온 물이 수건에 묻어서 노란 수건이 좀 얼룩덜룩해졌다.

그리고 오늘 삼촌이 센이를 씻기는 것을 보면서 느낀 것인데, 혹시 삼촌은 센이를 자식같이 생각하고 계신 것이 아닐까? 하는 생각이 들었다. 변호사에다 잘생기시고, 몸은 근육질에 성격도 좋으신데 왜 여자 친구 하나 없으실까? 의문이 들지만, 하루빨리 센이가 아닌 진짜 자식을 씻겨 줄 날이 오기를 바란다.

센이 3 내 아픔, 내 사랑, 센이야! 안녕! _

2011. 6. 6. 월

오늘은 센이가 우리 집에 온 지도 꼭 한 달하고 처음 맞는 날이다. 뭐라 말할 수 있을까? 도대체 뭐라고 말하면 속 시원하게 표현할 수 있을까? 센이는 죽었다! 조금 감상적으로 말하면, '센이는 좋은 곳에 가서 잘 살고 있어.'가 되는데 말이다.

센이는 죽었다! 지금은 오후 2시 43분이고, 할머니가 소리치신 것은 2시 30분 정도였다. "센이가 죽었나 부다~!" 하고 아래층에서 할머니께서 소리치시는 게 들렸다. 순간적으로 나는 나의 오른팔로 왼팔을 세게 잡아 뜯었다. 꿈인가 하고 말이다.

바로 10분 전까지 나와 우유로 만든 개뼈를 가지고 놀던 센이가 죽다니? 이게 말이 되는가? 무슨 목숨이 지푸라기도 아니고, 얼마 전까지 건강하게 살아서 팔팔 날뛰던 센이가 죽다니? 불길한 생각이 온몸을 벼락처럼 내리쳤다. 그동안 센이의 모습들이 내 머릿속에 삭 떠오르더니 그 다음에는……. 센이가 힘없이 쓰러져서 내가 아무리 쓰다듬어도 깨어나지 않는 장면이 머릿속에 떠올랐다. 나는 급한 마음에 아래로 다다다다~ 뛰어 내려갔다.

무언가 처참한 상황을 생각했던 나는 아래층 마루에서 흐느끼고 있는 할머니에게 "도대체 무슨 일이에요?" 하고 물어보았다. 아무래도 건강하던 센이가 급성 암으로 죽을 리는 없고, 집 안에는 딱히 머리 같은 것을 부딪혀도 죽을 만큼 딱딱한 게 없다. 그때 내 머릿속에 팍 떠오르는 단어, 교통사고! 나는 차에 치이는 사고에는 익숙하지 못하다. 한 번도 경험하거나 본 적, 들은 적이 없기 때문이다. 그래서 설마설마 했는데, 그 다음 순간 할머니 입에서 나온 말씀은 "센이가 차에 치였어!"였다.

나는 순간 쓰러지지 않기 위해 다리에 온 힘을 집중하여야 했다. 도저히 믿을 수가, 아니 받아들일 수가 없었다. 센이는 바로 10분 전까지 내 옆에서 내 손을 물고 핥았는데, 그렇게 순식간에 센이를 다시 볼 수 없게 되다니? 정말 순식간에 벌어진 일이다. 센이가 죽기 10분 전, 나는 마당에서 센이와 놀다 방으로 들어갔고, 2분쯤 후에 할머니가 대문을 열고 나가 쓰레기를 버리고 텃밭에 물을 주셨다. 그때 센이가 같이 따라 나왔고, 할머니는 평소에도 잘 나다니지만, 주인이 없는 곳까지는 가지 않는 녀석이라 가만히 놔두셨는데, 그사이에 그만 사고가 난 것이다.

할머니가 정신없이 센이를 찾아 나섰는데 이미 때는 늦었다. 도로에서 차에 치인 센이를 누가 끌어다가 도로변으로 옮겨 놓았지만, 센이는 머리를 크게 부딪혀 죽었다고 한다. 할머니의 연락을 받은 삼촌이 허겁지겁 뛰어오셔서, 센이를 박스에 담아서 병원으로 데려가셨다. 센이의 마지막 모습은 행복하게 웃으며 갸르릉거리는 모습으로 간직하고 싶어서, 차마 센이의 시체는 보지 않았지만, 센이가 치었던 도로에는 아직도 핏자국이 선명하다. 너무나도 허무하다. 센이가 온 지 한 달하고 1일째, 태어난 지는 81일째에 이렇게 순식간에 다시 만날 수 없게 되다니…….

이제 냉장고에 싸여 있는 우유 뼈다귀와 두 포대의 개 사료, 화장실의 개 샴푸와 개용 브러시와 밥그릇, 물통과 목줄은 도대체 어떻게 해야 하나? 나는 무언가에 홀린 듯 센이가 즐겨 먹던 우유 뼈다귀를 꺼내서 먹어 보았다. 사실 아무 맛도 나지 않고 향만 조금 우유 향이 났다. 개 사료도 먹어 보았다. 맛은 진짜 끔찍했지만, 센이를 잃었다는 상실감에 빠져 미친 듯이 한 움큼을 다 먹었다. 센이가 하던 것처럼 우유 뼈다귀를 꽉 물어서 고개를 마구 흔들기도 하고 힘껏 물어뜯었다. 하지만, 그래도 센이는 살아 돌아오지 않을 것이다. 센이야, 집에 올 때도 박스에 담겨 오더니, 집을 나갈 때도 박스에 실려 나가는구나!

센이처럼 영특한 진돗개를 넓은 들판에서 마음껏 뛰게 하지 못한 채 좁은 마당에서 키우고, 진짜 음식 대신 사료를 먹이고, 더 많은 시간, 센이와 추억을 쌓지 못한 사실에 가슴이 미어지고 마음이 무너진다. 센이는 내가 언제나 학교에서 힘들고 지칠 때 집으로 돌아오면, 먼저 내가 오는 것을 알고 꼬리를 쩔래쩔래 흔들며 달려들어 반가워했고 내게 활짝 웃음을 주었는데, 나는 센이에게 아무것도 준 것이 없이 그냥 보내야 하다니 너무 미안하다. 하느님, 죄 없는 센이를 왜 이렇게 빨리 데려가시나요? 나는 자전거를 타고 나가 땅이 꺼지도록 울었다. 한 달 동안 내 곁에서 살다 간 천사, 센이야! 널 어떻게 보내니? 다시는 도시에서 개를 키우지 않으리라!

센이야, 요즘 저 구름 너머에서 밥은 잘 먹니? 상우 형아는 요즘도 센이 생각을 하면서, 가끔 네가 먹던 밀크 본을 씹어 본단다. 두 봉지나 남았지만, 먹을 주인 없는 쓸쓸한 먹이를 말이야. 음~ 이렇게 비가 오는 밤이면, 니가 우리 집에 처음 온 날이 생각나는구나.

그때 너는 생후 50일밖에 안 되어, 시골 농장에서 생판 모르는 도시의 밤길을 박스에 실려서 달려왔었지. 엄마와 떨어져 얼마나 두려웠을까? 벌벌 떤 나머지 온몸이 침으로 범벅이 돼서 하수구 냄새가 났었고, 급하게 목욕을 씻기고 잠자리를 마련해 주었는데도, 밤을 새워서 방문을 긁어 대며 낑낑거렸지.

나도 잠을 설치다가 한밤중에 깨어나 화장실에 들어갔는데, 마당을 통해 열린 문으로 들어온 네가 화장실 한구석에 쪼그리고 앉아 있는 거야. 잠도 안 자고 눈에는 눈물이 잔뜩 고여 있고 몸은 뜨거웠어. 너무 가여워서 너를 조심스럽게 번쩍 들어 안아 주니, 내가 엄마인 냥 내 볼을 핥아 주었던 것이 아직도 생생하단다. 따뜻하고 간지럽고 부들부들한 느낌~. 넌 핥아 주는 걸 참 좋아했어. 내가 손을 갖다 대면 핥고, 내가 서 있을 때면 바지를 핥았지.

요즘은 지나가는 사람이나 친구들, 선생님의 얼굴에서 개가 자꾸 겹쳐 보여. 어떤 사람은 비글, 어떤 사람은 포메라니안, 어떤 사람은 진돗개, 종류도 다양하게 말이야. 아마 요즘 인터넷으로 개 사진을 너무 많이 봐서 그런가 봐. 얼마 전 MBC에서 우리 집에 와 「슈퍼

블로거」라는 프로를 촬영할 때도, 쉬는 시간을 못 참고 짬만 나면 인터넷 앞에서 센이 닮은 황구 사진을 보느라, 엄마한테 잔소리를 들어야 했단다. 너는 참 무는 것도 좋아했지. 나중에는 네가 무는 힘이 얼마나 세졌는지, 우리 아빠에게 반갑다고 달려드는 바람에, 아빠 잠옷 바지에 빵구가 날 정도였으니까!

하지만, 사실 형아는 센이가 잘 자라는 것 같아서 흐뭇하게 생각했지. 삼촌께서도 아직 어린 강아지라 심하게 혼낼 필요는 없고, 주인을 장난으로 물면 주인이 아파하는 모습을 보여 주면 된다고 하셨어. 네가 장난을 치다가 내 손가락을 세게 깨물어서, 내가 "아이고, 아야~ 아야~!" 하며 비명을 지르는 척할 때도, 너의 당황해서 움찔거리는 표정을 보고 사실은 너무 예쁘게만 느껴졌단다. 넌 개 중의 개, 용감하고 영특한 황구 아니니?

넌 사람에게 붙임성이 아주 좋은 개였어. 길가에 지나가는 할머니, 할아버지 모두 너를 예뻐하고 칭찬을 아끼지 않았는데 말이야. 어떤 사람은 네가 달려가서 꼬리를 살랑거리며 반갑다는 듯이 웃을 때, 인상을 찡그리고 욕을 퍼부으며 널 반갑지 않게 대하기도 했어! 그런 사람들을 볼 때면 형아는 이해가 안 갔단다. 형아는 너를 통하여 인간과 동물이 함께 어울려 잘 살아야 할 생명체임을 깨달았지. 하다못해 길거리의 말 못하는 풀과 곤충들도 보호받아야 할 존재임을 깨우쳤고!!

그런데 이기적인 어른들은 욕심에 눈이 뒤집혀, 생명이 있든 없든 간에 무조건 파헤치고 뒤집어엎고, 그게 뭐니? 오늘도 우리 동네 좁은 골목길엔 집을 허물고 공사를 하느라, 대형 크레인이 길을 막고 서 있단다. 건널목이 설치돼 있지 않은 차도엔, 오늘도 귀여운 초등학생들이 아슬아슬하게 길을 건너고 있지. 센이야, 이런 생각을 하는 내 마음속엔 너를 지켜 주지 못한 미안함이 북받쳐와, 잠시 비 오는 어두컴컴한 하늘을 보며 뜨거운 눈물을 주루룩 흘린다.

형아는 언제나 너에게 같이 놀 개 친구가 없는 것이 마음에 걸렸어. 평일에는 형아와 모든 가족이 나가 있는데, 센이 혼자 얼마나 심심했겠어? 그래서 말이야, 형아가 주말엔 센이 옆에 계속 붙어 있었던 거야. 귀찮았다면 미안해. 네가 우리 집에 온 다음 날부터는 아침에 일어나서 학교 갈 생각을 하면 너무 즐거웠단다. 학교 끝나고 집으로 돌아오면, 대문 앞에서 기다리는 우리 센이가 있을 테니까 말이야. 학교에서 힘든 일이 있더라도 집에 가까워지면, 발걸음이 너무 가벼워져서 우리 집 문이 보이면 '센이야, 형아 왔다!'라고 노래하듯 외쳤지!

그러면 문틈으로 너의 작은 발과 너의 작은 코가 벌름벌름하며 반가움으로 흥분하는 게 보이는 거야! 오, 그 기쁨! 그때마다 네가 있단 사실에 너무 기뻤고 하느님께 감사했단다. 너와 함께 있을 때면, 그 어떤 인간에게도 말할 수 없는 나의 고민과 비밀을 시원하게 털어놓을 수 있었고, 그때마다 마음이 편해졌단다. 힘든 일이 생기면, 너와 눈을 맞추고 못된 놈들, 나쁜 인간들! 하며 욕도 하고, 이러저러해서 요러저러하다고 다 털어놓았다. 그러면 너는 고개를 갸우뚱하면서도 "형, 힘내. 위로해 줄게!" 하고 말하듯이 똘망똘망한 눈으로 나를 빤히 쳐다보았지.

나는 우리 셴이에게 크나큰 위로를 받고 "셴이야, 이 형, 죽지 않았다! 다시 힘내서 잘해 볼게!" 하고 음하하~ 웃었는데……. 지금 형아에게 가장 힘든 것은 셴이가 형아 옆에 없다는 거야. 그래서 형아는 매일 밤마다 셴이를 닮은 황구 형제들 사진을 인터넷으로 검색하며 보고 있단다. 가끔 꼭 널 닮은 강아지가 나오면 화면을 쓰다듬듯 만져 보고, 저절로 미소 짓다가 눈물도 흘리지. 셴이야, 이런 그리움의 날들을 어떻게 하니? 오늘은 형아가 넋두리가 심해졌구나. 미안~ 셴이야, 밥을 잘 먹어야 해! 챙겨 주는 사람 없다고 거르지 말고, 또 너무 물어도 안 돼요, 형아는 많이 봐주었지만, 천사들은 네가 물면 싫어할 거야. 셴이야, 잘 자렴! 하늘나라에선 비가 오지 않을 테니 따뜻한 솜구름 이불 덮고 곤히 자려무나!

4부
생각하는 상우

탬버린 연주_

2005. 12. 13. 화

4교시 음악 시간이 시작되었다. 나는 왠지 마음이 떨렸다.

여러 차례가 지나고 우리 조가 리듬악기를 연주하게 되었다. 재영이는 캐스터네츠, 심하련이와 나는 탬버린을 쳤다. 자리에서 일어나 꼬마 눈사람 노래를 같이 부르며 연주했다.

탬버린 먼저 한번 치고 그 다음에 캐스터네츠가 해야 되는데 박자가 안 맞아서 나는 노래라도 크게 불렀다.

우리 조는 결국 실패하였다. 나는 어차피 실패할 거라고 예상했기 때문에 속이 가벼워졌다. 그런데 선생님께서 "이긴 여러분 진 사람이 불쌍하니 다시 한번 기회를 줍시다." 하여서 다시 한번 연주할 수 있게 되었다. 그래서 이번엔 통과하게 되었다. 상품으로 풀과 스카치테이프도 받았다.

나는 생각했다. 이 세상에 성공하지 않는 일은 없구나. 그리고 선생님께서는 아이들을 깊이 생각하셨구나.

_아침 햇볕 아래서

2006. 1. 1. 일

나는 아침 햇살을 받으며 침대에 누워 있는데 갑자기 선생님과 교장 선생님, 그리고 1학년 4반 친구들이 보고 싶었다. 그런데 이상하게도 날 때렸던 친구들이 더 보고 싶은 거다. 그 친구들이 장난삼아 내 머리를 때리고 필통까지 빼앗아 가서 아주 미웠지만 이상하게도 지금 그 아이들이 이해가 되는 것이다.

혹시 누가 알까? 그 친구들은 집에서 많이 맞았을지도 모른다. 그래서 마음속이 꽁꽁 꽁꽁꽁 얼어 있었다. 게다가 악마들이 그 아이들 마음속에서 스케이트를 타고 있는 것은 아닐까? 하는 생각이 든다.

이 세상 사람들이 그런 아이들을 무시하고 미워하지 말고 따뜻한 마음과 손길로 감싸 주면 이 세상에 버림받은 아이는 없어질 것이다.

똥파리 –

2006. 6. 1. 목

　나는 학교가 끝나고 우리 집 입구인 담장 사이의 길로 들어갔는데 옆에 있는 쓰레기 버리는 데에 개미가 똥파리를 자기 집으로 가져가고 있는 모습을 보았다.

　나는 그걸 보고「벅스 라이프」에서 개미들이 메뚜기를 위해 제단을 쌓던 게 생각났다.

　개미는 죽은 똥파리를 허리에 얹고서 풀밭으로 힘들게 기어갔다.

　그 모습은 마치 멸치가 상어를 업고 가는 것 같았다.

　나는 똥파리가 불쌍했다. 그러나 개미들은 커다란 양식을 얻어서 좋겠다. 그래서 기분이 묘하고 복잡했다.

　'먹고 먹히는 것은 무엇일까?'

　생각하면서 나도 모르게 개미처럼 등을 구부리고 책가방을 똥파리라 생각하면서 엉기적 엉기적 집으로 걸어갔다.

_고양이

2006. 9. 8. 금

운동회 연습을 마치고 집으로 돌아오는 길에 공원 약수터 근처 풀숲에 아이들이 모여 있었다.

어제 보았던 집 없는 고양이가 어떤 형의 손에 들려 있었다. 고양이는 그 형을 노려보더니 갑자기 달려들어 손을 물었다. 그러자 그 형은 "앗!" 하고 소리를 질렀고 구경하던 아이들은 고양이에게 돌을 던졌다. 고양이는 풀쩍 숲으로 숨었다. 아이들은 계속 아무 데나 돌을 던졌다.

아이들이 사라지고 한참 뒤에 고양이가 왔다. 그런데 이번에는 개가 달려들었다. 시커먼 개가 으르렁거리면서 고양이를 협박하였다. 나는 실내화 가방을 휘둘러 개를 쫓았다.

나는 고양이 옆에 앉아서 눈을 마주쳐 주고 "너 참 살아가기 힘들겠구나."라고 말했다. 고양이는 그랬더니 누워서 내게 어리광을 부렸다. 고양이가 불쌍하고 안쓰러워서 한참 동안 그 자리를 뜰 수 없었다.

삼부자의 산책_

2007. 4. 15. 일

저녁 7시, 오랜만에 아빠와 나, 영우는 공원을 산책하였다.

우리는 먼저 트랙을 한 바퀴 돌았다. 트랙에는 언제나 그렇듯이 사람들이 로봇처럼 걷고 있었다. 우리는 그 사이를 비집고 다니며 술래잡기를 하였다. 내가 술래가 되었을 때는 아빠와 영우가 나를 잡으러 다녔는데, 헐떡헐떡 숨이 차고 바지가 자꾸 내려가는 바람에 얼마 못 가 붙잡혔다. 그런데 일곱 살인 영우는 어찌나 빠르던지 치타처럼 달리는 것이었다. 그 아이는 나와는 너무 달랐다. 아빠도 영우를 붙잡지 못했다.

우리는 두 번째 코스로 정자를 선택했다. 여기는 넓은 풀밭이 있고 달빛이 잘 비추어 은은했다. 영우와 나는 정자 위로 올라가 콩콩 뛰었고, 아빠는 콧노래를 부르며 풀밭가를 서성거리셨다.

나는 아빠가 혼자서 서성거리는 모습을 지켜보았다. 그 모습은 마치 내가 처음 본 것처럼 이상하게도 외로워 보이셨다. 말은 하지 않았지만 무언가 힘들어 보이는 느낌이었다. 나도 모르게 미안한 마음이 들었다. 그래서 아빠 곁으로 다가가 손을 붙잡아 주었다. 그랬더니 아빠도 내 손을 꼭 잡고 영우를 불러 우리는 다시 걷기 시작했다.

_가을바람

2007. 10. 20. 토

학교 끝나고 우석이네 집에서 놀다가 집으로 돌아오는데, 바람이 아침보다 더 매서워져서 팔이 시려웠다. 오늘은 갑자기 날이 추워진다고 해서 긴 팔 옷 위에 조끼를 덧입고 가벼운 코트까지 입었건만 바람은 내 몸속 여기저기를 타고 신나게 스며들었다.

공원 놀이터를 지날 때, 놀이터 뒤에 있는 숲에서 수많은 나뭇잎들이 '쉬이시, 쉬이시' 소리를 내며 파도처럼 출렁거렸다. 그 모습을 자세히 보니 꼭 여자의 긴 머리가 펄럭거리는 것 같기도 했고, 나무들이 몸을 강렬하게 비틀며 뮤지컬을 하는 것 같기도 했다.

나무들이 심하게 흔들리니까 왠지 내 몸도 따라서 사방으로 흔들리는 것 같았다.

나는 아무도 없는 모래밭에 서서 숲을 바라보며 이런 생각을 했다.

'도대체 바람은 왜 부는가? 어디서 불어오는가?'

이상하게도 나는 어릴 때부터 바람이 불면 그냥 지나치지 못하고 바람과 함께 마구 흥분해서 날뛰었고, 쿵쾅대는 심장 소리를 참을 수가 없었다. 지금도 나는 이 싸늘한 가을바람이 나를 태우고 어디론가 훌쩍 데려다 줄 것 같은 상상에 사로잡혀 내 속에서 무언가 깨어나는 소리를 듣는다.

그건 아마 내가 바람처럼 이 세상을 힘차게 날아 보려는 에너지가 깨어니는 소리 아닐까!

괴로운 날_

2007. 11. 14. 수

나는 오늘 하루가 너무 되는 일이 없다고 생각했다. 왜냐하면, 수학 모의고사에서 예상 밖으로 많이 틀렸기 때문이다. 어려운 문제를 고민하고 고민하다 답을 써 넣었는데 5개의 숫자 중 1개를 잘못 써 넣는 바람에 틀렸고, 시간을 너무 많이 끌어서 나머지 쉬운 문제들도 정신없이 허둥지둥 풀다가 실수로 다 틀려 버렸다. 마치 장애물 경기를 할 때 한 곳에서 걸렸더니 다른 곳에서도 줄지어 와다다다 넘어진 꼴처럼 말이다.

채점을 하면서 내가 틀린 것들을 보는 것이 괴로웠고, 마음이 복잡했다. 금요일 수학 경시대회뿐 아니라 앞으로 한자 급수 시험, 기말고사를 앞두고 있어 한숨이 나왔고, 내가 시험에 쫓기는 신세가 된 것 같아 시험이 없는 자유로운 세상으로 도망치고 싶었다. 엄마, 아빠가 아시면 얼마나 화를 내실까? 그것도 내가 덤벙대다 실수로 틀린 것을 아신다면.

나는 답답한 마음을 안고 집으로 돌아와 책상 앞에 앉아서 계속 시험지와 씨름을 하였다. 그런데 자꾸 울컥울컥 억울한 기분이 들고 눈물이 나는 것이다. 내가 원하는 것은 무엇일까? 컴퓨터 게임? 실컷 만화 보는 것? 아니 다 팽개치고 그냥 쓰러져 자고 싶었다. 그리고 영원히 깨어나지 않고 싶었다.

나는 침대 위에 엎드려 잠을 청했는데 이상하게 잠은 오지 않고 멀뚱멀뚱하였다. 그래서 다시 일어나 책상 앞에 앉아 시험지 틀린 것을 천천히 훑어보았다. 그러다가 어느 순간 번개를 맞듯 정신이 번쩍 나면서 문제가 원하는 것이 무엇인지 이해가 되는 것이었다. 나는 문제가 지시하는 대로 주어진 길을 따라갔고, 제자리에 순서대로 답을 썼다. 이렇게 하니 곱셈과 나눗셈의 세로 식이 한눈에 정리가 되었다.

나는 틀린 문제들을 마치 산꼭대기에 올라와 아래를 내려다보며 '내가 왜 저런 뒤틀린 길로 올라왔지?' 하는 마음으로 볼 수 있었다. 지금까지 문제가 풀리지 않을 땐 숫자가 거짓말을 하는 건 아닌가? 짜증이 났었다. 그러나 분명 오늘 숫자는 거짓말을 하지 않는다고 나에게 알려 주는 것 같았다.

3학년 겨울방학식_

2007. 12. 21. 금

어젯밤, 오늘 있을 겨울방학식 때문에 늦게까지 눈을 말똥말똥 뜨고 생각에 빠지느라, 아침엔 지각하고 말았다. 지각을 한 사람은 교실 뒷자리로 나가 사물함 앞에서 수업 시작하기 전까지 서 있어야 하는데, 나는 다른 때와 달리 바로 서 있지 못하고 왔다갔다 하며 뒷자리에 앉은 친구들에게 말을 걸었다.

마침, 반 분위기도 방학식을 앞두고 어수선하였고, 그 틈을 타 친구들을 하나씩 붙들고 방학하면 꼭 우리 집에 놀러 오라고 일러두었다. 어떤 친구들은 "우린 떨어지면 안 돼!" 하며 끌어안았고, 어떤 애들은 4학년 땐 절대 같은 반이 되지 말자고 쏘듯이 말했다. 미우나 고우나 1년 동안 같은 반이었던 친구들을 바라보며, 오늘따라 내 마음은 이런저런 생각에 들뜨고 복잡했다

1학기 때 나는 왕따 중의 왕따였다. 비록 공부는 우등생이었을지 몰라도 인간관계는 빵점이었던 것이다. 내가 아이들과 친하게 지내고 싶어서 다가가 말을 걸면 대부분이 "씨발, 재수 없어!" 하거나, 못 들은 척 그냥 가 버리기가 일쑤였다. 나는 애들이 왜 그러는지, 그 이유를 몰랐다. 세상에 나만 외톨이가 된 것처럼 슬펐고, 함께 다니는 아이들 뒷모습만 봐도 부러워서 눈물을 펑펑 쏟았었다.

하지만, 나는 계속 아이들을 쫓아다니며, 내가 잘 모르는 아이들의 이야기를 들으려고 애썼고, 무슨 뜻인지 꼬치꼬치 물었다. 아이들은 짜증을 부렸고, 내가 외계인 같다고 하였다. 그러다가 우석이

를 만나면서 내 인생이 달라졌다. 아! 우석인 정말 내가 건진 보석 중의 보석이다! 다른 애들과는 달리 우석인 내 얘기에 귀를 기울였고 대답을 해 주었다. 우석이는 내 말에 처음으로 응답해 준 친구다.

내가 우석이를 늦게 알게 된 이유는 1학기 내내 멀리 떨어져서 앉아 있었기 때문이다. 2학기 중간쯤 짝이 되고 나서부터 우리는 찰떡처럼 붙어 다녔다. 우석이와 친하게 지내면서 나는 나의 문제점이 무언지를 차츰 알아가기 시작했다. 나는 친구들을 원했으나, 제대로 다가가는 법을 몰랐던 것이다. 마치 국어책에 나오는 「바위나리와 아기별」에 바위나리처럼, 커다란 나만의 바위에 붙어서 친구들이 오기만을 바랐던 것이다.

나는 아이들의 언어를 몰랐고, 무엇에 관심이 있는지 몰랐다. 그러나 친구가 되려면 그 아이의 말을 이해해야 하고, 친구의 입장이 되어 생각해 봐야 한다는 것을 우석이는 내게 가르쳐 주었다. 내 식으로 내 입맛에 맞는 친구들을 찾으려 하니 그게 안 됐던 거였다. 우석이와 함께 다니면서 지내다 보니 우리 곁에 우리를 닮은 친구들이 꽤 많이 있다는 사실을 알게 되어 놀랐다. 희지, 낙건이, 민석이, 진희, 재완이, 현승이, 서진이, 모두 나와 우석이처럼 둥글둥글 호빵 같은 친구들이다.

이제 4학년이 되면 헤어질 수도 있는데 어떡하나? 제발 같은 반이 되었으면! 그리고 새로운 친구를 만나게 되면, 이전에 했던 실수는 하지 말고 내가 깨달은 대로 잘 사귀어 봐야지 하는 여러 가지 생각에 빠져 있는데, 방학식이 시작되었다. 방송을 통해 교장 선생님이 말씀하는 도중에도 마음속으로 3학년 1년 동안의 일들이 눈물과 웃음으로 왔다갔다 하느라 눈시울이 어른어른하였다.

_드라마는 재미없어!

2008. 1. 26. 토

가족들은 모두 외출하고 나만 혼자 남아 밀린 방학숙제를 하고 있는데, 외할머니께서 찾아오셨다. 아마 내가 혼자 있다니까 걱정이 되셨나 보다.

엄마가 나가실 때 할머니 오시면 찌개도 떠 드리고 밥도 떠 드리라고 했는데, 반대로 할머니가 내 밥과 국을 떠 주셨다. 내 건 건더기도 듬뿍 넣어서. 할머니 앞에선 일부러 찌개 속에 담긴 햄과 어묵은 먹지 않고 김치만 건져 먹었다. 할머니께서는 "어구, 그래야지. 김치를 잘 먹으니 살이 빠지겠구나." 하셨다. 밥을 먹고 난 뒤, 할머니는 마루에서 공부하셨고, 나는 내 방으로 돌아와 다시 숙제를 하였다.

창문 밖의 해가 반쯤 넘어갈 무렵, 나는 퍼뜩 마루로 나가 마루에 매트를 깔며 "할머니, 겨울이라 저녁이 되면 추워요. 이 매트를 깔고 계셔야 해요." 했다. 할머니는 "어유, 고맙네." 하시며 텔레비전을 트셨다. 나도 할머니 옆에 앉아 텔레비전을 보았다. 뉴스를 보고 광고도 보고 드라마 초반쯤 보다가 나는 흥미를 잃고 내 방으로 들어와 버렸다. 그리고 생각했다.

사전을 찾아보니 드라마는 극적인 상황, 또는 방송극이라고 풀이되어 있었다. 조금 전 내가 보았던 드라마 장면은 어떤 남자와 여자기 결혼 문제를 앞두고 뭐기 불만스러운지, 악을 쓰며 싸우는 장면이었다. 그런데 문제는 내가 그동안 보았던 드라마 장면들이 비슷한 점을 가지고 있었다는 것이다.

그건 문제에 닥쳤을 때, 소리를 크게 질러 싸우는 장면이 많다는 것이다. 서로 소리를 지르며 싸우다 보니 힘이 세고 빽빽 소리를 더 잘 지르는 사람이 더 고통스러워 보이고 이기는 것같이 보이면서, 음악도 그 순간에 거창하게 흐르고 소리 큰 사람은 막 운다. 근데 내 눈에는 이 모든 게 억지처럼 보이는 거다. 마치 이 드라마를 보는 너희는 여기서 같이 울어야 해! 하고 협박하는 것 같다. 그리고 의심이 간다. 과연 그게 진짜 삶의 모습을 그린 것일까?

난 1학기 때, 우석이랑 놀다가 실수로 우석이 머리를 내리쳐, 우석이가 아파서 운 적이 있었다. 선생님께서 왜 우느냐고 물으셨을 때, 난 죽었구나 하고 생각했었다. 그런데 우석이는 말하지 않았다. 오히려 아무 일도 아니라고 괜찮은 척했다. 난 우석이의 그런 모습에 크게 감동을 받아 눈물을 흘렸었다. 내가 드라마를 만든다면 그런 걸 옮기고 싶을 것 같다.

나는 죽어라고 힘들면서도, 아무렇지도 않은 척, 남을 끝까지 배려할 수 있는 마음, 그것이 진짜다운 사람의 마음이 아닐까 생각한다. 드라마엔 그게 없다. 그래서 소리를 무턱대고 크게 지를수록 눈살이 찌푸려지고, 이렇게 말하고 싶어진다.

'가짜 연기는 그만하세요!'

아침에 눈을 떠 보니, 설날치고는 집안 분위기가 조용했지만, 제사 준비로 가족들의 몸놀림은 분주했다. 나는 영우를 깨워 세수하고, 아빠와 할아버지가 걸레질하는 마루로 나가 아침 인사를 드리고, 증조할머니께도 인사를 드린 다음, 부엌으로 가 보았다.

부엌에서 일하고 계시는 엄마를 찾아 나는 찡긋 눈으로 인사하였는데, 어제 온종일 막힌 귀성 차량행렬로 시달렸던 엄마는 아직 멀미에서 깨어나지 않은 듯, 떵떵 부은 얼굴로 "안녕." 하셨다.

부엌은 제사 준비로 바글바글하였다. 할머니는 설거지도 하시면서, 프라이팬에 무엇도 지져내고, 전자레인지에 부침개도 데우시며 한꺼번에 여러 가지 일을 샤샤샤삭 해 내셨다. 엄마와 고모도 김치를 썰고, 과일을 깎고, 부엌과 마루를 들락날락거리며 음식을 나르고 있었다.

엄마는 나에게 고기가 담긴 접시를 상에 갖다 놓으라고 주셨는데, 중간에 할머니께서 "이건 아녀." 하시면서 도로 가져가셨다. 나는 제사 준비를 돕는 척하면서 제사상 앞에 펼쳐진 병풍 뒤에서 영우랑 살짝살짝 비밀기지 놀이를 하였다.

제사는 무난하게 진행되었다. 할아버지와 아빠가 번갈아 가며 잔에 술을 따르고 절을 하셨다. 영우와 나는 다른 때보다 더 자세를 딱딱 맞추어 절을 하였다. 절을 하는 동안 나는 여러 생각을 하였다.

제사는 왜 지내는 것일까? 이 많은 음식을 애써 차려 절을 올리면,

정말 죽은 조상님의 영혼이 살아나 이 음식을 먹고 차린 정성을 알아주실까? 절하는 시간이 너무 길어 지루하기도 하고, 자세가 흐트러질까 봐 신경을 써서, 제사가 끝났다고 병풍을 걷을 때야 비로소 "휴~"하고 안도의 숨을 내쉬게 된다. 제사 때 절하는 것도 세배할 때처럼 즐겁게 할 순 없는 걸까?

또 사람들은 왜 명절 때만 우르르 시골집에 가는가? 아빠가 그것은 평소에 잘 못해 드려서 미안하니까 명절 때 가는 거라고 하셨는데, 평소에 잘하면 되지, 꼭 명절 때만 그렇게 죽어라 몰려가야 도리를 다하는 것으로 생각한다면, 그건 좀 문제가 있다고 생각된다. 일 년에 한 번뿐인 명절이라고 해도, 그 먼 길을 몸살이 나도록 징그러운 교통 정체 현상을 겪으며 왔다갔다 하는 건, 무리가 아닐까?

차가 막혔던 끔찍한 기억에 밀려 오랜만에 만난 가족과의 즐거운 추억이 흐려지면 어떡하나? 무언가 이건 아니란 씁쓸한 생각들이 머릿속을 꽉 채우고 있으면서도, 어느 때보다 절을 열심히 따라하는 내가 정말 이상하였다.

_선행학습이 그렇게 중요해?

2008. 7. 23. 수

방학이 며칠 지났는데도 아직 실감이 나지 않는다. 그냥 결석을 며칠 한 것같이 기분이 찜찜할 뿐이다. 자꾸 친구들 얼굴이 파도처럼 밀려온다. 선생님 얼굴이 보고 싶다. 벌써 학교에 가고 싶어 이 긴 방학이 막막해진다.

하지만, 친구들은 사정이 조금 다른 모양이다. 이번 방학에 할 게 많아서 두렵다고 하는 친구도 있었다. 방학을 하면 친구들과 더 많이 놀 수 있지 않을까? 은근히 기대했는데, 다들 학원 시간표 때문에 바쁜 눈치다. 그리고 내 주위에 많은 친구가 방학 동안 학원에서 선행학습을 해야 한다고 들었다.

난 이번 방학 때 4학년 1학기 복습 위주로 공부하려고 계획표에 짰는데, 친구들은 2학기 예습을 위주로 하는 데다, 5, 6학년 것까지 앞당겨 공부하는 애도 있다고 한다. 그럼 난 뭐지? 피아노 학원밖에 안 다니고 예습도 하지 않으니, 남들과 거꾸로 사는 건가?

그런데 이상하게 불안하지가 않다. 꼭 선행학습을 하는 것만이 지름길은 아니라고 생각되기 때문이다. 또, 공부하는 데 꼭 지름길로 가야 하나? 내 생각에 어차피 인간은 공부하지 않으면 살기 어려운 존재다. 내가 생각하는 공부의 참다운 의미는, 사람이 태어나서 계속 새로운 것을 알아 가고 기뻐하고 그것을 활용하여 즐겁게 쓰는 것이다.

내가 1학년 때 처음 배운 것이 '왼쪽으로 걸어요!'였다. 그때까지 왼쪽과 오른쪽을 잘 구별 못했던 나는, 왼쪽으로 걸을 수 있다는 사실이 놀랍고 재미있어서 복도와 계단을 "왼쪽, 왼쪽~!"하고 노래 부르며 신나게 오르내렸다. 나는 학교에 들어오기 전에 영어나 구구단도 공부하지 않았고, 한글 쓰기도 능숙하지 못한 상태였다. 그래서 그런지 학교에서 배우는 모든 것들이 그렇게 새롭고 신기할 수가 없었다.

저학년 때 아이들은 학교 공부가 다 아는 것이라 시시했는지, 수업 시간마다 재미있어서 탄성을 지르고 손뼉 치는 나를 항상 못마땅한 눈으로 흘겨보았고, 욕을 해 댔다. 그러나 선생님의 가르침은 어두운 바다에 등대불이 비치는 것처럼 나의 눈을 멀리 들어 보게 해 주었다. 나는 그런 가르침을 받을 수 있는 것이 행복했고, 스스로 운이 좋은 아이라고 믿었다.

방학 전에 친구들 몇 명에게 공부는 왜 하느냐고 물어본 적이 있었다. 대부분은 고개를 갸우뚱 하며 글쎄~ 하는 표정을 지었고, 간혹 딱 부러지게 잘 먹고 잘살려고~! 하는 애도 있었다. 그러나 친구들 표정은 그다지 행복해 보이지 않았다.

나는 혹시 방학 때 하는 선행학습이, 남보다 더 공부를 잘하려고 맞는 성장 촉진제 같은 게 아닌가 하는 생각이 든다. 건강도 주사를 많이 맞는다고 좋아지는 게 아니듯이, 지식도 선행학습을 해야 쌓이는 건 아니지 싶다. 그것도 자신이 원해서 하는 게 아니라면? 으~ 생각만 해도 끔찍하다. 난 이번 방학엔, 다시 돌아오지 않을 4학년 1학기에 쌓았던 지식을 소중하게 되돌아보는 마음으로 공부하련다. 선생님과 친구들과 즐거웠던 추억을 함께 떠올리며 말이다! 역시 나는 운이 좋은 아이 같다.

끝없는 욕망 -

2008. 11. 18. 화

5교시 사회 시간, 우리 가정의 경제 생활에 대한 재미있는 공부를 하였다. 쉽게 말해 우리가 쓰는 돈에 관한 이야기다. 선생님은 잔잔하고도 힘 있는 말투로 말씀하셨다.

"대한민국은 잘사는 나라입니다. 지금 세계에서 밥을 하루 세 끼 먹어 보는 게 소원인 나라 사람들도 있습니다. 그런데 우리는 하루 세 끼 먹고도 배가 고프면 언제든지 더 먹을 수가 있습니다. 이것은 여러분의 부모님이 땀 흘려 벌지 않으면 불가능한 일입니다!"

그리고 선생님은 번호를 지목하여 어떤 아이에게 사회 교과서에 나오는 「끝없는 욕망」이라는 글을 읽게 하셨다. 새집으로 이사를 한 다혜는, 이사 간 기념으로 새 옷장을 선물 받는다. 그러나 그것으로 만족 못하고, 새 침대를 사 달라고 조르고 침대를 사 주니, 새 책상과 컴퓨터를 갖고 싶어 욕심을 낸다.

나는 자꾸 불어나는 사람의 욕심에 대해 생각해 보게 되었다. 사람이 가진 치명적인 약점 하나가 바로 욕심인 것 같다. 욕심은 마음속에 잠자는 야성을 깨워서 내가 가지지 않은 것을 더 크게 보이게 하고, 그걸 가지고 싶어 미쳐 버리게 한다. 또한 욕심은 가질수록 늘어난다. 나도 욕심에 눈이 멀어 아빠를 괴롭힌 적이 있었다.

일곱 살 때였을 거다. 타리스 포드라고 하는 한창 유행하는 불량 게임기가 있었는데, 그걸 사 달라고 박박 조르다가, 무슨 장난감이 3만 원씩이나 하냐고 못마땅해하시며 억지로 사 주신 적이 있었다.

그러나 그 후에도 타리스 덤이라는 업그레이드 된 게임기를 갖고 싶어서, 5천 원만 더 주면 살 수 있다고 악악거리며 아빠를 괴롭혔다.

그때 난처해하시던 아빠의 얼굴이 갑자기 눈앞에 떠올라서 미안해지는데, 선생님께서 부모님이 우리에게 갖고 싶은 물건을 다 사 주지 못하는 까닭을 설명해 주셨다. 그중 첫 번째가 한마디로 돈이 없기 때문이다. 나는 이 말 한마디가 가슴을 때리듯 아프게 느껴졌다.

아빠는 우리를 하루 세 끼 먹이려고 힘들게 돈을 버실 텐데, 나는 왜 그 어깨에 더 무거운 짐을 쌓았을까? 앞으론 짐이 되지 않게 알뜰해져야지! 만약 앞으로 욕심이 생기면 내가 가진 것들을 먼저 생각하겠다. 그리고 욕심이 생길 때마다, 욕심과 대적할 무엇을 만들어야겠다. 적어도 나에게는 음악과 인간을 사랑하는 마음과, 진심 어린 기도와 우정, 이런 것들이 방어막이 되어 주지 않을까 싶다.

12월이 찾아올 때_

2008. 12. 1. 월

12월 1일 아침, 나는 11달 내내 잠을 자다가 12월에만 깨어나는 요정이 된 기분으로, 긴장이 되어서 뭐 달라진 게 없나? 크게 눈을 뜨고 길을 걸었다. 아무리 살펴봐도 달라진 것은 없는데, '오늘은 12월 1일이야!' 하는 생각이 자꾸 머릿속을 맴돌았다.

내가 좋아하던 11월의 덜 얼은 이끼 냄새가 남아 있지 않을까? 코를 벌름거리면, 12월의 차가운 바람이 대신 '정신 차려!' 하듯이 볼을 찰싹 때렸다.

지난 1년은 내 인생에 큰 변화가 있었다. 초등학교 들어와서 처음 이사를 했고, 전학을 왔고, 송화 반이 되었고, 차재인 선생님을 만났고, 힘찬이 교실에도 열심히 나갔고, 골든벨에도 출전했으며 좋은 친구들을 만났다. 사실 하루하루가 변화가 아닌 적이 없었던 것 같다.

변덕스러웠던 봄과, 풍성하고도 짓궂은 여름, 싸늘하게 변한 가을을 신나게 겪고, 이번 주말이면 치를 기말고사 준비를 하면서, 나는 노인이 된 기분이다. 그리고 왠지 울적하다. 1년을 두루두루 경험하고서도 왜 12월이 되니 아쉬워지는 걸까? 이 모든 게 지나가면 다시 돌아오지 않을 거란 생각이, 먹기 싫은 음식처럼 눈살을 찌푸리게 한다.

난 12월엔 욕심을 내고 싶다. 덜렁거리는 버릇은 고치고, 남은 하루하루를 기억 창고 속에 차분히 저장하는 데 힘써야겠다. 그러니까 친구들아, 이해하렴! 12월에는 내가 좀 헛소리를 하더라도, 내가 선생님과 친구들 얼굴을 너무 빤히 쳐다본다 하더라도 부담스러워 말아라. 4학년이 가 버리는 게 섭섭해서, 아쉬운 마음을 감추려고 그러는 것이니까! 못 참고 펑펑 울어 버리는 것보단 낫잖니?

편히 쉬세요, 김대중 대통령 할아버지!_

2009. 8. 20. 목

　이것은 내가 태어나기 1년 전에 있었던 일이다. 우리 아빠와 엄마가 대구에서 할아버지, 할머니와 같이 사실 때였는데, 온 동네가 떠들썩하도록 대통령 선거 유세가 있었다고 했다.

　특히 엄마는 그 동네의 보수적인 문화와 사고방식에 적응하기 어려웠다고 하셨는데, 선거 때도 동네 사람들이 어떤 한 후보만 지지하고, 다른 한 후보를 유달리 싫어했다고 한다. 그 후보는 빨갱이라고 안 된다고!

　심지어는 선거 날 아침, 전화를 걸어 꼭 누구를 찍으라고 다짐 받으려는 이웃도 있었다고 한다. 그러나 아빠, 엄마가 지지하는 후보는 사람들이 싫어하는 그 후보였고, 그날 저녁 개표 방송에서 아빠, 엄마가 지지한 후보가 대통령에 당선되는 것을 지켜보며 할아버지를 비롯해 동네 사람들은 탄식하는 분위기였지만, 엄마, 아빠 두 분만 몰래 두 손을 잡고 기뻐하셨다는 이야기다.

　엄마, 아빠가 일방적인 분위기 속에서 외롭게 선택하셨고, 기뻐하셨던 그분의 이름은 바로 김대중 대통령 할아버지다! 나는 김대중 할아버지의 일생이 며칠 전 학교 도서관에서 빌려 읽었던 책, 『넬슨 만델라』 대통령과 너무 닮았다는 생각이 퍼뜩 들었다. 독재에 반대하고, 민주화에 앞장섰으며, 사형선고를 받고 감옥살이에, 늦은 나이에 대통령이 되기까지, 그 길고 험한 시간을 살아오신 김대중 대통령 할아버지의 일생이 나는 숨 가쁘게 느껴졌다.

그분은 북한과 평화로운 사이를 만들려고 노력하셔서, 노벨 평화
상까지 받으셨다. 김대중 대통령 할아버지가 돌아가시자, 세계 곳곳
에서 추모의 물결이 일고 있다고 한다. 노무현 대통령 할아버지가
돌아가셨을 때는, 그분의 죽음이 너무 어이없고 억울해서 속이 타올
랐는데, 김대중 할아버지는 뭔가 허전하고 먹먹한 느낌인 것 같다.

마치 노무현 대통령 할아버지가 용맹스럽게 싸우다 전사한 대장
이었다면, 김대중 할아버지는 가장 경험이 많고 지혜로운 원로 할아
버지가 돌아가신 느낌이랄까? 나는 김대중 할아버지의 서거 소식을
듣고 많은 생각에 빠졌다. 평생을 민주주의와 통일을 갈망하며 사셨
던 할아버지의 죽음 앞에 현실은 어떠했는가? 과연 할아버지가 편
안하게 숨을 거두실 만큼 민주적이고 평화로운 세상인가?

노무현 대통령 할아버지가 돌아가셨을 때도 우리 반 아이들은 서
거 방송 때문에 개그 콘서트를 못 봤다고 짜증을 부렸었다. 난 몇몇
친구들을 붙잡고 이야기해 보려 했지만, 모두 학원 가야 한다고 서
두르고 차게 굴었다. 그게 그렇게 중요한가? 난 아이들이 밉다기보
다는 어른들이 잘못한 거라는 생각이 강하게 들었었다.

왜 아이들에게 공부를 핑계로 현실을 알 기회를 막는 것일까? 그
공부는 무엇에 필요한 공부이며, 현실을 모르는 공부가 진정한 공
부일까? 우리나라의 훌륭한 대통령이 돌아가신 것을 이야기하고,
함께 슬퍼할 수도 없는 분위기가 난 너무 답답하고 좁게 느껴졌다.

하지만, 적어도 내가 태어나서 열 살이 되기까지, 정말로 나라를 사랑하고 국민을 걱정하는 훌륭한 대통령 두 분 아래서 내가 자랄 수 있었음을, 나는 자랑스럽게 생각하고 감사하고 평생 잊지 못할 것이다!

_산타에 대한 진실

2009. 12. 26. 토.

석희가 밖에서 놀자고 했는데, 날씨가 너무 추워서 우리 집으로 불렀다. 마침 점심을 다 먹을 때쯤 석희가 도착했다. 밥그릇에 부은 물을 오로로 마시며 내 방으로 들어가, 어제 산타에게 받은 크리스마스 선물을 석희에게 보여 주며 물었다.

"석희야? 산타는 진짜 있는 걸까?"

그러자 석희는 태연히 말했다.

"응, 당연히 있지!"

나는 놀랐다. 요즘 산타를 믿는 아이는 거의 없다. 그러나 나는 산타를 절실하게 믿고 싶은 아이다. 나의 이런 바람은 주위 아이들에게 놀림감이 되곤 했다.

해마다 받은 선물을 친구들에게 자랑하면, 하나같이 그건 부모님이 주신 선물이라며, 조금 비웃거나 안쓰러운 눈으로 나를 바라보았다. 그래도 세상이 모두 잠들었을 때, 추운 겨울 하늘을 날아서 몰래 창문으로 넘어와, 머리맡에 선물을 놓아두고 가는 산타의 이야기는 가장 심장이 흥분되는 이야기 중 하나다. 산타를 절대로 믿지 않는다며 나를 바보 취급하는 아이들에게 화도 났다. 아기 예수님도 비천한 말구유에서 태어났는데, 산타가 썰매 몇 대 끌고 날아다니며 선물을 나눠 주는 일이 있으면 뭐 어때서?

그런데 올해 나는 유독 산타 생각에 불안했었다. 왠지 이제는 내가 그렇게 좋아했던 산타가, 더 오지 않을 수도 있다는 불길한 예감과 더불어 산타에 대한 나의 상상이 조금 바뀌었기 때문이다. 예전엔 언제나 흰 수염으로 얼굴이 뒤덮여 호호호! 하고 푸짐한 웃음을 날리는 할아버지를 상상했는데, 이제는 백발에 주름이 자글자글한, 웃음도 별로 없고 뭔가 고뇌가 있어 보이는 산타의 얼굴이 자꾸 떠오른다. 그것은 이 세상에 너무나 슬프고 힘없고 고통스러운 사람들이 많아서, 산타 또한 행복하게 웃고만 다니기엔 곤란하지 않을까 해서다.

그런데 그 생각이 내 마음을 찢을 만큼 혼란에 휩싸이게 했다. 마음 한구석에선 적어도 6학년 때까지만 산타가 다녀가셨으면 하는 욕심이, 이루지 못할 소원처럼 갈수록 간절해졌다. 왜 산타를 믿으면 안 되는 건지, 왜 산타의 선물을 자랑스러워하면 안 되는 건지 나는 한동안 우울함에 시달렸다. 그러던 참에 어제 크리스마스 아침, 머리맡에 놓인 수첩과 샤프를 보고, 일단 기뻤다. 항상 그랬듯이 안심이 되었고, 역시 내가 착한 아이임을 또 인정받았구나 하는 마음에 행복했다.

그러나 그런 행복도 잠시, 혹시 부모님이 불쑥 들어와 '이건 우리가 주는 거란다! 이제 산타 타령은 그만해라!' 하고 폭탄선언을 하실까 봐, 선물을 받았다고 호들갑을 떠는 일을 삼가고, 될 수 있으면 부모님과 부딪히지 않으려고 조용하게 굴었다. 산타를 믿는다는 내 친구 석희의 말에 놀라, 반가워서 나도 모르게 목소리가 높이 올라갔다.

"그럼, 석희야, 이번 크리스마스에 산타 할아버지한테 선물 받았어?"

"아니!"

이건 또 무슨 뜻밖의 대답인가? 난 조심스럽게 석희의 얼굴을 살피며 물었다.

"선물을 못 받았는데도 산타가 있다고 생각해?"

"응!"

"그 증거가 있어?"

석희는 나를 가리키며 말했다.

"네가 선물을 받았다며?"

나는 순간 '아! 그랬었지! 그거야?' 하며 피식 웃었다.

"너 선물 안 받아도 괜찮니? 속상하지 않아?"

그러자 석희는 의젓하게 말했다.

"응~ 괜찮아, 나 이제 많이 컸잖아~!"

나는 석희의 대답에서 쌓였던 응어리가 풀리고 마음이 훨씬 밝아지는 느낌이 났다. 난 왜 내가 컸다는 걸 인정하지 못했을까? 키도 작고 귀여운 석희가 처음으로 나보다 뭔가 커 보이는 순간이었다.

진짜 친구 _

2010. 3. 22. 월

오늘 하굣길에 문득 이런 생각이 들었다. 친구란 무엇일까? 지금 이 세상은 아무리 사람이 많이 모인 광장에서도, 마음 놓고 인사할 수 있는 사람을 보기 어려운 세상이다.

우리는 집 밖에 나오면 언제나 길을 걸으며 다닌다. 그리고 길에서 수많은 사람을 지나친다. 하지만, 그중에 내가 딱딱한 표정을 벗어던지고, 마음을 활짝 열고 반길 수 있는 사람이 있는가? 누구 하나 인사라도 편하게 건넬 사람이 있는가?

나는 길을 걷다가 날씨라도 좋으면, 마주 오는 사람에게 인사를 하고 싶어진다.

"안녕하세요? 정말 좋은 날씨죠?"

그런데 내가 듣는 반응은, '쟤가 날 언제 봤다고 저러나?' 하는 의심스러운 표정과 심하게는 "저 자식, 정신 나간 거 아냐?" 하는 쌀쌀한 말투다. 언제나 거리는 떠들썩하다. 그 모든 이들은 서로 자신만의 이야기를 한다. 그런데 훈훈하지 않다.

내가 길을 가며 만나는 사람들은 모두 철가면을 쓴 사람들 같다. 꼭 사막 길을 걷는 것 같다. 사람이 있으면 뭐하는가? 지금은 길거리에 사람이 쓰러져 있어도 자기를 먼저 챙기기에 급급한 세상이다. 심장이 살아 숨 쉬고 따뜻한 피가 흐르면 뭐하는가? 정서와 영혼이 말라 있는데! 그런데 그런 세상에서 가면을 벗고, 나와 또 다른 이야기를 만들어 가는 사람, 그것이 바로 진정한 친구라고 생각한다.

진정한 친구 앞에서는 무슨 이야기든 못할까? 부모 앞에서도 말하지 못했던 비밀이나 고민을 서로 털어놓고 들어 주며 이해해 주고, 학교 공부, 게임 이야기 그런 거 말고, 우리가 사는 이웃에 관한 이야기, 어른들 잘잘못에 관한 이야기도 가차 없이 하고, 우리가 살아갈 세상에 관한 이야기, 내가 좌절할 때 다독여 주고 위로해 주고, 남들이 비웃거나 놀려도 친구 편에 서 주는 친구라면, 그 친구는 평생의 친구로 딱 좋다고 생각한다.

그런데 그런 친구는 정말로 만나기 어려운 것이 문제다. 내가 너무 욕심이 많은 걸까? 아니면 진정한 친구를 두기 어려운 세상에 사는 게 문제인가? 그래도 방법은 있을 것이다. 그래서 나는 여러 명의 친구를 정 없이 많이 두는 것보다는, 한두 명의 친구라도, 나와 닮은 점이 있거나 얘기가 통하는 점이 있으면, 노력하면서 정말로 소중한 인연을 만들어 가는 게 중요하다는 생각을 한다. 오랜 시간 동안, 정말로 마음을 주고 자신의 편으로 만든 친구는, 누구보다도 좋은 동지가 될 수 있다.

그리고 나는 친구에 대한 이 욕심을 버리겠다. 너무 처음부터 잘 만들어진 조각 같은 사람을 바라지 마라! 이 세상 어디에도 처음부터 만들어진 사람은 없다. 모두가 처음에는 삐죽삐죽하고 거친 보석의 원석 같은 사람임을 잊지 말아야 한다. 가끔은 싸우고 화가 나고 짜증이 나도, 1년만 같이 있으면 우리는 분명히 달라질 것이다. 그리고 내가 먼저 좋은 친구가 되면 그 친구도 자연히 닮아갈 것이다. 나는 어디에 숨어 있을지 모르는 내 절친한 친구에게, 내가 먼저 다가가야지! 약속하며 터벅터벅 집으로 왔다.

_지하철의 손 잘린 외국인

2010. 9. 6. 월

오늘은 엄마, 아빠, 할머니, 할아버지 모두 집을 비우시는 날이다. 나는 혼자 있는 영우가 걱정되어 집에 빨리 가려고, 학교 끝나자마자 일찍 지하철에 몸을 실었다.

지하철에는 오늘도 여러 사람이 탔다. 한쪽 눈이 하얀 할아버지, 손자를 데리고 온 할머니, 강아지를 데리고 탄 대학생 형아도 있었다. 그때는 창밖의 태양이 하늘 가운데 떠서, 눈부신 빛을 한껏 뽐내고 있을 때였다.

눈부시게 빛나는 오후 햇살로 물든 세상을 보면서, 나는 '세상은 정말 아름다워!' 감탄하고 있었다. 지하철에 있는 사람들 모두 햇살에 물들어, 조각같이 밝은 표정으로 세상의 아름다움을 느끼는 듯하였다. 그렇게 빛나는 세상 위에서 달리던 지하철은 어느새 서울의 지하 속을 달리고 있었다.

그러고는 온 사방이 어두컴컴해졌다. 그리고 어두컴컴한 지하철 속에 한 사람이 서서히 다리를 쩔뚝거리며 나타났다. 그 사람은 앞으로 나가며 무언가 중얼거리는 듯하였다. 그 사람은 중앙아시아 지방의 젊은 남자로 보였다. 피부는 잘 익은 갈색에 얼굴도 꽤 잘생겼다. 이마는 조금 나와 있고, 코는 매끄럽게 앞으로 뻗어 있으며, 인중과 입술은 부드럽게 이어져 있었다.

하지만, 누에는 젊은이의 타오르는 영혼은 보이지 않고, 무언가 수심에 차서 생기가 없어 보였다. 그 사람은 왼쪽 팔에 껌 통을 힘없이 들고 있었고, 목과 왼쪽 어깨에 걸쳐 검은 비닐봉투를 메고, 오른쪽 어깨에도 가방을 메고 있었다. 그리고 오른쪽에 멘 가방 위에, 오른팔이 올려져 있었는데 오른손이 없었다. 오른 팔목까지 있고 분명히 손가락이 다섯 개 있어야 할 자리에, 살짝 감은 낡은 붕대만이 있었다.

나는 무언가 내가 이렇게 멀쩡히 숨 쉬고 살아 있다는 게 미안하고 죄책감이 들 만큼 충격을 받았다. 그 사람은 한국어인지 중국어인지 모를 어눌한 말을 하며 나지막이 중얼거렸다. 마침 내려야 할 역에 도착해서 일어나는 순간, 그 사람이 내 앞을 지나며 나지막하게 말하는 것을 나는 똑똑하게 들었다.

"도와주세요~!"

정말 절박하고 간절한 목소리였다. 꼭 전쟁터에서 살려 달라고 애원하는 사람의 목소리 같았다.

어눌한 발음의 한국어지만, 내 가슴에 뼛속 깊이 와 닿아 가슴이 찢어지는 것처럼 아팠다. 나는 그 열차에서 내려 곰곰이 생각했다.

'저 사람은 어떻게 이 먼 한국까지 와서 저런 껌이나 파는 일을 하고 있을까? 저 사람도 태어났을 때는 나처럼 엄마, 아빠가 축복하며 사랑의 말을 해 주었겠지? 그런데 어째서 저 사람은 저렇게 손까지 잘려 가며 힘들게 껌을 팔고 있을까? 어떤 사람은 풍족한데도 반찬 투정이나 하며 살고 있는데 말이다.'

나는 인간의 삶이 조금 허망하다는 생각이 들었다. 똑같이 태어나지만, 인생은 점점 달라져 행복과 불행이 갈리는 이 인간의 삶이란 도대체 무엇일까? 난 무언가 보탬이 되고 싶다. 나중에 내가 크면, 저런 팔이 잘린 외국인도 행복하다 느끼고 사랑받을 수 있는 그런 세상을 꼭 만들어 보고 싶다.

경복궁역 2번 출구의 밤 풍경_

2010. 9. 17. 금

　나는 오늘 자신 있던 수학 평가에서 끔찍한 점수를 받았다. 그래서 그 충격에 친구들과 미친 듯이 축구를 하다가, 7시가 넘어가는 시간이 되어서야 겨우 경복궁역에 도착했다. 2번 출구로 나오니 이미 하늘은 검은색으로 물들어 있었다.

　마치 그 하늘이 나를 누르는 것 같아, 나는 하아~! 하고 한숨 한번 쉬고, 하늘을 올려다보며 손을 거꾸로 깍지 끼고 하늘로 당겨 기지개를 켰다. 이 시간에 지하철 출구에는 주로 젊은 사람들이 많았다. 그런데 내 앞을 지나가는 어떤 교복을 입은 고등학생 형아의 코와 입에서는 담배 연기가 뭉게뭉게 뿜어져 나오고 있었다.

　그 형은 담배를 피우며 걷는다. 사실 이제는 조금 익숙했다. 오늘 하루 통틀어 담배를 피우는 고등학생 형아를 세 번이나 보았다. 한번은 축구장 옆 공터에서, 한번은 양주역 맨 끄트머리 대기실에서, 한번은 지금 경복궁역에서! 그런 형아들을 보면 왠지 측은한 생각이 앞선다. 얼마나 많은 일을 겪었기에 저럴까? 얼마나 많이 짓밟히고 찢어졌기에 저렇게 자기를 파괴할까?

　어떤 젊은 사람들은 계단을 오르며 술에 잔뜩 취해서 걷지도 못하는데, "호프집~! 호프집~!" 하면서 얼굴이 빨개져서 술주정하였다. 반면에, 한 형아는 담배 피우는 형의 뒤를 지나가는데, 한쪽 눈에는 붕대를 감고 어두운데도 영문법 책에서 얼굴을 떼지 않았다.

　어떤 온몸이 쪼글쪼글하고 기력도 없어 보이는 할머니는 지하철역 입구에서 직접 산에서 캐 온 칡을 팔며 쭈그리고 앉아 있고, 지하철역 바로 옆 도로에는 어떤 형아와 누나가 "야호오~!" 비명을 지르며 위험하게 오토바이를 타고 있다. 지하철역 출입구에서 조금 떨어진 전봇대 앞 어떤 할아버지는 잘 곳이 없는지 쭈그리고 앉아 신문지를 덮고 있었다.

나는 이렇게 경복궁역 2번 출구를 지나며 내가 본 것만큼이나 복잡한 감정에 사로잡혔다. 이 세상의 여러 가지가 교차하는 경복궁역 앞 거리! 전광판과 가게의 간판은 밤이 올 때만을 기다린 것처럼 휘황찬란하게 빛나고 있었지만, 어느 사람도 그렇게 행복해 보이지는 않았다. 나는 생각했다. 왜 하느님께서는 비틀거릴 정도로 먹고 노는 사람을 내버려 두시고, 반대로 살 곳이 없어 방황하는 사람을 만드셨을까? 좀 공평할 수는 없는 걸까? 어떤 사람은 가슴에 상처만 잔뜩 받고서 삶의 의욕을 잃고, 어떤 사람은 태어날 때부터 별천지처럼 잘사는 이 세상은 무엇일까? 이 사람들이 한데 모여서 웃을 수는 없을까? 이 사람들을 조금씩 섞어서 다시 만들면 더 좋은 세상이 올 것 같은데, 왜 골고루 행복하지 않을까? 아니, 이 세상에 행복이라는 것이 존재하기는 할까? 갈 곳 없고 힘이 없는 사람들은 하루하루 살아가기도 힘들 텐데, 과연 그 사람들에게도 행복이 있을까?

나는 이제 세상을 걷고 있는 것 같지 않았다. 탐욕스러운 자들의 웃음이 눈에 어른거렸고, 고통받는 이의 비명이 들려오는 혼란 속을 걷고 있는 것 같았다. 나는 숨을 헐떡이며 달렸다. 하지만, 그 혼란의 끝에 무언가가 보였다. 늦은 시간에 나를 마중 나온 엄마였다! 엄마는 팔을 벌리고 나에게 웃음을 지어 주셨다. 나는 엄마에게 달려가 와락 안겼다. 지금 이 순간, 나는 사람이 어떻게 참된 행복을 느끼는 것인지 알 것 같다. 그것은 언제나 자기를 사랑해 주는 사람에게, 와락 달려가 안기는 것에 행복이 있다는 것이다!

_사회 과목이 중요한 이유

2010. 1. 26. 수

뉴스에서 2014년 수능개편안 확정이라는 기사를 보았다. 나는 이제 막 중학교 1학년이 될 학생이기에, 귀가 솔깃하지 않을 수가 없었다. 그런데 수능 부담을 줄이기 위해 국·영·수는 수준별 시험을 보고, 사회·도덕 과목은 축소한다고 하였다.

나는 막막한 느낌이 들었다. 중학교 1학년! 초등학교 때와는 달리 앞으로 인생에서 필요한 새로운 것들을 아주 많이 배워야 한다고 생각하는데, 국·영·수에 비중을 둔다니 참 부담감이 들고 맥이 빠졌다.

창의적 인재를 양성한다고 하면서 인성의 기본이 되는 사회와 도덕을 줄이고, 수학과 영어를 수준별 시험으로 경쟁을 부추긴다? 과연 학생들은 이 방침을 어떻게 받아들일까? 어른들이 우리를 위해 내린 결정이라지만, 나는 은근히 화가 난다. 물론 국어와 수학과 영어도 살아가는 데 필요한, 정말 중요한 과목 중 하나다. 그러나 내가 화가 난 것은 이 과목을 늘린 것이 아니라, 사회와 도덕을 줄인 것이다.

주위의 친구들을 보면, 초등학교 때부터 이미 국·영·수의 비중을 많이 두고 학원에 다녀서 스트레스가 많고, 사교육비도 팍팍 쓰게 만드는데, 삭막한 인성에 단비가 되는 과목인 사회와 도덕을 굳이 축소할 필요가 있을까? 요즘 같은 세상엔 학교에서 사회와 도덕이 얼마나 필요한지 나는 잘 알고 있다. 내 경험으론 사회와 도덕은 늘

렸으면 할 정도로 멋진 과목이다.

도덕 시간은 지루한 예절을 배우는 시간이 아니라, 수업 시간 내내 가슴을 울리는 따뜻한 이야기로 진행되기 때문에 선생님과 아이들과 소통하며 즐겁게 수업을 할 수 있다. 그리고 서로 이야기를 나눌 수 있는 값진 시간이기도 하다. 아무런 생각 없이 욕설을 내뱉고, 잔인한 컴퓨터 게임에서 총 쏘고 피 튀기는 모습을 보며 웃는 십대들에게 꼭 필요한, 잠시나마 마음의 안식을 주는 시간이라고 생각한다.

사회는 어떤가? 우리나라의 역사를 배우고, 우리나라에 대해 생각하게 하고, 정치를 배우는 동안 학생들은 점점 어른으로 한발 한발 성장할 수 있고, 참다운 대한민국 국민으로서 자라날 수 있게 해주는 과목이다. 이런 보물 같은 과목들의 비중을 줄이고, 국·영·수를 늘려 경쟁의 불을 붙이는 게 옳은 일일까? 그렇지 않아도 너무 경쟁률이 높아서 자살률이 꾸준히 오르고 있는 나라인데, 여기서 더 경쟁에 불을 붙이면 어쩌하나?

학생은 공부만 하도록 강요받는 기계가 아니다. 하지만, 지금 우리나라 청소년들의 모습은 꼭 계속 생산되는 로봇 같다. 악착같이 기어오른 소수만이 좋은 제품으로 사회에 나가고, 나머지는 폐기되어 사회의 밑바닥에서 허우적대는 악순환을 거듭하고! 혹시 어른들은 "인성교육은 무슨? 그냥 공부시켜서 경쟁력이나 높이죠!"라고 생각하는 게 아닐까?

나는 학교가 시험을 치르는 감옥같이 느껴질까 봐 두렵다. 그리고 시험이 끝날 때마다 "어떻게든 살아남아야 해!"라고 외칠 내 모습이 슬프다. 나는 학교에서 피 튀기는 시험의 경쟁 속에 살기에는, 내 시간이 너무 소중하다고 생각한다.

지난번 내가 교과부 블로그 기자단으로 이주호 교과부 장관님을 뵈었을 때, 학생들에게 미안한 점이 무엇이냐고 여쭈어 보았었다. 그때 장관님은 "학생들이 시험공부를 많이 해서 미안합니다! 학교가 즐겁게 바뀌어야 하는데요!"라고 직접 말씀하신 것이 떠올라 씁쓸하다.

춤추는 지하철_

2011. 2. 8. 화

설 연휴를 보내고 어제 개학을 하였다. 학교로 갈 땐 바빠서 시간이 훌떡~ 지나갔다. 방학은 길었지만, 학교는 불과 몇 시간 있다 돌아와 앉은 것 같았다. 모든 것이 그랬다.

선생님도, 친구들도 어제 본 것처럼 낯익었고, 방학이라는 시간이 마법처럼 느껴졌다. 그러나 오랜만에 지하철을 타고 집으로 돌아오니 그제야 시간이 흘렀다는 게 실감 났다.

지하철이 도착하고 방송에서 낭랑하게 "스크린 도어가 열립니다!" 하는 목소리가 울려 퍼질 때, 나는 잠에서 깨어나듯 예전처럼 마음이 쿵쾅쿵쾅 설레기 시작했다. "덜커덩~ 덜컹!" 이 거대한 쇳덩어리가 움직일 때마다 내 몸도 마구 덜컹거린다. 살짝 덜컹거리고

어지럽지만, 그래도 오랜만에 친구를 만난 것 같아서 기분이 좋다.

오랜만에 만나는 친구, 그 이름 지하철! 나는 지하철을 6학년 2학기 6개월간 타면서, 떠나는 것과 돌아가는 길에 대한 설렘을 함께 배웠다. 아침에 이동하면서 지하철 창문에 떠오르는 태양을 보며, 오늘도 내가 살아 있구나! 하는 생각에 감격스러워했다. 저녁에는 집으로 돌아가는 마음에 신나서 설레던 이 지하철 생활은, 이제 졸업을 하면 끝이 나는구나!

그런데 오랜만에 지하철을 타니 예전에 보이지 않던 작은 것까지 자세히 보였다. 그저 평범히 앉아 있는 사람들의 모습이 쉬지 않고 움직인다는 사실을 알게 된 것이다. 읽을 책을 빠트리고 왔을 땐, 사람들의 모습을 관찰하는 것도 즐거운 경험이 된다. 바로 내 앞자리에 마주 보고 앉아 있는 아저씨! 아저씨는 겉보기에는 아무것도 하지 않는 것처럼 보인다.

하지만, 아저씨의 손을 주의 깊게 보면, 까딱까딱 움직이고 있다. 그냥 손가락 움직이는 것처럼 보이지만, 자세히 보면 아저씨는 지금 손가락을 바꿔 가며 박자를 맞추고 있다. 지하철 덜컹거리는 소리에 맞춰서 이 아저씨의 손가락과 손놀림도 약간씩 달라진다. 손가락만 그런 것이 아니라, 아저씨의 다리도 움직이며 쿵닥쿵닥~ 박자를 맞추고 계신다.

나는 나도 모르게 아저씨를 따라 하며, 손가락과 다리로 쿵짝쿵짝

~ 흥겨운 음악이 나온다 상상하며 리듬을 타고 있다. 그러자 지하철 문의 한쪽 벽에 붙어 있던 전단지도 바람에 살랑살랑 몸을 흔든다. 아저씨 옆에 앉은 어떤 누나는 커피를 후루루룩~ 빨다가 주위를 흘끗흘끗 살피더니, 빈 종이컵을 지하철 바닥에 살짝 내려놓는다. 누나가 먹고 버린 테이크 아웃 커피도 덜컹거림에 달가닥 달가닥~ 흔들리며 박자를 맞춘다.

옆자리 양복 입고 멋진 가방을 들고 있는 아저씨도 지하철이 흔들림에 따라 같이 머리를 흔든다. 왼쪽으로 흔들! 오른쪽으로 흔들! 나는 오늘도 지하철 안에서 사람들을 관찰하며 지루할 수 있는 시간을 재미있게 보냈다. 어쩌면 내가 오랜만에 지하철을 타서, 내 친구 지하철이 기념 선물을 준 것이 아닐까? 음~ 여러분도 언젠가 지하철을 탈 기회가 있으면, 자세히 보시기를! 지하철 여행이 지루하다고 생각하지만 말고 주위를 다시 한번 살펴보면, 어쩌면 깜짝 놀랄 만한 풍경이 나를 기다릴지 모른다는 생각과 함께!

5부

행동하는 상우

검은 죽음 —

2007. 12. 14. 금

　요즈음 나는, 내 온몸이 시커먼 기름에 오염된 것처럼 아프고 쑤시다. 서해안에서 유조선 기름이 유출되는 바람에 바다와 갯벌이 기름에 덮여 생지옥처럼 난리가 났다. 사람들이 기름을 막아 보려고 사투를 벌인 지 며칠이 지났는데도, 장비는 턱없이 부족하고, 일손도 달리고 나아진 게 없으니 자꾸 슬퍼진다.

　뉴스에서 바닷새들이 썩은 기름에 뒤덮여, 돌처럼 굳어 죽어 갈 때, 절망과 두려움에 쌓인 그 눈을 잊을 수가 없다. 마치 나에게 살려 달라고 마지막 애원을 하는 것 같았다.

　또, 굴 양식장에서는 엄청난 양의 굴들이 껍데기까지 썩어 바스러지고, 갯벌에서는 게들이 시커먼 물감 늪에 빠진 것처럼 비틀거리며, 팔을 허공에 휘젓고 있었다. 바닷물 공급이 중단되어 육지 양식장의 송어들도 떼죽음을 당했다.

　이게 무슨 끔찍한 형벌이란 말인가! 이러다가 서해안 바다 생물들이 멸종하는 건 아닌지 걱정이 된다.

　어제는 뉴스에서 어떤 할머니가 갯벌에 스민 기름을 파고 또 파다가 호미를 내던지며 통곡하는 것을 보았다. 내가 아무런 도움이 못 되어 미안해 마음이 무너져 내렸다. 평생 삶의 터전을 한순간에 잃어버린 할머니의 마음이 얼마나 갈기갈기 찢어졌을까? 목구멍으로 뜨거운 덩어리가 걸리며 밥이 넘어가질 않는다.

　정말 요즘 같아서는 내가 세상에 태어난 게 한심하게 느껴질 정도로 괴롭다. 마음 같아서는 당장 서해안으로 달려가서 돌에 묻은 기름이라도 닦고, 힘든 할머니들 어깨도 주물러 드리고 싶지만, 그 죽음 같은 기름이 겁이 나는 나 자신이 한번 더 미워진다.

일본에서는 우리나라와 똑같았던 기름 유출 사고가 있었는데, 30만 명이 모여들어 2달 반 만에 바다와 갯벌을 회복시켰다고 한다. 누가 알까? 우리도 그렇게 포기하지 않고 끝까지 노력한다면, 혹 하느님께서 가상하게 여겨서라도 서해안 바다와 갯벌을 돌려주시지 않을까? 그랬으면 좋겠다. 내가 가진 모든 꿈을 팔아서라도 갯벌을 살려 내는 기적에 보태고 싶다. 그때까지 내가 할 수 있는 일이 무엇인지 기필코 찾아내고야 말겠다.

촛불의 힘_

2008. 6. 11. 수

저녁 시간, 마루에 앉아 여느 때처럼 텔레비전 뉴스를 보았다. 먼저 수많은 사람이 서울 시내에 모여 붉은 팻말을 들고, 촛불을 들고 촛불 든 손을 물결치듯 흔들며 행진을 하였다.

그다음 장면은 전경들이 전경 버스 위에서 돌진하는 시위대를 향해 분말 소화기를 쏘아 대고, 사람들을 방패로 내리찍고, 넘어진 사람들의 머리와 몸을 발로 내리밟는다. 그리고 시위대 중 몇몇 건장한 아저씨들이 냉장고 크기의 스티로폼 상자를 블록 쌓기 하듯이 올려서, 경찰이 막아 놓은 벽을 넘어가려 하고, 뒤에서 사람들이 주먹 쥔 손을 앞뒤로 흔들며 똑같은 박자로 "내려와! 내려와! 비폭력! 비폭력!" 하고 외친다. 또 사람들이 쌓아 놓은 스티로폼 벽 위에, 우리 엄마보다 나이가 많아 보이는 아주머니가 올라가 연설을 하고, 어떤 젊은 대학생 형아들이 꽹과리를 치며 축제 분위기를 내었다. 이제 마지막에 헬기에서 찍은 서울 시내 한복판의 모습이 나타나고, 대한민국은 수십만 사람들이 밝혀 든, 붉은색 촛불 바다로 출렁였다.

여기까지가 40일 동안 이어진, 우리나라 촛불시위 장면이다. 뉴스에서는 이것을 하나로 묶어 촛불시위 특집으로 방송해 주었다. 그리고 이것은 우리나라 대통령이 광우병 걸린 미국 소고기를 수입한다고 해서, 국민이 결사반대하며 재협상을 요구한 촛불시위의 기록이다.

나는 처음엔 무조건 대통령이 나쁘다고 생각했다. 그런데 조금 더 생각해 보니 협상의 열쇠를 지닌 미국 대통령이 더 문제인 것 같다는 생각이 들었다. 자기가 뭔데 남의 나라 대통령에게 병든 소고기를 사라고 하는가? 어느 장사꾼이 거래할 때, 제대로 되지 않은 물건을 팔려고 하는가? 잘못된 소고기를 팔려고 하다니, 양심을 저버린 장사꾼보다 못하다는 생각이 든다.

그리고 우리나라 대통령은 도대체 대가가 무엇이길래, 국민의 생명을 위협하는 병든 소고기를, 국민들이 죽어라 싫다 하는데도 박박 우기며 수입하려 하는가? 우리가 힘없는 나라라고? 힘없다고 힘센 나라가 강압적으로 사란다고 무조건 사야 하나?

미국은 우리나라를 너무 얕잡아 본 것 아닌가 싶다. 우리나라는 대통령은 수입을 받아들일지언정, 국민들은 받아들이지 않겠다고 40일 동안 촛불을 밝혀 온 세계에 알린 나라다. 미국이 덩치가 크고 돈도 많은 강대국이라고 해서, 우리가 느껴야 할 것이 힘없는 나라의 서러움이라고 나는 절대 생각하지 않는다. 나는 촛불시위가 우리나라 사람들이 스스로 힘을 믿고 자존심을 드높인 결과라고 생각한다.

작은 고추가 맵다고 하지 않았는가! 나는 이러한 우리나라에 태어난 게 자랑스럽다. 그리고 앞으로 우리가 더 당당해졌으면 좋겠다. 내가 어른이 되면, 그 어느 나라도 작은 나라라고 깔보지 못하도록, 보석처럼 빛나는 나라를 만드는 데 촛불처럼 도움이 되고 싶을 뿐이다. 그리고 우리나라 대통령 할아버지! 듬직한 국민의 힘을 믿고, 더 이상 미국한테 쫄지 말고 당당하게 재협상하세요!

성폭행에 대한 분노_

2009. 11. 11. 수

참으로 유익한 3교시 보건 시간, 지난주에 이어 성교육 수업을 받았다. 지난주엔 사춘기 때 나타나는 우리 몸의 성적인 특징을 자세히 배웠고, 오늘은 성폭행의 잔인함에 대해 배웠다.

우리는 모둠별로 성폭행 피해자와 가해자의 입장이 되어 그림을 그려 보고, 피해자의 마음을 상상해 보는 시간을 가졌다. 2모둠은 특히 재미있는 그림을 그렸다. 그것은 보통 가해자를 험악하게 그리는 편인데, 가해자의 모습을 착하고 예쁘게 그리고, 그 뒤에 숨어 있는 음흉한 마음을 그린 것이다. 우리 모둠은 가해자를, 마스크를 눌러 쓴 소도둑처럼 묘사했다. 난 내가 뚱뚱하다고 놀림을 받았을 때 느꼈던 불쾌함과 수치심을 떠올렸고, 가해자도 인간인데 자책하는 마음을 갖지 않을까? 하는 생각을 가져 보았다.

그런데 보건 선생님께서, 그 모든 걸 깨는 아주 충격적인 성폭행 사례를 들려주셨다. 몇 달 전 8살 난 나영이란 여자아이가 모르는 아저씨에게 성폭행을 당했는데, 생식기가 다쳐 나팔관을 비롯한 질, 자궁 같은 생식기관이 끔찍하게 손상되어서, 영원히 이 아이는 엄마가 될 수 없게 되었다는 것이다. 게다가 대장까지 터져서 똥을 눌 수도 없게 되어, 인공 항문을 달고 살아야 하는 처지가 되었다.

너무나 끔찍한 이야기에 아~ 하며 손으로 눈을 가리는 여자아이도 있고, 장난이 심한 남자아이들도 입술이 파래지듯 얼굴이 굳어버렸다. 나는 나영이를 꼭 내가 아는 아이인 것처럼, 죄책감과 충격으로 바들바들 떨면서, 내가 나영이였다면 어떤 심정이었을까? 생각했다. 가족을 제외한 누구도 믿지 못하고, 사소한 이야기를 나누는 것조차 불가능할 것 같고, 공포심에 절어 자다가도 성폭행당했던 악몽을 그대로 꾸고, 소리를 지르고 정신은 아주 깨진 접시처럼 파괴되어 갈 것 같다. 도대체 범인은 어린 여자아이를 어떻게 그 지경으로 만들 수가 있단 말인가? 저항도 제대로 못하는 힘없는 어린아이를 짓밟아 버리다니, 인간이 무섭구나.

선생님께서 성은 한 사람의 몸과 정신, 영혼을 이루는 모든 것이라고 하셨다. 나는 인간이 이 오묘한 성의 소중함을 깨닫지 못한 채, 생식기관만을 아무렇게나 장난감처럼 가볍게 여기고, 또 무조건 힘으로 약한 상대를 누르려는 태도가 극악한 성범죄를 만들어 내었구나! 생각하니 한숨이 우르르 쏟아져 나왔다. 뼈까지 아파 왔다.

또 어떤 초등학교 6학년 남학생들이 음란물을 보다가 그대로 따라 하려고, 어린 여자 후배들을 잡아다 성폭행한 경우도 있다고 한다. 나는 아직 음란물이 무엇인지 잘 모르지만, 듣기만 해도 정떨어지고, 그런 걸 만든 어른들에게 따지고 싶고 분노가 치밀어 올랐다. 마침 학교 끝나고 집으로 오는 길에 어떤 아저씨가, 혼자 걸어가는 어린 여자아이에게 다가가 말을 거는 모습을 보았다. 나는 바짝 긴장이 되어 주먹을 한번 움켜쥐고 그 아저씨 뒤에 딱 붙어 걸었는데, 교회 나오라고 휴지를 나눠 주고 가는 걸 보고서야 마음을 놓고 왔다.

싸움을 말리신 아빠_

2009. 12. 5. 토

우리 가족은 오랜만에 찜질방에 갔다가, 배가 고파서 미역국을 먹으려고 찜질방 안에 있는 식당에 들어갔다. 우리가 자리에 앉고 나서 얼마 뒤에 어떤 아저씨가 씩씩거리며 식당 안으로 들어왔다.

그 아저씨는 식당 가장자리쯤에서 밥을 먹는 어떤 손님에게 달려들듯이 다가가, "야 이 XX년아, 새파랗게 젊은 년이 어디서 눈을 부라려? X년아!" 하고 차마 입에 담지 못할 욕설을 퍼부었다.

나는 도대체 무슨 일이지? 하고 얼굴이 후끈하고 심장이 콩닥콩닥 뛰었는데, 급기야 쨍그렁! 하고 컵이 떨어지는 소리가 나며, 싸움은 불붙듯이 커지고 말았다. 나는 너무 놀라 자리에서 일어날 뻔하였다. 우리 아빠 나이 또래로 보이는 몸이 마른 그 아저씨는, 고등학생 정도로 되어 보이는 누나에게 목에 힘줄이 보이도록 고래고래 소리를 지르고, 당장에라도 때릴 기세로 손을 올리며 욕을 쏟아냈다.

아저씨가 하도 흥분을 해서 무슨 말인지는 잘 못 알아듣겠지만, 아저씨의 어린 아들이 장난을 치다가 그 누나와 부딪혀서 다쳤는데, 그 누나가 사과를 제대로 하지 않았다는 것 같았다. 둘 다 잘못이 있는 것 같았지만, 아저씨는 미친 듯이 화를 내며 누나의 얼굴에 컵에 있는 물을 뿌리기까지 했다. 나는 예전에 아빠에게 들었던 '어른들이 싸우면 큰일이 난단다!' 하는 말이 생각나 더 겁이 났다.

내가 고등학생 정도만 되었어도 지금 아이들 싸우는 거 말리는 것처럼 말려볼 텐데, 5학년인 나는 너무 작고 상대는 큰 어른이어서 불안에 떠는 것밖에 할 수 있는 게 없었다. 영우도 겁에 질려서 이마에서 식은땀을 주르륵 흘리며 입을 주머니처럼 벌리고 울려고 했다. 아저씨가 그렇게 일방적으로 누나에게 위협을 가하고 식당 안이 떠들썩한데도 눈살을 찌푸리며 쳐다보기만 할 뿐, 아무도 선뜻 말리는 사람이 없었다. 식당 안에는 키가 큰 젊은 형이나 아저씨가 꽤 많았는데도 말이다.

나는 도덕 시간에 이웃 간의 정에 대해서 배우는 이유를 알 것 같은 기분이 들면서, 긴장하면서 쳐다보기만 하는 사람들을 보니 안타깝고 속이 상했다. 그 순간 아까부터 지켜보시던 아빠가 벌떡 일어나서, 팔을 휘두르며 난동을 부리는 성난 아저씨의 어깨와 팔을 감싸 안듯이 막아서며 "어른이 몸으로 싸우면 되나요? 말로 하세요! 말로!"하고 단호히 말했다.

그러자 아저씨가 더욱 세게 저항하며 "저 새파란 년이, 글쎄 기집새끼애가, 우리 애기가 다쳤어, X발! 당신이 뭔데, 참견이야? 내가 알아서 해!"하고 소리 지르며 아빠를 뿌리치려고 막 밀었다. 아빠는 끝까지 아저씨를 놓지 않고 그 누나로부터 아저씨를 멀리 떼어 놓으려 했다. 그러자 그제야, 주위에 아저씨 서너 명이 일어서서 함께 아저씨에게 달라붙어 아저씨를 누나로부터 멀리 떼어 놓았다.

아저씨를 식당 입구까지 떼 놓은 뒤에도 다시 돌아와 소리를 지르고 흥분해 수건을 던지며 난동을 부렸지만, 그때마다 아빠가 제일 먼저 일어나서 아저씨를 끌어안고, 소가 뿔싸움을 하듯이 밀고 밀리며 강력히 말렸다. 나는 그때마다 아빠가 다치면 어떡하나! 가슴이 조마조마하면서도, 아빠가 자랑스럽고 멋지단 생각이 들었다.

집으로 돌아올 때, 아빠가 말씀하셨다.

"상우야, 무서웠니?"

"아뇨~ 하지만 키도 크고 힘은 세고 봐야겠어요!"

"그 아저씬 왜 그렇게 심하게 화를 냈을까?"

"음~ 제 생각엔 그 아저씨가 그동안 살면서 가져 왔던 미움이나 분노, 멸시, 열등감 같은 것들이 더 약한 상대에게 그런 식으로 폭발해서 나타난 것 같아요."

"그렇구나, 아빠가 걱정한 것도 그 부분이야. 어쩌면 그 아저씬 관심을 원했는지도 몰라. 그런 난폭한 사람에게 무슨 관심이냐고 할 수도 있겠지만, 우리 사회는 각자 잘 먹고 잘사는 데만 열중해서 남의 고통이나 힘든 일에는 귀를 기울이지 않는 경우가 많아. 그런 분위기 속에서는 경제는 발전할 수 있어도 사람들의 감정은 더욱 메마르기 마련이지. 사람들이 싸움을 말리지 않는 것도 그런 맥락에서라고 보면 돼. 그런데 그럴수록 그런 아저씨 같은 사람들은 더 많이 생겨날 거야. 건강한 사회는 사람의 잘못된 행동을 매도하지 않고 이웃이 함께 치료에 힘쓰는 사회라고 생각한다. 너는 어떠니?"

"네에~ 저도 그렇게 생각해요."

"잊지 마라, 아빠는 네가 세상을 제대로 보고 무엇이 옳은 것인지 잘 판단하고 행동하는 사람이 되었으면 좋겠다."

"명심하겠습니다!"

나는 그동안 아빠가 마음이 약하고 물렁한 분인 줄 알았는데, 오늘따라 아빠가 다른 사람처럼 보였고, 마음 깊은 곳에서 아빠에 대한 존경심이 뭉클뭉클 솟아나는 것을 느꼈다.

용산에서 겪은 크리스마스_

2009. 12. 24. 목

　우리 가족은 저녁 7시 30분, 서울 용산참사 촛불예배 장소를 찾아 헉헉 뛰었다. 지하철역을 쭉 따라 내려가 골목 한 모퉁이로 꺾어 들어가니, 불에 탄 네모난 상가 건물이, 괴물처럼 시커멓게 입을 벌리고 서 있었다.

　그 건물은 마치 폭탄에 맞은 것처럼, 살은 다 찢어지고 시멘트벽과 기둥이 꺾이고 부러진 뼈대처럼 처참했다. 나는 순간 겁을 먹은 눈으로 불타 버린 건물을 바라보며, 찬송가 소리가 울려 퍼지는 골목 안으로 발걸음을 옮겼다.

　좁은 골목 안에는 벌써 많은 사람이 참석해, 플라스틱 의자를 다닥다닥 붙이고 앉아 촛불예배를 막 시작하려는 참이었다. 눈에 띄는 자리가 없어 두리번거리다, 중간쯤에 반가운 이웃 할아버지와 할머니가 앉아 계신 것이 보여 마음이 놓였다. 도로가 보이는 맨 앞쪽에 단상과 스크린이 보이고, 그 앞에 어떤 누나가 서서 노래를 부르며 예배를 진행했다. 나는 골목을 둘러싼 상가 건물 벽마다 깃발처럼 펄럭이는 현수막으로 자꾸 눈이 갔다. '이명박 정부는 사죄하라!', '세입자는 무죄, 이명박은 유죄!', '세입자 다 죽일 거냐?' 같은 절절한 문구들이 진짜 말처럼 살아 움직이는 듯했다.

　우리는 작은 유리잔 안에 든 초를 급하게 사서 하나씩 들고, 각기 흩어져서 예배를 드렸다. 난 처음에 초를 받아 들고 어떻게 불을 붙이나 했는데, 바로 옆에 앉은 아저씨께서 자기 초를 기울여 불을 붙

여 주셨다. 촛불은 금세 옮겨붙어 작은 점처럼 시작해서, 한번에 확
~ 예쁘게 피었다. 나는 자리가 없어서 그냥 서서 예배를 드렸다. 스
피커를 통해 울리는 어떤 아주머니의 간절한 이야기와 신부님의 연
설을 들으며, 두 손으로 감싸쥔 작은 촛불을 뚫어지게 바라보았다.
촛불을 바라보니, 일렁거리는 촛불 속에서 용산참사 당시에 상황이
어른어른 보이는 것 같아서 슬프고 고개가 숙여졌다.

  내 주위 사람 모두 그런 슬픈 기분이 드는지, 여자들은 흠흠~ 흐
으~ 훌쩍이며 손수건으로 눈을 톡톡 훔쳤고, 남자들은 하아~ 하~
거칠게 숨을 내쉬고 눈을 끔뻑이며, 손가락으로 눈을 비비면서 눈물
을 닦아 냈다. 나도 부서진 건물을 다시 한번 쳐다보니, 자꾸만 그때
상황이 그려지며, 불길 속에서 살려 달라고 절규하는 용산참사 가족
들이 눈에 보이는 듯했다. 그러자 나도 참지 못하고 눈물을 쏟고 말
았다. 나는 촛불을 오른손에 들고, 왼손으로 안경을 올려서 옷소매
로 눈물을 쓱~ 닦았다. 그러자 동글동글한 눈물이 옷소매에 묻어 넓
게 퍼져, 내 옷소매는 국물이 묻은 것처럼 짙은 색으로 변했다.

  거의 모든 사람이 나처럼 눈물을 흘렸고, 어떤 아저씨는 눈물에
콧물까지 범벅이 되어서 얼굴이 빨개진 채로 울었다. 모두가 정성
을 다해 기도하고 눈물을 흘리니, 이 자리가 꼭 자신의 잘못을 반성
하는 곳 같은 느낌이 들었다. 나는 계속 두 손으로 촛불을 감싸 쥐고
촛불을 바라보며 기도하였다.

'하느님! 내일은 바로 사람들이 크리스마스라고 부르는 날, 즉 예수님이 탄생하신 날입니다! 모든 인류가 소중한 축복을 받는 날이죠. 그날만큼은 아무리 구두쇠에 마음씨 나쁜 스크루지도 변하고, 잘살건 못살건 모두가 형제 같은 날인데, 이날 가장 축복을 받아야 할 용산의 약자들이 이 자리에 없습니다!

강자들의 무자비한 횡포에 몰려 비참하게 죽고 말았습니다. 오직 살 곳을 지키기 위해 살려고 발버둥쳤던 절박한 사람들 아니었습니까? 죄 없고 가난한 사람들을 위해 오신 아기 예수님과 더불어, 어쩌면 우리 사회에서 지금 가장 축복받아야 할 사람들인데, 그들은 이미 이 세상에 없습니다! 하느님! 하늘에서 그들의 영혼을 살피시고, 그의 가족들은 보살피소서! 그리고 그들을 이렇게 만든 자들을 심판하여 주십시오~!'

기도를 마친 후, 단상 밑에 놓인 영정사진 앞에 촛불을 놓고 유족들을 위로해 주는 시간이 있었다.

사람들은 장례 행렬처럼 길게 줄을 서, 조용히 눈물을 훔치며 차례차례 봉헌을 하고, 유족들에게 위로의 말을 건넸다. 나도 쓸쓸해 보이는 영정사진 앞에 촛불 하나를 놓아두고, 용산참사 유족들 한명 한명과 손을 잡고 "힘내세요!"라고 말해 드렸다. 가운데 서 계신 제일 나이 많은 할머니 손을 잡으니, 내 동생 손보다 더 깡마르고 그냥 흐물거리는 나뭇가지 같아서, 가슴이 저려왔다. 마지막에 서 계시던 나이 든 아주머니는, 나를 와락 끌어안고 "고맙다~ 얘야~!" 하고 목 놓아 눈물을 터뜨리셨다. 나도 아주머니를 꼭 안고 "힘내세요~ 잘 될 거예요~" 하며 울먹울먹 말했다.

촛불예배가 끝나면서 용산참사 당시의 상황을 담은 동영상을 보여 주었는데, 소리가 너무 크고 처절하여, 주위에 있는 전경차와 전경들이 다시 달려들지 않을까 긴장이 되었다. 끝나고 나오는데, 골목 입구에서 산타복장을 하고, 사탕을 나누어 주는 키가 큰 외국인 아저씨가 나에게 사탕을 쥐어 주며 "용산참사, 해결합시다!" 하고 부드럽게 말해서, 나도 "해결합시다!" 하고 답했다.

이 땅에서 다시는 일어나서는 안 될 사건 용산참사지만, 그 일을 애도하고 위로하러 온 사람들이 많다는 것에 나는 감동하였고, 지금까지 따뜻한 교회나 성당에서 떡을 나누어 먹으며 성탄예배를 드렸었는데, 오늘 폐허가 된 용산 골목에서, 정말 위로받아야 할 사람들을 위로하며 기도한 것이 진짜 성탄예배라는 생각이 들었다!

쓰러진 사람_

2010. 2. 16. 화

　우리 가족은 의정부 제일시장에 외출하여, 시장 입구에 있는 국수 집에서 국수를 먹었다. 마침 배도 고프고 날도 추워서, 후두둑~ 더욱 맛있게 국수를 먹고 나오던 길이었다.

　그런데 상점들이 빽빽이 모여 있는 골목을 지나서 넓은 길로 다다랐을 때, 모퉁이 SK텔레콤 상점 입구에 무언가 검은 것이 웅크리고 있는 것이 보였다. 나에겐 그것이 버려진 옷뭉치처럼 보였다.

　그런데 점점 더 가까이 가 보니, 그냥 보기에는 옷뭉치 같지만 꼭 사람 같았다. 그렇다. 사람이었다. 그 사람은 길바닥에 엎어져 있었고, 검은색 점퍼를 걸치고 있었고, 자신의 얼굴을 가리기 위해서 모자를 푹 눌러쓰고 있었다. 얼핏 뻗친 머리칼이 검은색과 은색이 섞여 있는 것을 보아, 50대 초반 정도의 체구가 작고 허약해 보이는 사람이었다.

　그때 두 가지 생각이 교차했다. 톨스토이가 쓴 『사람은 무엇으로 사는가?』라는 이야기가 떠오르면서 말이다. 구두장이 세묜이 길을 걷다가, 알몸으로 쓰러진 사람을 만났는데, 그 사람을 모른 체하고 지나가려 하다가 자신의 양심의 소리를 듣고, 자기의 외투를 내주고 집으로 가서 살게 해 준다. 나도 그때 세묜와 같은 기분이 들었다.

　한 가지 생각은 '도와줘야 해! 사람이 쓰러져 있어, 상우야! 어서 흔들어 깨워!'라는 생각과, '어쩌면 이번에 저 사람을 지나치는 게, 더 좋은 선택일지도 몰라! 술이라도 취해 너한테 난동을 부리면 어

떡해?' 하는 생각이었다. 나는 결국 겁이 나서 움직이지 못하고 뒷
걸음질쳤다. 정말 이상하게 '어서! 어서 지나쳐! 너와는 전혀 상관
없는 사람이야!' 하는 악마의 소리가 들리는 것 같았다.

그러나 내 양심에서 악마의 유혹을 떨쳐내란 소리가 심장 소리와
같이 울렸다. 뒤에 오던 엄마, 아빠, 영우도 "어머, 어떡하지?", "하,
큰일이네!"라고 하면서 그 사람을 바라보았다. 나는 아빠에게 가서
"아빠, 어떻게 하죠? 119나 경찰에 전화라도 해요!"라고 하였다. 아
빠는 "응, 그러자꾸나." 하면서 오른손으로 주머니에서 핸드폰을 꺼
내며, 심각한 표정을 지으시고 다시 한번 그 아저씨를 바라보셨다.

그런데 내가 놀란 것은, 사람들이 뻔히 그 쓰러진 사람 앞을 지나
가면서, 꼭 철가면을 쓴 것처럼 얼굴 표정 하나 달싹하지 않았다는
것이다. 누군가 거기에 누워 있다는 것이 귀찮다는 표정으로 "어유,
뭐야?" 하는 사람도 있었고, 거기에 사람이 누워 있는 걸, 신경 쓰지
않는 사람도 있었다. 나는 마음이 불편했다. 같은 사람으로 태어나
서 어떤 사람은 거리를 활보하고, 어떤 사람은 찬 겨울 땅바닥에 누
워 있어도 아무도 관심을 주지 않는다. 과연 이 쓰러져 있는 사람에
게 관심을 두는 것이 어렵다면, 인간이 사는 세상은 도대체 어떤 곳
이란 말인가?

우리 가족의 투표_

2010. 6. 2. 수

우리 가족은 오전 10시 30분경에 지방선거 투표를 하러 갔다. 나는 투표장에 사람이 많을까 봐 서둘러야 한다고 엄마, 아빠를 졸랐다. 그런데 투표장으로 가는 길은 한산했다.

가끔 지나가다 투표를 마치고 돌아오는 듯한 사람은 연세가 높으신 할머니, 할아버지들뿐이었다. 나는 사람들이 투표하는 날이 쉬는 날이라서, 모두 놀러 간 게 아닌가 걱정을 했다.

오늘따라 햇살은 뜨겁게 내리쬐고, 양옆이 풀 한 포기 없는 밭과 도로라서 삭막한 황무지 같은 길을, 나는 그래도 씩씩하게 걸었다. 아직 투표권이 없지만 엄마, 아빠를 따라가는 것만으로도, 내가 투표하는 것 같은 착각이 들어 신이 났기 때문이다.

우리 가족이 투표하는 장소는 이웃 초등학교! 초등학교 정문을 따라 언덕길을 오르니, 투표소라고 쓰인 강당이 문을 열고 우리를 기다리고 있었다. 강당은 시원하고 한산했다. 나는 줄을 서서 긴장감 속에 열심히 투표 차례를 기다리는 상상을 했는데, 조금 맥이 빠졌다.

강당 오른쪽에는 의자와 책상이 있었는데, 사람이 몇몇 앉아 있고 '투표 참관석'이라고 쓰여 있었다. 엄마, 아빠는 투표용지를 받아서 두 번에 걸쳐 투표하셨다. 내가 갈 수 있는 곳은 거기까지였다. 엄마, 아빠가 기표소로 들어가자, 꼭 천막에 들어가 배식을 받는 사람처럼 보였다.

기표소에서 나온 엄마가 입을 암 다물고 침착하게 투표함에 투표 용지를 넣을 때, 나는 긴장되어 침을 꿀꺽 삼켰다. 혹시라도 부정선 거를 할까 봐 참관자의 눈초리가 더 매섭게 보이고, 엄마, 아빠가 선 택한 사람이 과연 될까? 걱정 반, 기대 반으로 마음이 차올랐기 때문 이다. 내가 투표권을 얻으려면 7년은 더 있어야 한다.

인간이 성장하는 순간은, 자기 자신의 문제나 고민과 직접 대면하 는 순간이라고 하는데, 바로 오늘이 그런 날이었다! 나는 민주주의 가 투표로 표현되는 것을 이해하였고, 내게 그런 날이 올까 가슴이 설레었다. 우리 가족이 투표를 마치고 나오자 점점 사람들이 몰려오 기 시작했다. 나는 그제야 안심을 하고, 내 키만큼 늘어진 가로수 그 늘에 펄쩍 뛰어올라 인사를 했다. 민주주의여! 승리하라!

일제고사를 보고 나서_

2010. 7. 14. 수

오늘은 이틀간에 걸친 '국가 수준 학업 성취도 평가'가 끝나는 날이다. 석희와 홀가분한 마음으로 집으로 가는 길, 나는 석희에게 "오늘 학업 성취도 평가 어떻게 됐냐?" 하고 물었다.

"음, 몇 문제 빼고는 그다지 어렵지 않더라고!"

"그래? 나는 어려운 게 하나도 없었는데?"

"그야 너는 막판에 문제집을 사서 공부를 했잖아!"

"흠~ 우리 석희 씨는 학원을 몇 개나 다니지?"

우리는 서로 약 올리듯 말했다.

그러다 문득 기말고사도 끝났는데, 도대체 이런 학업 성취도 평가를 보는 이유가 궁금해졌다. 정말로 학업 성취도를 평가하기 위해서? 그렇다면 굳이 학교별로 순위를 매길 필요가 있을까? 사실 학업 성취도 평가의 의미 자체는 좋은 것 같다. 여느 시험이 그렇듯, 지금의 자기 실력을 판단하고 잘하는 부분은 유지하고, 못하는 부분은 보완할 좋은 기회라고 생각한다.

하지만, 문제가 되는 것은 아이들 사이의 경쟁이라고 생각한다. 학교별 성적을 매기고 등수를 매겨서 아이들의 경쟁심을 더욱 자극해, 그 속에서 떨어져 나온 아이는 점점 더 자신감과 의욕을 잃을 뿐인 건 불 보듯 뻔한 일일 텐데! 어른들은 왜 우리에게 그런 걸 강요하는 걸까? 난 시험은 자신이 알고 있는 지식을, 스스로 확인하는 절차라고 생각한다. 실력은 실수를 거듭하고 점점 쌓이고 쌓여서 나무처럼 자라는 것이므로, 꼭 점수를 높게 받아야 한다고 생각지 않는다.

사실 등수를 매기더라도 사회적으로 이해해 주고 평등하게 대해 주면 전혀 나쁠 것이 없다. 하지만, 점수가 자신의 미래를 결정하는 분위기 속에서 학교에 다니면 끔찍하지 않을까? 고등학생들에게 자신이 가고 싶은 대학을 물어보면 서슴없이 대답하지만, 자신이 하고 싶은 일에 대해 물어보면, 대답을 제대로 못 하는 경우가 많다고 한다. 자신이 하고 싶은 일보다는 점수와 대학이 장래를 결정한다고 믿기 때문이다.

가장 이상적인 직업은 공무원, 의사, 변호사 등이 있다고 하는데, 나도 거기에 내 꿈이 포함돼 있기는 하다. 하지만, 돈을 많이 벌기 위해서라는 목적이 다가 아니다. 사람에게 희망을 주고 싶어서다. 나의 꿈은 내가 고등학생이 되어서도 변하지 않을 것 같은데, 고깟 점수 때문에 압박감을 느끼고 스트레스를 받는다면, 아! 그건 아닌 것 같은데!

"석희야?"

"응?"

"일제고사에 대해서 어떻게 생각하니?"

"뭐, 그냥 중간에 하는 놀이?"

"상위권이 아닌 성적이 낮은 아이들은 어떻게 생각할까?"

"글쎄……."

"과연 일제고사가 모두에게 좋은 역할을 해 줄까? 학교 간의 경쟁에 기름을 붓는 것이 아닐까?"

"그런 것 같아."

석희는 고개를 살짝 숙여, 아랫입술을 잘근잘근 깨물었다. 석희는 나와 헤어질 때 이렇게 말하였다.

"그래도 우리가 공부를 많이 해서, 이런 걸 바꾸면 되지 않을까?"

그리고 석희는 뭔가 생각에 잠긴 듯이, 오른팔을 턱에다 갖다 대고 왼팔로 뒷짐을 지며 걸어갔다. 나는 저 태양을 응시하며 보폭을 크게 하고, 손을 휘이히~ 저었다. 꿈을 포기하지 않고, 세상에 성공과 점수만을 위한 교육이 다가 아니란 걸 보여 주고 싶다. 이 세상을 뒤흔들고 싶다!

_생명, 평화 시민참여 촛불문화제

2010. 10. 6. 수

오늘 우리 가족은, 저녁에 내가 경복궁역에 도착하자마자 덕수궁을 찾았다. 4대강 사업 반대를 위한 촛불문화제에 참석하기 위해서다. 아빠가 존경하는 목사님께서도 4대강 사업을 막으려고 2박 3일 노숙을 하면서 단식 농성을 하고 계시는데, 오늘이 그 마지막 날이다. 우리는 촛불문화제도 참여하고 목사님도 뵐 겸 찾아갔다.

목사님은 단식하셔서 힘이 없을 줄로 알았는데, 표정이 인자하고 파릇파릇하셨다. 마치 촛불문화제에 참석하면 기념으로 농부 아저씨가 나누어 주는 상추 모종처럼!

"목사님, 고생이 많으시네요!" 인사를 드렸더니, 목사님은 내 어깨를 툭 치시며 "글도 잘 쓰고 그림도 잘 그리고, 무슨 대학생인 줄 알았다 얘~!" 하며 천진하게 웃으셨다.

우리는 멋쟁이 젊은 아저씨, 아줌마와 어린 동생이 나누어 주는 촛불을 들었다. 무대 트럭 앞에는 문화제를 보기 위해 장판이 깔려 있었다. 어느새 앞자리에는 사람들이 차서 뒤쪽에 자리를 잡았다. 나는 처음에 '4대강을 막기 위한 4종교 성직자들의 모임'이라고 해서, 심각하고 딱딱한 분위기일 줄 알았다. 하지만, 어떤 목사님의 연설이 끝나고서, 사회자는 외쳤다.

"네, 분위기가 많이 가라앉아 있네요. 이제부터 정말 즐겁게 만들어 드리겠습니다! 세월이 지나가면서 묻혀 갔던 그룹인데요, 정말 왜 사라진지 모르겠네요! 여러분! 박수로 맞아 주세요! 노래를 찾는 사라암드을~!"

그와 함께 무대 위로 평범한 아저씨들, 아줌마들이 올라와 신이 나게 노래를 불렀다. 나도 언젠가 들어본 「사계」였다. 사람들은 차분한 노래를 들으면, 촛불을 바람에 흔들리는 갈대처럼 조용히 흔들었고, 신이 나는 노래가 나오면 짝,짝,짝,짝 맞추어 손뼉 쳤다.

'노래를 찾는 사람들'의 한 아저씨께서 몇 곡의 노래를 마치고, "네, 정말 오래된 노래였죠. 이번에는 「광야에서」를 부르겠습니다. 여러분! 모두 크게 박수쳐 주세요! 옆에 계시는 경찰 분들도 따라 목이 터져라 불러 주시고요!" 하니까 모두 웃음바다가 되었다. 나는 조금 놀랐다. 문화제는 시종일관 웃음이 흐르고, 도로 쪽에 삥 둘러 선 경찰들에게도 농담하며, 상당히 밝은 분위기로 진행되어서 신기하기도 하고 재미도 있었다. '노래를 찾는 사람들'의 공연이 끝나고, 사회자는 또 하나의 팀을 소개했다.

그 팀은 연극인으로서 노래하고 춤추면서 4대강 정책을 비판하였다. 하지만, 지나가던 외국인이 보면 즉석 콘서트로 생각할 만큼 웃겼고, 내용을 못 알아듣는다면 4대강과는 거리가 먼 예능 프로그램 녹화 현장이라고 착각할 것 같았다. 그 팀은 몇 사람으로 구성되어서 계속 새로운 무대를 준비하였다. 처음에는 뽀글 머리를 하고, 반짝이 턱시도를 입은 턱시도 브라더스가 노래와 춤을 추며 4대강 사업을 즐겁게 풍자하였고, 다음에는 아주 늙은 할아버지, 할머니로 분장해 "잘했군, 잘했어!"라는 민요에 가사를 바꾸어 구수하게 4대 강 사업을 비꼬았다.

또 잽싸게 여고생 분장을 하고 유행 춤을 추며, 사회자는 노래 가사에 맞추어 독설을 하였다. 그다음에는 흑인 외국인 가수로 분장하고, 한국어가 아닌 것 같지만, 사실은 통역이 필요없는 신기하게 굴러가는 발음으로 4대강 사업을 비판하였다. 이렇게 내용은 비판하는 것인데도 계속 웃음이 나왔다. 옛날에도 높은 양반들이 나쁜 행위를 하면 서민들이 판소리로 비꼬면서 즐겁게 웃고 놀았다는데, 사실 이것이 현대판 판소리라는 느낌이 들었다. 그렇게 웃고 있는 사이, 내 머릿속 사전에는 '촛불문화제는 슬프고 비탄스러운 자리가 아니라, 국민이 재미있게 웃으며 참여할 수 있는 문화제다!'라고 큰 활자로 박히게 되었다.

내가 꿈꾸는 아름다운 세상 1부_

2010. 12. 31. 금

이 글은 내가 아끼는 글이기도 하고, 지난 11월 6일, 광화문 올레 스퀘어에서 열린 사회복지사들의 모임이 주관한 'TEDx 광화문 the 상상해 봐!'에서 강연한 글이기도 하다. 나는 타 분야에서 바라보는 사회복지의 관점을 주제로, 초등학생으로서는 처음 연설하는 값진 경험을 했다. 글이 길어 1부와 2부로 나누어 올린다. 올 한해를 이 글로 마무리하며, 나는 중학생이 되어 더 멋진 미래를 꿈꾸고 행동할 것을 스스로에게 약속한다!

인권에 대한 이야기

안녕하세요? 여러분! 저는 삼숭초등학교 6학년에 재학 중인 권상우라고 합니다. 제가 이런 자리에 설 자격이 있는지 의심스럽고, 아직 강연한다는 게 믿기지가 않네요. 그러나 초등학생이라 못 미더워하지 마시고, 따뜻한 마음으로 지켜봐 주신다면, 힘을 내서 제가 생각하는 바를 잘 전달하려 노력하겠습니다!

저는 인권에 대해 이야기를 하려고 합니다! 사회복지는 인권(인간의 기본권) 중에 생존권에 해당하므로 둘은 충분히 연관된다고 생각합니다. 인권이 존중받으면 사회복지는 당연히 수준이 높아지겠죠? 그러나 현실 세계에서는 인권에 대한 생각이 너무나도 존재하지 않는 것 같습니다. 제가 겪은 예를 잠시 들어 보겠습니다.

언젠가 한번 길을 걷다가 날씨가 좋아서 지나가는 아저씨에게, "안녕하세요? 날씨가 참 좋죠?"라고 했더니, 획 돌아보며 어이없다는 듯이 싸늘한 표정을 지으며 "뭐야, 이 자식이 미쳤나?"라는 대답이 돌아왔습니다! 우리 사회에 인권 의식이 발달해 있다면, 특히 어린이에게도 인권이 있다는 생각을 조금만 했더라도 과연 그랬을까요? 그 사람은 왜 자기보다 약해 보이는 어린이에게 화를 냈을까요?

언젠가 제가 '싸움을 말리신 아빠'라는 제목으로 일기 글을 블로그에 올린 적이 있습니다. 찜질방에서 어떤 아저씨가, 자기의 어린 아들이 한 누나와 부딪혀서 살짝 발톱이 까졌는데, 누나가 사과를 제대로 하지 않았다고 찜질방 식당 안에서 마구 화를 냈던 일이 있었죠. 그땐 아저씨가 그 누나의 얼굴에 물까지 뿌리며 점점 험악해질 때, 저희 아빠가 먼저 나서서 누나를 마구 때리려 하는 그 아저씨를 말리시고, 그 후 다른 아저씨 몇 명이 더 일어나서 그 아저씨를 막아서 큰 사고는 면하였습니다. 그때만 생각하면 심장이 쪼그라듭니다.

집으로 돌아오면서 아빠, 엄마와 의견을 나누며 곰곰이 생각해 보니 이러한 생각이 들었습니다. 사회에서 많은 설움을 당하던 약자인 아저씨가, 자신보다 더 약자인 누나에게 화를 낸 것으로 생각되더군요. 조금 더 강한 자가 더 약한 자를 괴롭히는 문화는 세월을 거슬러 저의 어린 시절에도 체험하게 됩니다. 제가 3학년 때 겪었던 일을 예로 들어 보겠습니다.

　이름은 공개되어서는 안 되겠기에 제가 임의로 바꿨습니다. 우리 반에 땡땡이라는 아이가 당한 일입니다. 반에서 힘센 아무개가 땡땡이의 연필을 장난으로 부러뜨렸습니다. 땡땡이는 화를 내었고 그것 때문에 화가 난 아무개가 땡땡이에게 복수를 하였습니다. 하굣길에 교문을 나설 때 먼저 아무개가 나타나 땡땡이의 무릎을 차서 넘어뜨리더니, 순식간에 아무개를 따르는 10명 정도 패거리가 몰려와서는, 땡땡이를 구석진 곳에 몰아넣고 발로 사정없이 밟았습니다.

　땡땡이는 잔뜩 웅크린 채 고개를 들지도 못하고 맞고만 있었어요. 지켜보던 저도 얼마나 무섭고 어이가 없었는지요? 그러나 땡땡이가 죽을 것 같아 저는 겁이 남에도 아이들을 떼어 놓으려 애썼습니다. 아이들은 오히려 저를 밀치며 "새끼야! 너도 꺼져! 선생님한테 이르면 너도 죽는다!"하며 협박하였습니다. 더 기가 막힌 건 하굣길이라 학생들이 많이 다녔는데도, 단 한 명도 무어라 말하지 못했다는 것입니다. 그저 힐끗힐끗 보다가 자기도 당할 것 같아서 도망치듯 교문을 나섰습니다.

　지금 생각해 보니 그 풍경은 제 마음속에 너무나 쓰라린 기억으로 남아 있습니다. 그때 일을 생각하면 피해를 봤던 땡땡이도 걱정이지만, 가해자인 아무개와 아이들이 더 걱정스럽습니다. 과연 그 아이들이 잘 자라 멋진 어른이 될지 너무나 걱정스럽습니다. 요즘 어린이들은 피가 튀기고 머리가 날아가는 성인 게임을 아무런 거리낌 없이 즐깁니다. 총으로 사람을 쏘아 죽이는 게임을 하는 동안 머릿속에는 어떤 사고가 쌓일까요? 어른들은 왜 이런 게임을 만들까요? 제가 할 수 있는 한 가지 확실한 생각은, 폭력 게임에 빠진 아이들은 인간을 존중해야 할 대상, 평등과 평화로운 존재로 보지 않을 거란 사실입니다.

저는 세상에서 무엇보다 소중한 것은 사람이라고 생각합니다. 그런데 많은 사람은 사람보다 더 중요한 것이 있다고 믿나 봅니다. 그것은 우리 사회에 전반적으로 퍼져 있는 권력, 힘, 물질을 중요하게 생각하는 풍토가 아닐까요? 저는 사회에서 힘 있는 강자가 힘을 이용해 약자를 고립시키고 다른 약자들은 겁을 먹게 해서 힘을 쓰지 못하게 하는 풍경이 아이들의 세계에 그대로 전염된 것 같다고 생각합니다.

내가 꿈꾸는 아름다운 세상 2부_

2011. 1. 1. 토

이제 최근 종로로 이사 오면서 제가 겪고 보았던 일들을 다시 말씀드리겠습니다. 제가 블로그에 올린 제목은 '경복궁역 2번 출구의 밤 풍경'입니다. 제가 학교에서 출발하여 경복궁에 도착한 어스름한 무렵의 저녁 시간에, 저는 어떤 할아버지가 지하철 출구에서 10미터 정도 떨어진 인도 위에서, 이른 저녁 시간인데도 신문지를 깔고 주무시고 계시는 것을 보았습니다.

바삐 걷는 사람들의 눈에는 그 할아버지가 마치 커다란 보도블록처럼 보이는 듯했습니다. 아무 표정도 없이 장애물을 피하듯 휙 둘러 다들 제 갈 길로 바삐 지나갔습니다. 저는 그 할아버지가 너무나 안되어서 눈물이 핑 돌았고, 그 할아버지를 존재하지 않는 인간으로, 그렇게밖에 보지 않는 세상 사람들이 너무나도 무서워서 슬펐습니다.

제가 사는 광화문 거리에는 온갖 호화찬란한 건물이 즐비해 있습니다. 동화 면세점 하나가 마천루만 합니다. 그러나 거리의 곳곳에는 길에서 온갖 악취를 풍기며 세상 포기한 듯이 쓰러져 잠을 자거나, 버린 박스를 모으다가 배가 고파 더는 걷지 못하고 가게 옆 한 모퉁이에 몸을 눕힌 너무나 앙상한 할아버지가 보입니다. 저는 그분이 제 아버지였다면, 할아버지였다면 하는 상상에 마음속이 찢어질 것처럼 아픕니다.

또 예를 제가 올린 블로그에서 들어 보겠습니다. 포스팅한 제목은

'지하철의 손 잘린 외국인'입니다. 피부 색깔이 커피색이고 머리칼은 감지 않아 들쭉날쭉했던 그 아저씨는 체크무늬의 낡은 옷을 입고 껌을 팔고 있었습니다. 우리보다 가난한 나라에서 왔을 그 아저씨, 과연 껌을 팔러 먼 나라에서 오셨을까? 생각해 보니 분명히 그건 아니었을 거라는 생각이 듭니다. 보통의 한국 사람들이 회피하는 힘든 공장일을 해서 돈을 벌어 고향으로 돌아가겠다는 다짐으로 먼 우리나라에까지 왔겠죠!

그렇게 어렵게 공장 일을 하다 손이 잘렸을 것입니다. 그러면 그 아저씨는 충분히 보상을 받았을까요? 그렇지는 않을 것 같습니다. 껌을 팔고 있는 아저씨의 현재의 모습이 그것을 말해 주고 있습니다. 가난한 나라에서 온 그 아저씨를 고용했다가 손이 잘리는 사고를 당하자 적절한 보상도 없이 내보낸 것은 아닐까요? 생각해 보면 이것 또한 약자에 대한 인권의 무시로밖에 볼 수 없습니다.

저는 사회 시간에 우리 사회는 민주주의 사회라고 배웠습니다. 모든 사람은 법 앞에 평등하고 자유권, 생존권, 평등권을 보장받을 권리가 있다고 말입니다. 그런데 우리나라에서는 대부분의 사회적 약자들이, 최소한의 행복을 추구하면서 살아야 할 권리를 보장받고 있는 것 같지 않습니다. 그리고 약자들에 대한 무심함이 무섭게 느껴집니다. 계속 이렇게 우울한 이야기를 늘어놓으니 마음이 또다시 무겁습니다.

저는 어린 시절을 매우 행복하게 보냈습니다. 저는 어릴 때 엄마, 아빠에게 비교적 제 인권을 존중받으면서 자라났다고 생각합니다. 그리고 제가 어릴 때 자주 들었던 말 중 하나가 "우리 집의 푸른 소나무야!"였답니다. 엄마, 아빠와 바다로 여행을 가서 갯벌 체험을 하고, 멋진 노을도 보고, 가족의 소중함을 깨닫고, 텐트 안에서 하느님이 우리에게 미소 짓는 걸 보았습니다. 저는 꽃과 나무를 친구로 알았고, 겨울의 흰 눈을 보면서, 세상은 언제나 행복한 일로만 가득 숨어 있는 곳인 줄 알고 호기심과 모험심에 넘쳐서 자라났답니다.

　제가 그렇게 좋아하던 동화책 속의 세상처럼, 현실 세계도 아름답고 꿈과 모험이 넘치며, 모두 평등과 정의를 추구하고, 역경을 헤치고 나가면 언젠가 승리하는 줄 알았습니다. 하지만, 어느 순간부턴가 조금씩 그 동화 속처럼 행복한 세상의 모습이 천천히 조금씩 뒤틀려 가는 것을 느꼈습니다. 지하철의 노숙자가 구걸하는 모습이 보이고, 돈이 없어서 살 곳 없이 쓰레기 더미에서 살림을 차린 학교 앞의 할머니가 보였습니다. 지하철 안의 한 외국인이 손 잘린 채로 서투른 한국말로 도와주세요! 하는 모습이 보였습니다.

　이제 세상이 멋진 곳이라는 제 상상은 산산조각이 난 유리조각처럼 깨졌고, 어느새 저는 같은 땅에 천국과 지옥이 공존한다는 사실에 소름이 돋습니다. 저는 유리조각처럼 깨진 제 상상을 돌려놓고 싶습니다. 저는 복지관 몇 개 지었다고 해서 복지사회가 된다고 생각하지 않습니다. 사회에 깊숙이 뿌리박힌 생각이 바뀌어야 하지 않을까요? '서민을 따뜻하게 중산층을 두텁게'라는 말을 지하철에서 신문 보다가 읽었습니다. 솔직히 허공에 뜬 말로 들렸습니다. 우리는 돈과 권력을 쥐고 있으면 사회적 강자이고, 없으면 약자이고 하는 논리에 얽매여 끌려가듯 살아가는 게 아닌가 돌아보아야 할 것 같습니다.

그리고 노력해서 돈과 힘을 가지고 있는 위치에 올랐더라도, 그것이 권리의 크기를 재는 수단으로 생각하지 말고, 원래 사람의 존재가 얼마나 오묘하고 아름다운 존재인지에 생각을 기울였으면 합니다. 사람은 누구나 태어날 때부터 평등하니까요! 저는 어릴 때부터 사랑을 많이 받고 자라면, 높은 인권 의식이 형성될 거라 생각합니다. 내가 태어날 때로 돌아가 우리 가족이 얼마나 기뻐했는지를 생각해 본다면, 다른 사람도 그랬을 것입니다. 부모님도 경쟁 속에 자식을 내몰지 마시고, 세상을 따뜻한 곳이라 가르쳐 주십시오. 그리고 사람의 인권과 생명은 소중하니 돈과 권력보다는 비교도 안 되게 값진 것임을 말해 주십시오!

이곳 TED 강연만 해도 그렇습니다. 고아원, 복지관, 양로원 등 이 사회의 그늘진 곳에서 일하시는 사회복지사들의 모임을 통해, 세상의 약자들을 위해, 사람답게 살지 못하는 사람들이 없게 하기 위해, 앞으로의 더 나은 세상을 살기 위해 노력하는 모임이라고 알고 있습니다. 행복의 단위가 돈이 아님을 깨닫는 것이 중요하다고 생각됩니다. 아무리 돈이 없고 비참해도 살아서 숨을 쉬는 사람이라면 행복해야 할 권리가 있는 것 아닐까요? 제가 꿈꾸는 아름다운 세상은 돈이 없어도 인권을 보장받고 사회복지를 누릴 수 있는 세상이라고 생각합니다!

여기서 저는 제가 보았던 안 좋았던 현실의 그림들을 지우고, 다시 그려 넣었으면 좋겠습니다. 길거리의 할아버지들을 일으켜 "할아버지, 저기서 편안하게 쉬세요!" 할 수 있는 공간이 있었으면 좋겠습니다. 외국인 관광객들이 볼까 봐 노숙자를 단속하지 말고 집을 지어 주세요. 호화로운 마천루 빌딩 몇 채 없으면 어떻습니까? 그 돈이면 사회복지에 쓸 것이 많을 것 같습니다. 가난한 나라의 외국인들이 지하철이 아닌 어엿한 직장에서 제대로 권리를 보장받으며 일을 하며, 누구나 행복하게 '아, 세상에 이런 나라가 다 있네?' 놀라는 대한민국이 된다면 좋겠습니다.

강자가 힘을 이용해 약자들을 두루 보살펴 주는 대한민국이 된다면 살맛 날 것입니다. 그리고 어린 시절, 강자의 위치에 선 부모님께서 "1등이 되어라, 최고가 되어라!" 하는 말 대신, "행복하게 자라라, 우리 집의 푸른 소나무야!" 하는 말을 매일 들려주신다면 세상을 더 따뜻하게 보는 마음이 길러질 것입니다. 그래서 내가 잘살기 위해 남의 인권을 짓밟는 대신, 나보다 더한 약자를 도와주고 싶은 마음이 싹틀 것입니다.

　이상 제가 본 사회복지와 인권 의식을 높이는 방법에 대한 이야기였습니다. 그리고 끝으로 아름다운 세상을 만들기 위해 노력하시는 사회복지사 여러분을 존경합니다. 감사합니다!

6부

함께하는 상우

홍대에 있는 다정한 카페를 아시나요?_

2011. 10. 2. 일

얼마 전까지만 해도 프렌차이즈 커피 가게란 그저 도시에 한 블록 건너마다 있는 흔한 상점으로 내게는 관심 밖의 일이었는데, 우리 집이 그 가게를 할 줄은 내가 신발명품으로 세계 정복을 꿈꿀 때도 하지 못했다. 즉 우리 부모님은 최근에 홍대 입구에, 많은 젊은이가 생기 있게 지나가는 자리에 커피 가게 문을 여셨다.

커피전문점 하면 스타벅스나 카페베네 같은 큰 가게가 유명하다는데, 부모님 가게는 이번 연도에 새로 생긴 낯선 이름의 가게다. 그러나 커피 맛이 아주 좋다고 하여 엄마가 쏙 마음에 들어 하시는 것을 보았었다.

공사 현장에 가 보았을 때도 깨어진 유리 조각과 시멘트 조각이 널브러져 있었고, 먼지가 많아서 잠시라도 구경을 하려면, 얼마 못 있다가 밖으로 숨 쉬러 나갔다 오곤 했는데……. 조명도 안 달아서 어두컴컴한 이곳에 과연 어떤 가게가 들어설 수 있을까 궁금했는데, 9월 23일, 내 인생과 우리 가족 모두의 인생에 커다란 전환점이 될 이 카페를 엄마, 아빠는 드디어 개업하셨다. 두 분은 그동안 하루도 쉬지 않고 커피 뽑는 법을 익히셨다. 엄마는 길었던 머리를 심하게 잘라 내었고, 아빠는 체중이 15킬로그램이나 빠지셨다. 두 분 다 이제는 아메리카노 커피를 에스프레소 머신을 이용하여, 30초 만에 뚝딱 만들어 내신다.

오늘은 오랜만에 짬을 내 영우와 가게로 가서 부모님을 거들어 화단에 꽃 심는 일을 도왔다. 뜨거운 가을 햇살 아래 노골노골한 흙을 파내니, 내 심장도 크게 쿵쾅거림을 느꼈다.

부모님은 전에 하는 일이 안 되어서 무지 힘들어하셨다. 나는 부모님을 생각하면 항상 가슴이 아팠다. 정말 괜찮은 분들인데 항상 고생하신다. 늘어가는 부모님의 시름따라 나는 자본주의를 미워했고, 마음의 병을 앓았다. 겉으로는 내색 안 하면서도, 명랑한 척하면서도……. 언젠가 영우와 공원에서 산책한 적이 있었는데, 떼쟁이로만 알았던 영우가 한 말이 문득 떠오른다.

"나는 이 세상에 돈이 모두 나뭇잎으로 만들어졌으면 좋겠어. 왜 돈은 우리 엄마, 아빠를 괴롭히는 거야?"

난 영우를 안고 울고 싶었지만, 꾹 참았다.

내가 지금은 부모님의 인생에 대해 자세히 쓸 순 없지만, 언젠가 어른이 되면 순탄치 않았던 부모님의 인생에 대해 여유로운 마음으로 추억할 날이 오리라 믿는다.

'손님은 많이 올까? 기대는 많이 하지 말자. 아직 개업한 지 얼마 안 됐잖아. 전에 있었다는 그 떡볶이집처럼 장사가 잘되어 줄을 서서 먹는 것은 아니겠지? 이제 엄마, 아빠가 하루 종일 집에 안 계시면 나와 영우는 집에서 시간을 잔 보낼 수 있을까? 국어 시간에 가족과 함께하는 숙제가 생기면 어떻게 하지? 아니다. 마음을 비우자. 이제 나

는 다시 태어난다. 나 자신을 포맷한다. 새로 시작하는 거야!'

　우리 가족의 가게는 꼭 동화에 나올 법한 건물에 있다. 빗자루의 요정이 살 것 같은 낡은 갈색 벽돌에 담쟁이덩굴이 자라고 화단이 입구 양옆에 있다. 지금은 들국화랑 백합도 심어 자주색과 분홍색이 사랑스럽다. 매장 안은 쾌적하고 분위기 끝내준다. 이런 가게를 우리 가족이 운영한다는 것이 자랑스럽다. 간판의 예쁜 디자인은 지나가는 사람들의 눈을 끄는지 모두 쳐다본다. 그중 몇몇 사람은 이끌리듯 들어오기도 하였다. 어저께 할머니가 노란색이랑 보라색 들국화 화분을 사다 심으셨지만, 화단보다 턱없이 모자라서 오늘은 구파발 화훼 단지에 들러 커다란 화분 두 개를 더 심고, 분홍색 백합도 심었다.

　가게에 들어가니 어두웠다가, 햇살이 유리로 된 창문과 문으로 마구 쏟아져 들어와 금세 밝아졌고, 불을 켜고 잔잔하고 감미로운 클래식 음악을 트니, 우리 가게는 한결 고급스럽게 느껴졌다. 엄마, 아빠는 밀대로 바닥을 닦으시고, 우리는 행주로 식탁을 닦았다. 아빠는 우리가 온 기념으로 첫 번째 원두를 추출한 뒤, 우리에게는 스무디를 만들어 주셨다. 달콤하고 부드러운 게 입에 달고 살아도 지겹지 않을 것 같았다. 그리고 아빠는 본격적으로 옛날에 바닷가 갯벌에서 조개 잡을 때 쓰던 삽을 들고, 화분에서 화단으로 꽃을 옮겨 심는 작업을 시작하셨다.

영우의 아이디어로 화단 하나씩 덩치가 큰 꽃 하나를 가운데 심고, 그 양 옆에 작은 덩치의 들국화 송이 두 개를 심었더니, 꽃이 풍성해 보이는 효과가 났다. 달콤한 꽃향기와 때 아닌 봄바람이 내 몸을 사르르 감싸는 듯 행복해서 코끝이 찡했다. 꽃의 마성 때문인지 아니면 우리가 와서인지, 오늘은 유독 커피를 찾는 손님들이 많았다. 자, 이렇게 날씨가 좋은 가을날, 홍대 입구에 있는 카페에 가 보면, 맛 좋은 커피와 음악과 다정한 기운이 흐르고 있다. 거기에는 우리 아빠, 엄마가 계시기 때문이다!

철거 앞에 놓인 우리 가게_

2013. 1. 15. 화

　우리집은 망했다. 엄마, 아빠가 난생 처음 시도한 커피 가게, 모든 걸 쏟아부어 열정을 다한 가게, 경험이 없는 카페 사업이라 많이 힘들 거라고 예상했지만, 부모님이 워낙 새우등 휘어지듯이 열심히 하셨기에 진짜로 이렇게 참담하게 망할 줄 상상도 못했다. 누구나 자기집이 가게를 내면 긍정적이고 밝은 미래를 원하는 법이다.

　새로운 일주일이 시작되는 월요일, 엄마가 몸이 안 좋으셔서 아빠 먼저 가게로 출근한 날, 가게에서 걸려온 아빠의 전화를 받고 엄마의 목소리가 떨리는 것을 보았다. 나도 바짝 긴장을 하였다. 건물 주인은 엄마, 아빠를 쫓아내려는 소송을 진행중이었다. 6개월에 걸친 소송의 판결은 이틀 뒤에 법원에서 난다고 한다. 그런데 벌써 무슨 일이 벌어진 걸까?

　아침부터 인부들이 와서 우리 가게가 들어 있는 건물을 부수고 있다는 것이었다. 아직 우리 가게는 손을 대지 않았지만, 인부들이 들어와 부수고 있는 벽돌 건물의 모습과 그 사이에 끼어 있을 우리 가게의 모습을 상상하니 기분이 섬뜩했다. 우리 가게는 1층인데 2, 3층 건물의 유리창을 망치로 깨부수느라, '쨍' 하고 유리 깨는 소리와 바닥에 유리가 떨어져 '쨍그덩' 하는 소리가 계속 울려, 우리 가게를 집어삼킬 듯이 뒤흔들고 있다고 한다. 엄마는 아빠 전화를 받자마자 가게로 달려가셨다.

　나는 다음날, 엄마 아빠와 함께 가게로 와 부서진 건물의 모습을 보았다. 건물은 케이크가 반으로 잘린 것처럼 한쪽 면이 날아가 시원하게 뻥~ 뚫려서 건물 내부의 텅 빈 모습을 다 보여 주고 있었고, 빨간색 스프레이로 '철거'라는 두 글자와 쫙쫙 'X' 자가 여기저기에 쓰여 있었다. 우리 가게 위, 바로 2층 건물 창문이 있던 자리도 뻥 뚫렸고, 벽돌에 '철거'라는 두 글자만이 피칠을 한 것처럼 남아 있었다.

그걸 보고 처음 드는 생각은 '이건 왠지 어디서 많이 본 것 같은 그림인데…….' 좀 어지러웠다. 겨울인데 이곳저곳 뚫린 건물의 모습이 뼈만 남은 것 같아 추워 보였고, 전위적으로 보였다. 엄마는 주름진 얼굴에 떨리는 목소리로 "아니, 장사를 하는 가게에 저렇게 빨간색으로 철거라고 써 놓으면 어떡하라는 건지!" 하셨다. 나는 "빨간색으로 식욕을 자극해서 손님들을 더 끌어 주려고 배려했네요!"라고 아무렇지도 않은 것처럼 얘기했다. 말은 그렇게 했지만, 가뜩이나 장사도 안 되는데 사람들이 처참하게 부서진 건물과 빨간색 글씨의 을씨년스러운 분위기 때문에 가게에 들어가는 걸 꺼려할 것 같았다.

무엇보다도 애써 가꿔 오신 가게가 곧 저렇게 무너질 거라는 심리적 압박을 받고 계실 엄마, 아빠가 제일 걱정스러웠다. 그래도 가게에 들어오는 손님들은 건물의 꼴이 어떤지는 별로 신경 쓰지 않는 것 같아서 다행스러웠다. 아니면 관심이 없거나. 나는 밖으로 다시

나가 사진을 찍었다. 횡단보도를 건너 가게 맞은편 도로에서 보니 부서진 건물의 모습이 더 잘 보였다. 우리 가게는 꼭 외딴 섬에 둥둥 고립된 것처럼 현실감이 없어 보였다. 그리고 그 안에는 불쌍한 우리 엄마, 아빠가 가라앉는 배 위에 탄 사람들처럼 먼 하늘을 바라보고 있다. 나는 혀를 앞뒤로 깔짝거리다가 어금니를 물었다.

_지금도 쫓겨나는 사람들

2013. 1. 29. 화

판결은 끝났다. 주인이 원하는 대로 우리 아빠, 엄마가 쫓겨나야 하고, 소송 비용까지 물어내야 한다. 아빠, 엄마가 가게에서 나가는 걸 거부하면 이제 남은 것은 강제집행뿐이다. 그러나 아빠, 엄마는 물러서지 않을 것이고 계속 투쟁할 것을 결심하셨다.

나는 걱정이 된다. 법원에선 주인의 승리로 끝났으니, 맘만 먹으면 가게를 급습하여 우리 아빠, 엄마를 공격하지 않을까? 혹시 거친 용역을 고용하여 아빠랑 몸싸움이 나지 않을까? 힘없는 엄마를 길거리에 내팽개치지나 않을까? 마음이 놓이지 않는다. 판결이 나고부터는 가게에 나와 공부한다는 핑계로 아빠, 엄마에게서 눈을 떼지 않았다. 아직도 믿기지 않는다. 나와 다른 세상에서 일어나는 일인 것만 같다. 이런 끔찍한 현실이 가진 자들이 악당으로 나오고 우리 아빠, 엄마가 악당에게 당하지만, 끝내 승리하는 해피엔딩의 영화라면 얼마나 좋을까?

오후 3시, 서울시의회에서 열리는 '용산참사 4주기 추모 토론회'에 나는 부모님과 함께 참석하였다. 오늘은 특별히 토론회에 앞서 '지금도 쫓겨나는 사람들'이라는 주제로 사례 발표가 있었는데, 아빠는 가게 문을 잠깐 닫고 짬을 내어, 쫓겨나는 세입자로서 직접 증언을 하기 위해 오셨다.

서울시의회 2층, 도착하니 2시 40분이 좀 넘은 시간이었고, 행사장엔 피부가 거칠거칠하고 주름진 아저씨, 아주머니, 할머니, 할아버지들이 많이 와 계셨고, 이미 만난 적이 있는지 서로서로 반갑게 인사를 나누셨다. 참가한 어른들의 표정과 주름 사이사이에는 힘들었던 나날들의 삶이 껴 있는 것 같아서 마음이 무거웠다. 행사장에는 교통방송을 비롯한 몇몇 TV 채널의 촬영 준비하는 사진기자 아저씨들이 바쁘게 움직였고, 기자들도 노트북을 켜고 자리를 잡았다. 아빠는 직접 A4 용지에 작성하신 글에서 눈과 손을 떼지 못하고 계셨다. 드디어 행사가 시작되고, 아빠는 증언할 여섯 명의 할아버지, 아저씨, 아줌마들과 함께 행사장 앞의 마이크가 설치된 책상으로 가 앉으셨다.

성북구에 사시는 할아버지는 재개발 때문에 살고 있던 집에서 쫓겨났다. 사당동에서는 재개발이 주민들의 반대로 무산되자, 회사 측에서 주민들에게 53억이라는 손해배상을 청구하였고, 가난한 주민들이 고통에 떨고 있자 이를 보다 못한 교회 목회자 아저씨께서 대표로 나와 호소하셨다.

북아현동 뉴타운 재건축 때문에 식당장사를 하다가 강제 철거되어 무너진 식당 앞에서 천막을 치고 448일째 농성을 하시는 아저씨는 수염을 못 깎아서 수염이 신선처럼 길었다. 어떤 할머니는 종각 지하상가에서 작은 옷수선소를 운영하다가, 민간 위탁이 들어서자 재계약을 하지 못하고, 한푼 보상도 못 받고 쫓겨나게 생겼다. 강남구청은 강남에서 제일 못사는 1%의 주민들이 살고 있는 곳을 재정

비한다는 이유로, 추운 겨울에 150명의 용역과 5톤 트럭 두 대를 동원하여 주민들을 속옷바람으로 길거리에 내패대기쳤다.

서울시의 곳곳에서 벼랑 끝에 몰린 서민들의 절규와 분노가 회의장에 울려 퍼진다. 이것이 내가 사는 세상의 모습이다. 그런데 이런 소식은 꽁꽁 숨겨 놓듯이 대중매체에 잘 드러나지 않는다.

"안녕하십니까? 마포구 서교동 홍익대 근처에서 카페를 운영하는 자영업자입니다." 하는 아빠의 목소리가 뜨거워졌던 나의 마음을 순간 편안하게 해 주었다.

정말 평범한 자기소개로 말문을 튼 아빠는, 많은 사람들 앞에 나서서 말하는 것이 처음인 것처럼, 국어책을 읽듯 또박또박 준비한 글을 읽어 내려 가셨다. 나는 마이크를 통해 흘러나오는 아빠의 목소리가 참 쑥스러워서 히죽 웃었다. '히~ 이럴 줄 알았으면 나한테 연설하는 법을 좀 배우시지~.'

가게를 열고 나서부터 지금까지의 일들이 아빠의 입을 통해, 행사장 안의 모든 사람에게 영화 필름처럼 흘러가면서, 나도 우리 가게에 어떤 일이 있었는지 정리할 수 있었다. 요건만 말하면, 불황과 불운이 겹쳤을 때 최악의 재건축 통보가 날아온 것이다. 엎친 데 덮친 격으로 말이다. 그런데 갑자기 아빠의 목소리가 어느 순간 커지더니 물이 끓고 달아오르는 것처럼 뜨거워졌다.

"재건축 이야기는 눈을 씻고 찾아봐도 없었습니다! 저희는 쫓겨

난다 하더라도 저희에겐 키워야 할, 중학생과 초등학생인 어린 두 아들이 있습니다! 이 아이들을 앞으로 어떻게 키워야 할지 살길이 막막한데, 저희와 비교도 안 되는 재력을 가지신 분께서 최소한의 보상으로 세입자의 앞길을 터 주는 것에 어찌 그리 인색하십니까?"

호흡이 가팔라지고 목소리는 더 커져서 나는 아빠가 저러다 뻥! 터지는 게 아닌가 가슴이 조마조마했다. 재건축 통보를 받은 후 바로 나가라는 소송을 당하자, 아빠는 살아남기 위해 필사의 노력을 하셨다.

밤새워 쓴 긴 편지를 주인에게 몇 차례 보냈고, 면담을 요청했으며, 겨울 내내 1인 시위를 이어가며, 언론사에 아빠의 절박한 상황을 알리려 애썼다. 그러나 지금의 3층 건물을 12층 건물로 올리려는 주인은 우리 아빠를 그저 방해가 되는 존재로만 여긴 것일까. 주인은 아빠의 호소를 철저히 외면했고 무시했다. 아빠는 그런 와중에도 나의 걱정스런 얼굴을 보면, 한 번도 얼굴 찌푸린 적이 없고 벙긋벙긋 웃어 주셨다. 나는 기자들이 진을 친 거대한 카메라 뒤편에 앉아 있어서, 카메라를 통해 나오는 화면으로 아빠의 얼굴을 조금씩 볼 수 있었다. 흑백화면이었는데도 아빠의 얼굴이 발갛게 달아오른 것을 알 수 있었고, 눈에 물이 고인 것을 볼 수 있었다. 아빠는 열띤 증언을 마친 뒤 굳은 얼굴로 땅 쪽을 보고 계셨고, 그 표정을 통해 지금 아빠가 느끼고 있을 두려움과 분노와 한없이 무거운 마음의 짐을 느낄 수 있었다.

　그럼에도 불구하고 아빠가 그토록 원하던 것이 무엇이었는가? 아빠는 나와 영우를 위해 커피전문점을 내셨다. 정말 어렵게 마련한 삶의 터전 위에 뿌리를 내리고 그 양분으로 우리를 잘 키우고 싶어 하셨다. 우리 가족이 먹을 걱정, 입을 걱정 안 하고, 오손도손 행복하게 살 수만 있다면, 아빠는 그런 꿈을 꾸면서 최선을 다하셨다. 나는 행복한 놈이다. 그런 아빠가 살아 계시니! 여기 모인 모든 사람들도 분명히 같은 꿈을 꾸었으리라! 그러나 그 소박한 꿈이 재개발, 재건축이라는 괴물에게 파괴되고 찢겨지고 헐뜯긴 지금, 내가 할 수 있는 것이라곤 책상 위에 엎드려 흐느끼는 소리가 새지 않게, 모자를 푹 뒤집어쓰고 기도하는 것이었다.

　'제발 아빠와 여기 모인 사람들이 무거운 짐에 못 이겨 지친 당나귀처럼 쓰러져 죽기 전에, 부디 아주 어릴 적에 들었던 동화와 같은 아름다운 결말의 기적이 맺어지기를……'

아름다운, 너무나 슬픈 우리 가게_

2013. 2. 15. 금

　우리 아빠, 엄마가 카페 일을 아주 열심히 하셨다는 것은 삼척동자도 다 아는 사실이다. 너무 과장인가? 적어도 단골손님들은 다 안다. 오죽하면 내가 학교에서 다쳐서 응급실에 갔을 때, 부모님이 카페 일 때문에 병원에 못 오셔서, 어떤 여자 단골손님께서 택시를 타고 부랴부랴 보호자 대신 병원으로 와 줄 정도였으니까!

　아빠, 엄마는 그동안 단골손님들의 선물을 꽤 받으셨다. 냉장고에 붙이는 자석꽂이부터, 손님이 손수 달이신 한방차, 잘 익은 복숭아, 국물 내는 멸치, 볶음용 멸치, 포항 과메기, 미역, 양배추, 오렌지, 손수 제작한 천연 비누, 자작 CD 10장, 태국서 사 온 망고, 귤 한 상자, 맛좋은 김, 튀김, 야채빵, 붕어빵까지 종류도 다양하다. 단골손님들에게 받은 선물만큼 우리 가게의 많은 추억이 철거되는 것을 아빠, 엄마는 어떻게 견디실 수 있을까?

　나는 봄방학 동안 하루하루 먹고 자는 거북이 생활에서 벗어나기 위해, 얼마 못 가 없어질 우리 가게에 하루라도 더 머물기 위해, 서교동 우리 가게로 공부할 책을 한보따리 싸들고 출근한다. 가게 건물은 반 정도 부서져 있고, 유령 나오는 콘셉트로 빨간색의 글씨에 검은 그림자가 짙게 깔려 그렇게 무서울 수가 없다. 그렇지만 우리 가게의 문을 활짝 열면 아주 익숙한 냄새가 난다. 나를 기다리고 있었다는 듯이, 밤새 커피 찌꺼기 냄새가 은은하게 깔려 있고, 행주가 깨끗하게 말라 있다. 나는 언제나 그렇듯 가운데 놓인 해피트리와 안쪽의 푸른 행운목에게 천천히 다가가 이파리를 살살 어루만진다.

　겨울에 동파가 되어 화장실 물이 안 내려가 고생했는데, 어제는 갑자기 주방에 수돗물이 안 나오고 커피 기계에 물이 안 들어와 영업을 할 수 없었다고 한다. 가게 밖으로 연결된 수도관을 살펴보니, 누군가 몰래 톱으로 잘라 놓은 자국이 있고, 아빠는 끊어진 수도관에 테이프를 붙여 간신히 연결시키는 데 성공했는데, 물이 줄줄 새고 난리가 났다. 오늘 가게 앞으로 지나가는 건물 관리소장님을 붙잡고 거칠게 항의했더니, "주인이 시키는 대로 했어. 난 몰라~" 하며 도망치듯이 가 버렸다고 한다.

　2011년 9월 무렵, 엄마, 아빠는 분식집으로 대박을 쳤던 자리에 터를 마련하고 정말 기뻐하셨다. 진짜 엄마, 아빠는 수학여행을 처음 가는 6학년처럼 밤잠을 설치셨다. 물론 그때는 우리 가게의 자리가 카페를 하기엔 최악이라는 것을 모르신 상태로 말이다! 개업 기념 할인이 끝난 처음 몇 개월은 엄마, 아빠로 하여금 카페 일이 생각만큼 쉽지 않다는 것과 이미 레드오션인 커피 사업에서 살아남는 것이 얼마나 힘든가를 뼈저리게 느끼는 고전의 시간이었다. 나와 영우는 엄마, 아빠가 가게에서 돌아오시자마자 둘이 입이라도 맞춘 듯, "오늘은 얼마나 벌었어요?" 하고 물었고, 엄마는 수익보다는 그날은 어떤 어떤 손님이 다녀갔는지 재미나게 얘기해 주셨다.

　지난여름, 엄마, 아빠는 한창 여름철 신메뉴 개발에 열을 올리셨고, 독창적인 밀크빙수와 유자빙수를 개발하셨다. 우유와 연유를 적절한 비율로 섞은 후, 유자빙수에는 유자청까지 넣고 얼린 다음, 꽁꽁 언 덩어리를 아빠가 도마 위에 직접 칼로 썰어서 토막 내 빙수를 만드신다! 빙수기를 쓰지 않는 까닭은 빙수기의 가격도 만만치 않지만, 우유를 얼렸기 때문에 비위생적일 수가 있어서였다. 또 여름엔 빙수를 안 파는 카페가 없으니까 살아남으려면 빙수를 팔아야 했다. 하지만, 빙수기 없이 빙수 만들기란 그야말로 고역이었다. 가끔 TV에서 얼음을 가지고 칼로 깎고 톱질하는 얼음 공예사들을 보는데 그에 비하면, 크고 뭉툭한 칼로 하얀 우유 얼음덩어리를, 얼굴이 시뻘게지고 주름이 이마를 가득 채울 때까지 칼질을 하는 우리 아빠는 빙수 노동자에 가까웠다.

아빠의 증언에 따르면 꽁꽁 언 얼음덩어리를 썰 때는, 일반 식칼로 자르는 것은 아주 어려운 일이며, 써는 느낌이 아니라 으깬다는 느낌으로 육중하게 칼을 밀어 넣어 내리쳐야 한다고 했다. 아이스크림을 깨물어 먹다 이빨이 부러진 사람도 있다는데, 빙수의 재료인 이 하얗고 통통한 얼음덩어리는 정말 손목이 시큰거릴 때까지 칼질을 해야 한다. 그런데 이 빙수의 진가를 아는 손님들이 늘어나기 시작했다. 커피전문점이라 커피 음료를 팔아야 하는데, 오는 손님마다 빙수만 찾았고, 아빠의 팔은 남아나질 않았다. 얼마 전, 1월인 한겨울에도 소문을 듣고 빙수를 먹으러 왔다가 허탕만 치고 가신 손님도 있다. 한번 만들 때마다 차갑고 단단한 얼음덩이와 씨름을 해야 하는데 주문이 밀리면, 주로 힘이 센 아빠가 칼질을 도맡아 하셨기 때문에, 어떤 날은 손목이 시퍼렇게 멍들어 오셨다.

아빠가 젖먹던 힘을 다해 칼질한 우유 얼음 위에 팥을 투여하고, 또 우유 얼음 넣고 망고랑 블루베리랑 파인애플, 참외 듬뿍 넣고, 찹쌀떡과 나뚜루 아이스크림을 올린 게 밀크빙수! 거기에 팥 빼고 유자 얼음에 빨간 라즈베리를 더 넣은 것이 유자빙수였다. 만드는 과정은 주방이 난장판이 될 정도로 어지럽지만, 그 맛을 보고 반하지 않는 사람은 드물었다. 나도 빙수 맛을 잘 몰랐었는데 아빠가 만드신 우유빙수를 먹어 보고는 '빙수 맛이 이렇게 황홀할 수도 있구나!' 하고 생각하며 자부심을 느꼈다. 나랑 영우는 여름 내내 빙수 귀신처럼 일요일만 기다렸다. 그러나 너무 좋은 재료를 쓰다 보니, 재료값 때문에 별로 남는 게 없어 부모님은 내심 걱정이 많으셨다. 하지만, 손님들이 "지금까지 먹어 본 빙수 중에 최고예요! 다른 집 빙수는 이제 못 먹겠어요!" 하며 활짝 웃는 모습이 엄마, 아빠에게는 기쁨이었던 모양이다.

철거를 막아 낸 우리 가게_

2013. 2. 27. 수

오후 3시, 지하철에서 내려 우리 카페를 향해 헉헉 뛰었다.

'침착하자, 침착해~ 어떤 일이 생겨도 포커페이스를 유지해야 돼!'

마음속으로 주문을 걸며 가게 앞에 도착한 순간, 유리창 너머로 가게 안의 풍경이 언뜻 보였다. 사람이 한두 사람 있는 게 아니라 가게 안을 가득 메운 것 같았다.

오늘 법원에서 우리 가게를 철거하러 오는데, 이렇게 사람이 많이 모여 있다니 가슴이 훌딱훌딱 뛰었다.

'혹시 모두 철거를 집행하러 온 용역업체인가?'

나는 몇 번이나 가게 주위에서 기웃기웃하다가 엄마, 아빠의 모습을 확인하고 카페 안으로 들어갔다.

가게에는 개업 이후로 가장 많은 사람이 모여 있었고, 엄마, 아빠는 쉴 새 없이 핑크사이다를 만들어 사람들에게 제공하고 계셨다. 엄마는 내가 온 것을 보고 내 두 손을 꼭 잡으며 "상우야, 이제 왔구나. 이제부터 엄마, 아빠가 큰소리도 내면서 싸울 거니깐 너무 놀라거나 울면 안 돼!" 하시며 정작 자신이 훌쩍거리고 계셨다.

"그럼요, 엄마, 울지 마세요!"

그렇게 말은 했지만, 바짝 긴장이 돼서 안절부절못한 채 이리저리 작은 발걸음으로 쉴 새 없이 걸었다.

지금 모인 사람들의 규모로 보아서는 대규모 시위가 될 것 같고,

최악의 경우에는 몸싸움으로 번지는 상황이 될지도 모른다. 아, 어쩌지? 그동안 아빠, 엄마의 아픔을 위로해 주고 격려해 주셨던 정의의 사도 두리반 아저씨, 두리반 아줌마와 섭섭이 아저씨, 몇몇 어른들은 오실 줄 예상했지만, 이렇게 사람이 많이 모일 줄은 몰랐다. 나는 우리 가게를 도려내는 철거집행을 눈을 부릅뜨고 보리라, 어떤 일이 벌어져도 꼭 이성을 잃지 않을 것이다, 설사 집행을 당한 후라도 다시 들어가 아빠, 엄마를 도와 농성을 할 각오였다.

그런데 여기 모인 처음 보는 사람들은 철거 집행을 아예 못하게 하려는 듯, 우리 가족을 위해 자기 일처럼 비장한 표정으로 철거와 맞서 싸울 준비를 하고 있었다. 어디서 뚝딱 만들었는지 크고 멋진 현수막을 설치했고, 젊은 대학생 형아, 누나들은 페이스북과 트위터로 계속 철거 소식을 알려 사람들의 수는 불어났다. 페이스북과 트위터의 효과도 놀라웠지만, 그 소식을 보고 달려오는 사람이 있다는 것이 더 놀라웠다. 내가 그동안 정이 메말라 세상을 너무 삐딱한 시각으로 본 것인지, 아니면 내가 다른 세상에 온 것인지, 나는 크나큰 충격을 받았다. 머리가 확 깨고 죽어 있던 영혼이 살아나는 신선한 충격을!

생판 모르는 남에게 억울하고 시급한 문제가 터졌다고 해서 도와주러 바로 달려갈 수 있는 용기를 가진 사람들이 있구나, 내 몸뚱이 하나 챙기기에도 힘에 부치는 세상에, 어떻게 남의 문제를 신경 쓰고 직접 싸우러 달려와 줄 수 있을까? 내가 말로 할 수 없는 감탄에 젖어 잠시 앉아 그 모습을 지켜보고 있을 때, 누군가 "왔습니다! 왔어요!"라고 외쳤다. 카페 안에 계셨던 분들은 우루루 가게 밖으로 나가 진을 치셨다. 카페 문 앞에는 엄마, 아빠가 급한 김에 거대한 세로 현수막을 가로로 들고 바리케이드를 쳤고, 사람들은 엄마, 아빠의 옆에, 나머지 분들은 현수막 앞에, 계단을 한 칸 내려가 인도에 또 하나의 인간 바리케이드로 진을 치고 계셨다!

나는 침을 꿀꺽 삼켰다. 오르막 길가에 트럭이 보이고, 맨 앞에 법원에서 나온 집행관과 검은 잠바를 입은 덩치 좋은 아저씨들이 저벅저벅 우리 가게를 향해 내려오고 있었기 때문이다. 순간 누군가 "상우는 들어가 있어!"하시며 나를 가게 안으로 밀어 넣어서 유리창 밖으로 집행관의 모습을 볼 수 있었다. 우리 가게 앞에 선 집행관을 사람들은 에워쌌다. 키가 크고 배가 나온 집행관 아저씨는 많은 사람이 모인 것에 놀란 건지 얼떨떨하고 멍한 표정이었고, 아빠는 집행관을 보자마자 목에 핏줄이 보일 정도로 "못 나갑니다! 죽어도 못 나갑니다!" 엄청 큰소리로 외쳤다. 엄마도 끝내 못 참고 얼굴이 빨개지도록 "어떻게 이렇게 무자비할 수가 있습니까?"하고 외치며 울음을 터뜨리셨다.

평소에 아빠, 엄마는 침착하게 조곤조곤 이야기하는 스타일인데, 이렇게 크게 분노한 목소리로 외치며 결사항전하는 모습을 보니 참을 수가 없었다. 굼벵이도 밟으면 꿈틀한다는데 나는 놀란 마음을 애써 감추며 밖으로 나갔다. 여전히 아빠, 엄마는 목이 굵게 늘어날 정도로 얼굴이 벌게진 채 소리를 지르셨다.

"10개월 만에 재건축이 말이 되냐? 어떻게 주인은 한번도 만나 주시지 않을 수가 있느냐? 영업 중에 수도를 왜 끊느냐? 왜 사전에 재건축을 이야기하지 않았느냐?"하며 법원 아저씨를 마구 몰아붙였다. 사람들은 공감하며, 아빠, 엄마를 도와 일제히 뼈 있는 소리로 항의하고 격분했다.

"그것도 법이여? 세입자 내쫓고 굶어죽게 하는 게, 부끄러운 줄 알아야지~! 어서 돌아가시오! 여기 사람들 더 모이기 전에~!"

법원에서 나온 사람들은 엄청난 인파를 뚫기가 힘들겠다고 판단했는지 이러지도 저러지도 못하고, 한참 뒤 경찰이 출동하고, 철거 용역이 투입된다는 말에 긴장감이 돌면서 거리는 "생존권을 보장하라! 평화적 해결을 바란다!" 구호가 거세게 빗발쳤다.

내가 왜 그랬는지는 모르겠다. 나도 모르게 신이 나 실실 웃고 있었다. 다시 정보과 형사가 출동하고, 정보과 형사는 법원과 경찰과 구호를 외치는 사람들 사이에서 머리를 벅벅 긁으며 이러지도 저러지도 못하다가, 결국 아빠, 엄마, 시민들이 결사적으로 외치는 거대한 목소리에 압도되었는지 그냥 돌아가고 말았다.

사람들은 가게로 들어와 모두 박수를 치며 기쁨의 환호성을 질렀다.

　오늘 나는 두 가지를 깨달았다. 엄마, 아빠의 목소리가 얼마나 큰지와, 이웃의 아픔을 나누기 위해 불타는 정의감으로 똘똘 뭉친 위대한 연대의 힘을!

_알다가도 모를 핸드드립 커피

2013. 6. 6. 목

아빠가 소개한 그 비싼 은빛 주전자에서는, 뜨끈한 물이 일정한 곡선 모양으로 쪼르르르~ 아래로 떨어졌고, 곱게 간 커피 가루는 떨어지는 물을 받아들여 한껏 부풀어 오르고 있었다.

엄마, 아빠는 아직 새로운 가게를 구하지 못하셨다. 요즘 경기가 악화되어 신중하게 가게를 얻어야 한다고 하시며 벌써 세 달째, 서울 골목길 구석구석 가게를 알아보러 다니시느라 아빠는 발에 무좀이 도지고 엄마는 발이 크게 부어 아파하시지만, 집에서는 틈이 나는 대로 핸드드립 커피 내리는 연습을 하셨다.

핸드드립은 기계로 뽑는 커피가 아니고 수작업으로 내리는 커피인데, 『골목사장 분투기』라는 책에 보면, 작가가 추천하는 좋은 커피집에 연남동의 '도깨비 커피집'이 등장한다고 한다. 엄마, 아빠는 호기심에 도깨비 커피집을 방문했다가 사장님의 커피 철학에 매료되어, 그분을 선생님으로 모시고 핸드드립 커피를 본격적으로 배우기 시작하셨다. 아빠의 이야기에 따르면, 도깨비 선생님은 커피콩을 15년 정도 볶았는데도 아직도 커피는 알다가도 모를 도깨비 같은 것이라 여겨진다고 했으며, 그래서 가게 이름도 '도깨비 커피집'으로 지었다고 하셨다.

도깨비 커피집에는 그 흔한 에스프레소 머신이 없고 오로지 핸드드립 커피만 존재한다. 아빠가 신기해서 도깨비 선생님께 물어보았다.

"왜 커피 기계를 안 쓰시나요?"

"에스프레소 머신 없는 커피집이 대한민국에 하나쯤 있어도 괜찮지 않겠어요? 난 무엇보다 드립 커피를 좋아합니다!"

도대체 그 대단한 핸드드립 커피 맛은 어떨까? 난 아무리 생각해도 상상이 가지 않는다. 아빠는 핸드드립 커피는 기계로 뽑는 일률적인 커피 맛이 아닌, 그날그날의 정신 상태나 마음가짐에 따라서 맛이 오묘하게 달라질 수 있고, 나의 색깔을 입힐 수 있는 커피라 매력 있다 하셨고, 엄마는 "너희들이 속 썩일 때 핸드드립 커피를 내리며 도 닦을 수 있고, 사람들에게 정성어린 커피를 대접하는 게 좋지 않겠니?" 하시며 그에 필요한 기구들을 장만하고 기술을 익히는 데 여념이 없으셨다.

핸드드립 커피는 원두를 갈아서 주전자로 물을 부어 내리는, 그냥 간단한 기술만 있으면 되는 것 같지만, 실제로는 그게 아닌 모양이다. 엄마, 아빠는 원두를 공부하고 종류별로 분류하고 커피 뽑는 일에 열과 성을 다하시지만, 나는 조금 회의가 일었다. 핸드드립 주전자는 쓸 만한 것은 하나에 거의 10만 원씩 한다고 한다. 물이 나오는 주둥이가 특이하게 휘어진 것만 아니면, 보통 주전자와 별 차이가 없는데 과연 그렇게 비싼 값어치를 할까? 굳이 저렇게 해야 커피 맛이 좋아질까? 의문이 든다. 혹시 핸드드립은 허영심 많은 사람들의 과시욕에서 나온 문화가 아닐까? 생각했다.

하지만, 엄마, 아빠는 가뜩이나 형편이 넉넉한 편도 아닐뿐더러, 외적인 겉치레 같은 것을 아주 싫어하는 분들이라 분명 저렇게 하는 것에는 이유가 있을 거라고 믿고, 오늘은 한번 직접 엄마, 아빠의 손에서 만들어진 커피를 마셔 보기로 작정했다. 아빠는 식탁 위에 파란 글씨로 케냐 AA에 체크가 돼 있는 3분 카레 같은 팩을 열어 그 안에 있는 원두를 접시에 쏟아부으셨다. 봉지에서 나온 원두는 쌉싸름한 한약 냄새가 났다. 원두는 염소가 찔끔찔끔 싼 갈색 똥 같은 모양이고 원두 열매의 표면은 매끄러웠다. 나는 호기심에 원두 하나를 쏙 집어 그대로 입에 넣고 오도득, 오도득~ 꼭 과자같이 씹어 먹었다. 에이~ 산에서 아무런 풀이나 뜯어서 그대로 입 안에 넣고 씹는 것 같은, 알싸하며 쓴 맛의 얼얼함이 혀에 오래도록 남아서, 다 먹고 난 후에도 오랫동안 쓴 맛의 여운이 가시지 않는 그야말로 쓴 맛의 결정체였다.

내가 인상을 찡그리고 있을 동안, 아빠는 이 고약한 열매를 원두 가는 소형 믹서기에 넣고 갈기 시작하며 갑자기 과학 선생님처럼 설명하시는 것이었다. 그러나 듣는 나는 별 관심도 없었다. 그걸 아시는지 모르시는지 "원두는 너무 많이 갈면 안 되고 좁쌀만 하게 갈아 줘야 커피 맛이 잘 나죠!" 하고 약간 흥분하셨다. 내가 설명을 들어 주는 게 좋으신지, 커피 뽑는 일이 좋으신지, 아빠의 모습이 행복해 보여서 그 모습을 보는 나도 왠지 덩달아 행복해졌다. 곱게 갈린 원두는 실험실 깔때기처럼 생긴 핸드드립 기구 안에 갈색 종이를 대어 소복하게 담고, 그 위에 핸드드립 주전자로 뜨거운 물, 아빠 말로는 정확히 88도 온도의 물을 적당량 부어 주어, 커피 원두를 부풀부풀 부풀린다. 마치 때를 밀려고 몸을 불리는 것처럼 말이다.

처음엔 커피 원두에서 우러나오는 커피 액이 한방울, 한방울 플라스크 안에 조금씩 떨어지더니, 아빠가 주전자를 좀 더 기울여 일정한 속도를 유지하면서 물줄기를 만들어 내면, 커피 원액도 따라서 주르르륵~ 흘러나오며 플라스크 안을 채우기 시작했다. 그러다가 잠깐 기다린다. 물줄기 때문에 산 모양으로 부푼 커피 봉우리가 스윽~ 가라앉을 때까지 기다렸다가, 다시 주전자로 쪼르르 물을 붓고 커피를 줄줄~ 추출한다. 이렇게 한 세 번에 걸쳐 추출하는 데 3분을 넘기면 안 되고, 시간을 어기면 커피의 쓴 맛이 추출된다고 한다. 커피가 플라스크 안에 3분의 2 정도 추출되니, 아빠는 날렵한 손놀림으로 깔때기를 치우고, 준비한 커피 잔에 한가득 커피를 따르셨다.

그리고 큼직하고 멋스럽게 각진 투명 컵에 얼음을 넣은 다음 커피 잔의 커피를 홉~ 부었다. 황설탕 한스푼을 넣어서 휘휘 젓고 드디어 나에게 주셨다. 88도나 되는 뜨거운 물에서 우려낸 커피였는데, 갑자기 이렇게 초여름 더위를 날려줄 만큼 시원한 아이스 커피가 되었다. 아까 아주 쓰고 불쾌했던 맛의 커피 원두와는 달리 추출된 커피는 전혀 쓰지 않았고 오히려 살짝 달았다. 아니, 뭔가 달기보다는 아른아른한 갈색의 커피물이 입안을 가득 채우고 목을 타고 내려와 내 몸 속에 가득 퍼지는 부드럽고 기분 좋은 이 느낌! 나는 커피를 순식간에 다 마셔 버리고는 얼음까지 와라락~ 깨물어 먹고, 아빠에게 남은 커피를 좀 더 리필해 달라고 부탁하였다. 그랬더니 돌아오는 엄마의 냉정한 대답!

"그건 곤란한데요, 중학생 손님, 커피를 더 마시면 각성 현상이 일어나서 잠자기 곤란할 겁니다!"

2007년 2월 2일, 초등학교 3학년 입학을 앞둔 봄, 「상우일기」 블로그를 세상에 처음 내놓았다. 컴퓨터에 흥미를 느낀 한 어린아이는 컴퓨터로 하는 것이라면 자신이 하는 일이 무엇인지도 모르고 그저 순수한 재미에 이끌려 블로그를 시작했다. 주위 사람들은 어린 나에게 큰 기대를 하지 않았던 것 같다. 그러나 나는 딱히 친한 친구가 없었고, 학원도 다니지 않았기에 블로그라는 놀이에 단숨에 빠져 버렸다. 원래 호기심이 많아서 한번 빠지면 헤어 나오지 못하는 성향인데다가 어렸기 때문에 타이핑을 오락처럼 재밌게 여겼는지도 모르겠다.

나는 한번 쓰면 내가 겪었던 일들을 최대한 집중해서 집요하게 썼다. 그것은 마음속에 터질듯이 있는 생각들을 숨기지 말고 정직하게 옮겨 적으라는 엄마의 어릴 적 가르침이 큰 효과를 발휘하는 순간이기도 했다.

그러나 초등학교를 졸업하고 중학교에 들어갈 무렵 고민이 생겼다. 이미 최연소 블로거라는 스펙은 쌓여만 갔고, 그 덕분에 방송에도 출연했으며, 이래저래 블로그 경험은 늘었는데, 독자들을 의식하게 된 것이다. '어떻게 해야 독자들이 내 글을 계속 읽게 될까?' 하는 생각이 앞설 때마다, 글의 첫머리를 장식하기란 정말이지 어려웠다. 사실 이 글의 시작도 그러한 고심 끝에 써 내려가게 된 것이다. 이런 모순 때문에 다시 한번 반성과 자기학대의 시간을 가져야만 하더라도, 나는 여러분에게 진짜 나의 글을 보여 주고 싶다. 그 마음만은 아직 어린 상우의, 쥐어짜는 동심의 마지막 발버둥이다.

풍선껌 같은 어린 시절과 안녕을 고하는 순간 사춘기를 맞았다. 그러나 끝없는 상상력으로 부풀어 지내던 나는 갑자기 칠흑같이 어두운 방안에 남겨져 버렸다. 아빠 사업이 안 되어 외가댁에 얹혀살게 되면서 집안엔 암울한 분위기가 가득 찼다. 부모님은 고된 일과 경제적인 어려움으로 매일같이 힘드셨고, 그때부터 부모님의 가시밭길은 시작되었다. 부모님께서는 '교육'이라는 경제적 계층 간 이동 사다리를 통해 큰아들 상우는 당신들의 전철을 밟지 않기를 바라셨지만, 나는 망가져만 갔다.

나는 겁이 났다. 그 사다리가 나에게서 너무 멀까 봐, 부모님의 마지막 희망을 내 손으로 걷어차 버릴까 봐……. 역설적으로 나는 열심히 공부하는 대신 무한대의 시간죽이기로 나아갔다. 그 미로 속에서 어두운 집에 들어와 배고프면 밥 먹고 학업과는 상관없는 책을 읽다가 컴퓨터를 보며 잠이 들었다.

성적은 떨어지고, 내성적인 성격에다 바닥을 기는 자신감 때문에 친구관계도 시원스럽지 않았다. 그저 겉돌면서 나와 비슷한 처지에 놓인 친구들과 무의미한 미로를 활보하며 죄책감을 나누었다. 이러한 일상 속에서 무언가 쓸 만한 것 하나, 작은 소재조차 찾기란 정말 힘들었다. 나의 중학교 시절은 이토록 모순적이었다. 즉, 모든 의미가 사라지고 무의미만 남았을 때조차, 나는 블로그를 했다. 블로그는 나에게 일종의 탈출구였고, 중학생 상우에게 블로그 속의 상우는 내가 아직 살아 있다는 증표였다.

　그러나 부모님이 피땀 흘려 운영하시는 카페가 재건축으로 가게를 비워야 한다는 소식을 당신들의 떨리는 목소리로 들었을 때, 이제 정말 끝인가 보다 싶었다. 가난한 우리에게 선택권은 없었고, 그들만의 리그에서 우리는 쌓여 가는 수천 개의 장기 말 중 하나일 뿐이며, 거대한 힘의 흐름에 강제로 순응해야만 한다는, 그러나 그것이 현실이라는 어두운 사상이 내 안에 짙게 뿌리내렸다. 어린 소년의 감성은 현실 앞에서 모든 이파리를 떨궈 냈다.

　부모님은 어떻게 그토록 꿋꿋하게 견디실 수 있었을까. 평소에 부모님이 양철인간 같은 모습을 보여 주셨다면 모르겠지만, 나의 지나치게 감성적인 성격은 모두 부모님이 거름이 되어서 피워내 주신 것이기 때문에, 나는 부모님 걱정을 안 할 수가 없었다.

　그런데 내가 마음속으로만 비명을 질러 댈 때 생판 모르는 남들이 우리 가족을 돕겠다고 모여들기 시작했다. 사실 처음에는 믿지 않았다. 학교, 가정, 사회를 통해 얻은 지독한 패배주의는 나를 더 무기력하게 만든 것이다. 실제로 우리 가게까지 찾아와서 나에게 힘을 전해 주는 사람들도 있었지만 패배주의에 빠진 나에게는 일말의 희망도 남아 있지 않았다.

우리 가게는 철거를 당할 것이고, 잠시 사람들 입에 오르내리다가 곧 잊힌 후 어떻게든 끝이야 날 거라고 생각했다. 오히려 끝이 안 좋을 거라 생각하는 편이 나를 불우한 가정의 아이로 만들고 사회의 피해자로 만들어, 자기자신을 망치는 데 죄책감을 조금 덜 수 있으므로 그런 쪽으로 치우쳐 생각하지 않았는가 싶다.

가게 앞에 모여든 많은 사람들을 보고 나는 무슨 생각을 하였던가? 아무 생각도 들지 않았다. 꼭 벌거벗은 느낌이었다. 그날, 나를 칭칭 둘러싸고 있던 허세와 있어 보이고 싶던 마음은 모두 사라졌다. 나를 무장해제시킨 그 사람들은 철거하러 온 용역과 집행관에게 맞서 우리 가게를 지켜 주었다. 이 사건으로 인해 그동안 내 속에 자리 잡고 있던 편협하고 삐뚤어진 가치관은 뿌리째 뽑혀 나가 버렸다.

잿더미 속에는 새로운 씨앗이 남아 있었고, 그 씨앗에는 세상에 대한 믿음과 연대하는 이들에 대한 신뢰가 숨겨져 있었다. 내가 느낀 충격은 어느 영화에 나오는 명장면 못지않았다. 아마도 나의 그 순간은, 뉴턴이 머리 위로 떨어지는 사과를 맞았을 때나, 로얄드 달이 추락하는 비행기 속에서 머리를 부딪힌 것과 맞먹는다 해도 전혀 과장이 아니다. 내가 어렸을 때 일기를 쓰면서 세상이 아름답다고 막연히 느낀 적이 종종 있었는데, 너무나 험하고 먼 길을 돌아와 다시 세상의 진짜 아름다움에 눈을 뜬 기분이었다.

지금까지 쓴 글이 너무 장황하고 횡설수설하여 분위기가 조금 무거웠다. 하지만 『상우일기』는 사실 가벼운 마음으로 어린 시절을 회상하며 읽기에 좋은 책이다. 북인더갭 출판사와의 인연을 통해, 고등학교 생활을 시작하는 이제야 나는 『상우일기』를 다소 편안한 마음으로 되돌아 볼 수 있게 된 것 같다. 그냥 어린 시절의 가상한 기록이자 추억으로 묻힐 뻔한 『상우일기』가 북인더갭 안병률 대표님과 김남순 실장님의 손에 의해 세상에 빛을 보게 된 것을 진심으로 감사드리고, 멋진 표지 그림을 그려 주신 황은정 작가님, 사진을 찍어 주신 이명호 작가님, 철거를 막으며 내 삶의 전반을 뒤흔들어 주신 이름 모를 아줌마, 아저씨, 형님, 누님들께도 감사한 말씀을 드리고 싶다. 매번 명절 때마다 나에게 용돈을 잊지 않고 챙겨 주신 천사 같은 고모 세 분 모두 감사하고, 세상에서 가장 정의로운 남자를 낳아 주신 친할아버지, 친할머니께 감사를 드립니다.

눈이 오나 비가 오나 우리에게 밥을 챙겨 주시던 외할머니, 3년 동안 매일매일 시끄러운 우리를 견뎌 주신 외할아버지께 감사드린다. 나의 짧은 인생의 리듬이 변할 때마다 가장 가까이 있었던 세 명의 친구 우석, 석희, 필립에게도 고마운 말을 전하고 싶다. 나의 닫힌 마음을 대화와 이해로 소통하려 하셨던 중학교 2학년 서현숙 담임선생님, 3학년 유영국 담임선생님, 아직도 고마운 마음에 눈시울이 눅눅해진다. 나의 변덕에 똑같이 변덕으로 맞서면서 커 준 영우가 대견하고, 센이를 만나게 해 주셨고, 특별히 처음으로 몸에 딱 맞는 교복을 사 주신 작은외삼촌께 감사하다. 무엇보다 어린 내가 블로그를 시작할 수 있도록 첫 틀을 마련해 주신 큰외삼촌께 드릴 감사의 크기는, 글로 표현해 낼 재주가 없다. 부모님께는 이제 그만 감사하고 대신 내 자신이 대견해졌으면 좋겠다는 생각을 한다.

자, 이제 그만 글을 마쳐야겠다. 여러분이 이 글은 잊어버린 채, 나의 어린 시절 이야기를 통해 잠시나마 여러분의 지난날을 돌아보는 시간을 갖거나, 혹은 나의 이야기를 읽으며 작은 미소라도 지었기를 진심으로 희망한다.

2014년 5월
권상우

1998년 8월 7일 밤 11시, 대구 제일병원에서 태어남. 태어난 지 6개월 만에 서울로 올라와, 엄마와 아빠가 신혼살림을 차렸던 동네, 성균관대학교 앞 반지하 방에서 자라남.

2000년 3세. 초겨울, 세 살 때 경기도 고양시 덕양구 토당동으로 이사.

2001년 4세. 3월 25일, 동생 영우 태어남.

2002년 5세. 봄, 경기도 화정 라임오렌지 미술학원 초록꽃 반에 입학. 졸업할 때까지 좋은 선생님들 밑에서 그림을 마음껏 그림. 좋아하는 동그라미 그림을 원 없이 그렸음. 집에서는 온종일 세상의 모든 음악이 라디오를 통해 흘러나왔음. 아빠, 엄마는 주말마다 나와 영우를 위해 텐트를 가지고 근교로 여행을 떠났음.

2005년 8세. 봄, 초등학교 입학. 학교에서 숙제로 내주는 일기를 꽤 진지하게 꼬박꼬박 썼고, 학교 도서관에 남아 매일 책을 읽음. 내 말투와 행동이 특이하다는 이유로 아이들은 나를 별로 좋아하지 않았음. 이 무렵의 유일한 친구는 책과 일기.

2007년 10세. 2월 2일 봄, 「상우일기」 블로그 시작. 3학년 늦은 여름, 영화

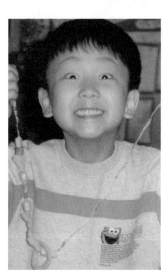

감상문 「D-war를 보고 나서」가 다음뷰 사이트에 뜨면서 「상우일기」
가 인터넷에서 서서히 알려지기 시작함. 그해 겨울 방학 2007 올블로
그 다독왕, 2007 티스토리 우수 블로거 100인에 선정.

2008년 11세. 4학년 봄, 8년 동안 살던 고양시를 떠나 경기도 양주시로 이
사. 동시에 삼숭초등학교로 전학. 졸업할 때까지 넓은 들판에서 좋은
친구들과 마음껏 뛰놀고, 글감이 줄줄 흘러나와 「상우 일기」도 더 살
맛나게 쓰고, 4학년 가을엔 다음뷰 베스트 블로거 기자로 선정되어 내
글에 황금펜촉을 다는 쾌거를 이룸.

2009년 12세. 5학년 봄, 『시사인』과 『한겨레신문』에 「상우일기」 인터뷰
가 사진과 함께 전면에 실림. 그 뒤로 인터뷰와 방송출연 요청이 계속
이어지지만 어리다는 이유로 엄마 손에 의해 칼같이 커트 당함. 노무
현 대통령의 죽음이 있었던 5월, 태터앤미디어 파트너 블로거 기자가
됨. 블로그 세상에서 내 앞에는 항상 최연소라는 수식어가 따라붙었
고, 이것은 지금도 내가 제일 싫어하는 수식어 중 하나임. 5학년 겨울
방학, 엄마가 뇌경색으로 쓰러져 119에 실려 가심. 오른쪽 전신이 마
비되고 말을 못하는 상태에서 조금만 더 지체되었어도 회복 불가했을
거라는 소식은 지금도 내 가슴을 철렁 내려앉게 함.

2010년 13세. 6학년 2학기, 가정 형편이 어려워져 양주에서 서울시 종로 외할머니댁으로 살림을 합침. 그런데 학교는 양주에서 졸업. 이게 좀 복잡한 것이 원래는 서울로 전학 가야 하는데, 친구들과 이별하기 싫어 양주에서 졸업하기를 고집함. 지하철 왕복 4시간의 통학 거리를 6개월간 감당함. 지하철을 타고 다니며 많은 사람을 보았고 인간이 사는 세상, 내가 사는 사회에 대한 고민이 쌓여 갔음. 6학년 2학기 때부터 중1까지 교육과학기술부 블로그 기자 4, 5기로 활동. 6학년 겨울, 광화문 올레스퀘어에서 TEDx 사회복지 인권 강연 함.

2011년 14세. 서울 종로 청운중학교에 입학. 글을 쓰고 싶은 욕구는 많았지만, 갑자기 달라진 환경과 엄마, 아빠의 고생에 주눅이 들어 글도 공부도 제대로 전념하지 못했음. 태어나서 처음 키운 강아지가 한 달 만에 차에 치여 죽어 방황하던 여름, 「MBC 슈퍼블로거」라는 TV프로그램에 주인공으로 출연함. 2011년 9월 아빠, 엄마는 홍대 서교동에 마지막 희망을 걸고 커피전문점을 개업하심.

2012년 15세. 중학교 2학년, 태터앤미디어에서 주관하는 행사로 박원순 서울 시장 블로거 간담회에 참석. 이것을 계기로 서울시에서 주최하는 일일 시민시장으로 박원순 서울 시장님과 함께 하루를 보냄. 그 후 문재인 의원 블로거 간담회, 곽노현 전 서울시 교육감 블로거 간담회에 참석하여 청소년 문제에 대한 고민을 함께 나눔. 그런데 그해 여름, 아빠, 엄마가 운영하는 커피전문점에 재건축 폭탄이 떨어짐. 그것도 개업한 지 겨우 열 달 만에! 이때 부모님이 겪었던 가시밭길과 나의 암흑기를 다시 떠올리는 것은 너무 가혹함. 그 무렵의 고통을 일기에 이렇게 표현했음. "벼랑 끝에 매달린 송아지 심정으로 하루하루를 버텼다."

2013년 16세. 중학교 3학년, 부모님의 문제가 시민들과 인권단체의 도움으로 타결됨. 다른 곳에 커피전문점을 내려고 알아보고 다니시던 중, 아빠는 쫓겨나는 상가세입자의 문제가 생각보다 큰 것을 알고 '맘편

허장사하고픈상인모임'(맘상모)이라는 시민단체에 가입해, 억울하게 쫓겨나는 상가 세입자를 위해 싸우시며 상가임대차보호법 개정 운동을 활발히 펼치고 계심.

2014년 17세. 1월, 3년 동안 신세졌던 외할머니 댁을 떠나 경기도 일산 정발산 마을로 이사. 2월에 청운중 졸업, 전학 절차에 착오가 생겨 일산에 살면서 일주일간 종로 경복고등학교에 강제로 등교, 지금은 일산 저동고등학교에 전학 와 잘 적응하고 있음. 부모님은 하루빨리 상가 세입자에 대한 법 개정이 이루어져 건물주에게 쫓겨나지 않는 둥지에서 예쁜 카페 열기를 꿈꾸고 계심. 나는 이제 고등학교 1학년을 맞아, 종점이 보이는 청소년기의 하루하루를 차분하게 즐기려고 노력함.

| 마지막 일기, 세월호의 한 |

2014. 5. 7. 수

기적은 일어나지 않았다. 세월호가 침몰한 지 22일째! 현재 실종자는 33명이고, 사망자는 269명에 달한다고 한다. 2014년 4월 16일 오전, 진도 앞바다에서 침몰한 여객선 세월호의 승객 대부분은 나보다 한 살 많은 고등학교 2학년 학생들이었는데, 그들은 제주도로 수학여행을 가는 길에 어이없는 참변을 당했다.

침몰하기 직전 구사일생으로 살아남은 생존자들을 제외하고, 구조 당국의 구조 활동으로 살아난 사람은 아직 한 사람도 없다. 여태껏 단 한 사람도!

사회 곳곳에서 유가족과 시커먼 바닷속에 수장된 억울한 죽음을 함께하는 분노의 목소리가 연일 횃불처럼 터져 나오고 있다. 아직 진도체육관에서는 시신을 찾지 못한 유가족의 피 울음 소리가 끊이지 않고 있고, 참사의 원인 규명도 밝혀지지 않았는데, 언론과 방송에서는 세월호 소식을 대폭 줄여 흐지부지 접으려는 듯, 예능과 월드컵 소식을 내보내고 있다.

사고 당시에는 나라 전체가 충격과 비탄에 잠겼었는데, 시간이 흐르니 사람들의 관심도 차츰 사그라지는 것 같아 불안하다. 세월호 사고를 접하고 난 뒤 내 시간은 멈춰 버렸다.

하고 싶은 말이 너무 많다. 그러나 거대한 악마의 손이 내 작은 입과 숨구멍을 틀어막는 것처럼 읍~ 말문이 막히고 의욕이 없다. 처음엔 배를 버린 선장에 대한 원망, 사고 후 늑장 대응으로 생존자를 한

명이라도 더 만들지 못한 정부와 해경에 대한 분노가 벌컥벌컥 치솟아 벽을 막 내리쳤다. 오른쪽 주먹이 붓고 피가 맺혔다.

정부와 해경은 노력하고 있다고 말하지 마라, 왜, 살릴 수 있었는데 구조를 늦췄는지 해명도 못 하는 주제에, 뒤집어 버리고 싶다! 그리고 무엇보다 아직 시작도 하지 않은 인생이 통째로 바닷속에 삼켜진 것에 대한 슬픔과 상실감으로 숨도 쉬기 버거운 나날을 겪고 있다.

육체는 정상적으로 작동하기를 거부하는 고장 난 로봇처럼 걸핏하면 설사하고, 잠을 자도 깨어 있어도 삐걱삐걱 껍데기만 움직이는 것처럼 메마르고 감각이 없다. 나도 그 자리에 있었으면 살아남지 못했을 것이다. 구명조끼를 입은 채, 이건 아닌데 하는 불길함이 엄습해 와도, 가만히 있으라는 안내방송의 지시를 차마 거역하지 못했을 테니까……

글쓰기가 이렇게 힘든 것인지 미처 알지 못했다. 마음을 잡고 글을 쓰려 해도 생각과 손가락이 마비된 사람처럼 머리까지 하얘져서 식물인간이 된 것 같다. 4월의 놀이터 앞에 흐드러진 벚꽃 이파리를 봐도 아무 느낌이 없고 그냥 먹먹하고, 5월 들어 초록색 이파리가 나뭇잎을 뒤덮어서 그늘을 만들어 주어도 도무지 시원한지 모르겠다.

아, 수학여행을 갔다가 참변을 당한 안산 단원고 2학년 학생들의 넋과 유가족의 슬픔을 어떻게 위로할 수 있을까? 나의 목숨도 세월호 안에 있었다면 죽은 것이나 다름없었을 텐데, 이렇게 살아 있으니 가만히 있을 수가 없다.

우리는 재는 것에 너무 익숙해져 왔다. 성적관리, 인관간계, 사회생활, 컨베이어벨트에서 똑같은 모습으로 찍혀 나오는 제품이 돼 버린 자본주의 인생 속에서, 뭘 조금이라도 더 가지겠다고 그리 아등바등 살아야 하는가? 슬프다 못해, 300여명 전원 몰살이라는 무서운 국가적 참사를 두고, 이제 그만 애도하고 일상으로 돌아가서 각자의 일에 복귀하라고? 제정신인가? 억울하게 죽은 자가 저 차가운 바닷속에서 가족과 생이별을 하고도 모자라, 썩어서 살점이 떨어져 나가고 있는데 두렵지도 않은가? 중요한 건 생명이란 말이다!

눈 가리고 아웅 하는 식의 보도를 일삼는 방송과 언론, 국민의 생명을 귀하게 여기지 않는 정부는 천벌을 받고도 남을 것이다. 말 많은 사람들, 제각각 억측 쏟지 말고 그냥 다 입 닥치고 진실규명 하는 데 전력을 기울였으면 좋겠다.

대다수 학생이 자신들의 인생, 삶의 방향조차 스스로 갈피를 잡지 못하고 어른들의 제조라인에 휩쓸려가는 게 현실인데, 오히려 가만히 있으라는 어른들의 말을 듣지 않고 뛰쳐나오는 학생이 한 명이라도 있었다는 것에 희망을 걸어야 하는지도 모른다. 더 무슨 말을 해야 할지, 어른들의 탐욕과 추악한 이기심 앞에 희생당한, 세상에서 가장 고귀한 학생들의 넋을 하느님, 당신 손으로 품어 주시고 더는 고통 없는 세상에서 살게 하십시오.

나도 살아 있는 동안 가만히 있지 않겠습니다.

상우일기

초판 1쇄 발행 2014년 6월 10일
초판 2쇄 발행 2015년 5월 15일

지은이 권상우
펴낸이 안병률
펴낸곳 북인더갭
등록 제396-2010-000040호
주소 410-906 경기도 고양시 일산동구 고봉로 20-32, 617호
전화 031-901-8268 | **팩스** 031-901-8280
홈페이지 www.bookinthegap.com | **이메일** mokdong70@hanmail.net

ⓒ 권상우 2014
ISBN 979-11-85359-03-8 03810

이 도서의 국립중앙도서관 출판시도서목록(CIP)은
서지정보유통지원시스템 홈페이지(http://seoji.nl.go.kr)와
국가자료공동목록시스템(http://www.nl.go.kr/kolisnet)에서 이용하실 수 있습니다.
(CIP제어번호: CIP2014016197)